明宮十六朝演義

（從崇禎登基至王朝覆滅）

拼將心力著文辭，贏得旁人笑我痴。寫出悲歡幻如夢，聊借哀怨化情詩。
狂吟吾是浪漫客，閒坐縱論亦入時。窺透世間齊苦樂，揮來兔管紀蛛絲。

政變、進京、滅亡、入關……
逆宦奸象遍天下直至水盡山窮，
歷史與虛構交錯，明末重大歷史事變！

許嘯天 著

目錄

目錄

目錄

雲擁香車客氏淫宮闕　淚灑斑竹魏閹亂朝綱

天交五更，寒露侵衣。一陣陣的鐘聲，從這濃霧瀰漫中，衝破了沉寂的空氣，傳遍了皇城的內外。這時的乾清門前，霎時間熱鬧起來，那班象簡烏紗、幞帶金冠、錦袍烏靴的朝臣，一個個循著御道，在這昏濛的天氣中走著。舊例：皇城裡面，廷臣們五鼓上朝，都在昏黑中摸索，不准燃燈的。只首輔家宰，可以掌一盞小小的紗燈。獨有那位奉聖夫人客氏，卻是與眾不同。她每天晚上和魏忠賢尋歡作樂，直鬧到二更多天，才命八個太監，燃起四對的大紅紗燈，由宮中直出乾清門。早有她的僕從婢女們接著，似群星捧月一般，一路蜂擁著回她的私第。

到了五更，聽得景陽鐘響，仍由那八名太監，掌了大紅紗燈引導。後面列著族旗黃蓋，紅仗儀刀，雲爐金鉞，白麾金爪，望去和御駕一樣。儀仗之後，便是明晃晃的一列排的荷蘭晶燈（時荷蘭已通貢明朝，獻晶燈百盞。熹宗賜客氏二十盞，備夜來進出宮闈之需）。把那條鋪著黃緞的御道，照耀得如同白晝。最後便是燈晶彩羽，流蘇玉墜的一輛高轂繡簾的鳳輦。輦上端坐著那個奉聖夫人客氏。真是儀從煊赫，僕侍如雲了！那些朝中的大小臣工、王公巨卿，大半是客氏的黨羽。他們每天入朝，在朝房裡望見遠遠的燈光燦爛，如皓月流星，就知道奉聖夫人客氏來了。於是大家在御道上等候。

距離客氏的車輛，約有十來步遠近，眾人早已齊齊地跪列下來。也有叫太夫人的，有稱聖母娘娘的，有喚聖太太的，有三呼千歲夫人的，又有叫姐姐聖夫人的，也有叫乾孃的，有喚義母的。口裡這樣呼著，身體都和狗般的俯伏著，比較迎接聖駕還要齊整。客氏坐在輦上，見御道上黑壓壓的跪了一地。一片的呼喚，震人的耳鼓，客氏不覺嫣然一笑，在這眾聲雜沓中，輦兒便直向奉天殿上去了。眾官員見客氏的車輛過去，也一齊起身，一鬨的回到朝房。須等奉聖夫人進去了好一會，才見奉事太監等出來列班，侍從內侍清殿。清殿是由四名太監，四名侍衛，掌著燈向殿庭各處照看，以防刺客。清殿即畢，鐘聲再鳴，鼓聲繼起。鼓聲初罷，王公們先進殿列班，次及六部九卿，再次是侯伯武臣，御史大夫，主事郎中等。文東武西，一品大臣在殿內，二品以下三品以上的，都列在簷前丹陛上；三品以下五品以上，一概排列階下；五品至八品，挨次列在滴水簷前以外。

群臣排班已罷，就聽得內殿唵唵的呵道聲，四對紅紗燈，一閃一閃的從內庭御道上出來，這就是皇帝來了。這時殿前的掌事監，把似篾竹紮成的鞭兒，在殿前拍了三下，那就叫做靜鞭。「靜鞭三下響，文武兩邊排」，即此鞭是也，亦舊說部中天子上朝之套語也。熹宗帝乘著鑾輦到了殿前，下輦上殿，由內監扶持上了寶座。文武百官，按著班級朝見，三呼已畢，六部九卿，循例賜座。武官參將以上，六部九卿，皆得賜茶。三孤三公，例不上朝，必待天子有旨相召，並諮詢軍國重事等，方共同入朝。還有大元帥，而晉公孤銜的，和三公三孤相似，往常朝議是不到的。

熹宗帝上了寶座，御案旁設著一個鳳座，就是奉聖夫人客氏坐的。其時客氏待百官朝參過了，才姍姍地出來，坐在那鳳座上，和熹宗帝一同聽政。無論是內政外事，有礙到魏忠賢的地方，客氏便隨時駁斥。御案右邊，又設著繡墩，是魏忠賢所坐的地方。熹宗帝自己是不識字的，雖坐在上面聽政，也和木頭人差不多。平常政事，不交閣臣的，都是魏忠賢口頭批答。這樣的一來，朝政大權，竟掌於閹宦了。熹宗帝退朝，客氏也隨著鑾輦回宮。大家一路上嘻嘻哈哈，全沒一點君臣的儀節。有時客氏和忠賢，就在熹宗面前，幹他們的媟褻行為。熹宗帝只是嘻嘻地發笑。看到高興的時候，群臣們索性互戲一會。宮中的內侍太監，平日也看慣的了，也不算什麼。

客氏等到戲謔完了，重行掠鬢梳髻，塗脂抹粉，十幾個宮人在旁侍候著。搽胭脂的、抹油的、添香的、侍中進花的，大家忙碌得不得了。客氏妝飾既畢，隨了熹宗帝，或是看花，或是飲宴，直鬧了將近三更。又去和魏忠賢密聚一番，方叫宮監們掌燈，回她的私第去。她到了私第中，又須再整雲鬢，重插花朵，卸去了繡服，更上晚妝。自有沈漼、倪文煥、崔呈秀、許顯純、田爾耕等一班人去侍候她。崔沈等幾個人，算是客氏的外夫，進一步講是她的男妾。還有賈繼春、胡仲持、李明、趙福鏗、阮大鋮等。別有一所私宅，叫做安樂窩。客氏回至私第時，如其不卸妝的，宮女們便曉得她要到安樂窩去，暗暗地吩咐司事內監，預備了車輛等待。統計起來，客氏的丈夫，魏忠賢、沈漼、阮大鋮、倪文煥、賈繼春等之外，宮中有盧太監輩，宮外又有羅文彥等，一時也算不清她究有幾人。所以都中人士，稱客氏為武則天第二。那時客氏在宮內專權，嬪妃們沒一個不受她的使喚。熹宗帝也寵信客氏過甚，宮中大小事務，一古腦兒由客氏掌管。其時宮中的淫亂，真是歷朝以來所未有的。就是朝廷的大政，半是客氏主持、一半聽魏忠賢作主。宰輔葉向高，雖在閣中列著首席，猶如是熹宗帝的做皇帝，一般是個傀儡。在這個當兒，塞外的滿洲人，又來寇邊，邊撫王化貞，從參議擢到此職。他是書生出身，卻喜歡紙上談兵。又依附著魏忠賢，便上書自述，謂只要精兵六萬，可以一鼓逐走滿人，克復遼東。因那時遼東已失，明朝所恃不過遼西。

當熊廷弼奉旨再為遼東經略使，到得山海關，遼東陷落。經略袁應泰、巡按御史張銓、守道何送魁等，兵敗殉難。熊廷弼見大勢已去，就屯駐兵馬在山海關，慢慢的再圖進行。偏偏那個不識事務的王化貞，大言炎炎，謂能打退滿洲人，恢復失地。魏忠賢接到他的奏牘，也不交廷臣處議，竟矯旨令王化貞出兵。王化貞奉諭，就和那滿洲人開戰，兩下一接觸，只殺得王化貞大敗。總兵劉渠，被滿洲將軍扈爾赫立斬陣前。王化貞嚇得渾身發抖，不但臨陣不去指揮，竟連壓陣也不敢了，便拋了令旗，回馬先逃。兵士無了主將，各自棄戈狂奔。滿洲人似漫湧般殺過來。明兵只顧逃命，哪裡還敢對敵。這一陣被滿洲兵殺得落花流水，六萬人馬，死的死了，投降的投降。王化貞敗走九十餘里，回顧敵軍不來追趕了，才收集殘敗人馬。總計傷卒殘兵，已不滿兩萬。王化貞嘆口氣道：「俺悔不該誇了大口！如今兵敗將亡，怎樣去見得關中的同僚？」話猶未了，喊聲又起，滿洲兵分四路殺來。王化貞慌忙上馬，滿洲兵早已團團圍住，化貞急向西落荒而走。當頭閃出一員大將，喊聲如雷，正是滿洲額駙巴布泰，舞動三角鋼叉，攔住去路。化貞見不是勢頭，便一躍下馬，卸去身上的繡袍，只穿著一領短衣，混入小兵中走脫。王化貞和喪家狗似的，只領得三十餘騎，逃進關中。六萬王師，逃回來的不滿三千人，好算得全軍覆沒了。

熊廷弼聞得化貞敗歸，頓足罵道：「庸愚的匹夫！妄出大言，貽誤國家，罪非淺鮮！」說罷，人報王化貞求見。熊廷弼命帶化貞進帳，化貞見了廷弼，放聲大哭。廷弼冷笑道：「當初你不是說六萬人可逐滿兵，何至有今日的敗績？」王化貞噗的跪在地上，只求廷弼救他。熊廷弼慨然道：「現在遼東遼西並失，也沒有別的法子好商量。就目下計較，我這裡只有六千人馬，你趕緊帶兵出關，驅逐人民進關，焚去房舍，以免貲敵就是了。」王化貞領了人馬出關，一面上疏報告敗訊，卻把這次的兵敗，都推在熊廷弼身上。說他按兵坐視不救，以至寡不敵眾，被滿洲兵所困，遂有此敗。熹宗帝不辨是非，悉聽魏忠賢的處斷。不日上諭下來，逮王化貞和熊廷弼進京，經三法司提勘，刑部侍郎許顯純，是魏忠賢的門生，於訊鞫時候，竭力袒護著王化貞，把熊廷弼判了斬罪，傳道九邊，號令軍中。王化貞定了遣戍，卻並不到戍所，不過在刑部門前，懸了一張牌示罷了。訊息傳到了外郡，各鎮武官，個個膽寒。由是逢到戰事，大家你推我讓，誰也不敢盡心幹事。這又是明朝亡國的一個大原因。

都御史魏大中、吏部侍郎顧大章、大學士左光斗、尚書楊漣、都給諫周朝瑞、大理寺卿袁化中等，無不替熊廷弼呼冤，紛紛上章彈劾魏忠賢，辭連客氏。顧大章疏中，有「速將王化貞正法，嚴懲魏忠賢，以謝天下」一語。魏忠賢得疏，喚崔呈秀朗誦了一遍，又細細地解說給他聽了，魏忠賢大怒。幸得熹宗是不識字的，還不至譴責。當下矯旨，把楊漣、左光斗、魏大中、袁化中、顧大章、周朝瑞等六人，逮繫入獄。又令御史喬南坡、都僉事田爾耕、侍郎許顯純，上章糾劾楊漣、左光斗等六人，曾私袒邊將，賣放楊鎬諸事。謂楊鎬雖已見誅，當時楊漣、左光斗實得重賄雲。這彈章上去，魏忠賢也不遣人過目，即匆匆往閣中，著倪文煥擬旨，將楊漣等令許顯純勘訊。顯純便提左光斗、楊漣先行嚴鞫，濫施酷刑。楊漣和左光斗只連呼蒼天，別無半句供詞。許顯純設法，又提顧大章、周朝瑞、袁化中等三人，也用嚴刑拷打，終不肯屈招。最後許顯純傳魏大中上堂，笑著對大中說道：「你若能拿楊漣與左光斗攀倒，俺便設法脫你的罪名。」魏大中說：「你若能釋去我的桎梏，我就照你的意思招供。」顯純叫左右去了大中刑具。大中霍地跳將起來，朗聲說道：「楊左兩公，乃是忠義之臣，不似你們這班逆賊。我豈肯誣攀，受後世的唾罵？」說罷向北拜了幾拜，一頭望殿柱上撞去，腦漿迸裂地死了。許顯純毫不在意，只命署役，把魏大中的屍首移去，以大中病死上聞。袁化中和周朝瑞，聽說魏大中死了，兩人一個自縊，一個在石級上觸死。顧大章在隔獄大叫：「周袁兩公慢行，俺也來了！」說畢，提起獄中的鐵銬來，向著自己的頭上一擊，已是嗚呼哀哉了。顧大中、周朝瑞、袁化中、魏大中等四人死後，魏忠賢還餘怒不息，密囑獄卒，將毒藥置在食物裡面，左光斗吃了，七竅流血而死。獄卒又把楊漣用繩捆起來，取鐵沙袋壓著他的胸口，以石頭夾住他的頭顱。弄得楊漣求生不能，求死不得。這樣的三天，因此楊漣口鼻出血，叫嚎兩晝夜，氣息始得奄奄，翌日斃命。六人當中，要算楊漣死得最苦。後人就稱他做六君子。

這場大獄之後，葉向高見朝事日非，自己也有些不安於位，便上疏乞休。有旨不許。誰知六君子的冤案才了，又是一件大獄興了起來。那時御史李應升，於六君子的冤死，很是憤憤不平，就拚死上章，說魏忠賢有七十二大罪。忠賢見疏，不禁咆哮如雷道：「死不盡的囚徒，還要來討死吆？」這話被崔呈秀得知，他要迎合魏忠賢，當夜修疏劾李應升謗議朝廷。應升是東林黨的健將，崔呈秀疏中，把東林黨人也牽扯在內，如蘇撫周起元、御史周宗建、黃遵素、員外郎周順昌，並致任的高攀龍、趙南星等七人，都列名罪魁。魏忠賢矯旨，逮高攀龍等進京。

訊息到了蘇中，高攀龍第一個知道，便吩咐他兒子世儒道：「京師緹騎將至，你到了那時，把我的手書與他。他們見了，就會自去的。」世儒口裡答應，心下卻很疑惑。等到次日起來，世儒四處尋他父親不見，趕到後園，才見他父親已投到荷池中死了。過不上幾天，緹騎果然來提高攀龍。世儒將遺書上呈，欽使拆開來瞧時，卻是攀龍絕命的謝恩折。緹騎因高攀龍已死，只得空手而去。其他如趙南星、周起元、周宗建、黃遵素等，都不願受閹豎的酷刑，紛紛在半途上自盡。緹騎又到吳中，來逮前員外郎周順昌。

順昌在吳，頗負人望。此時罷官家居，鄉中父老，極其敬重他。人見緹騎要系順昌，市民大噪起來，謂：「周公順昌，犯了什麼國法，把他械繫進京？」緹騎瞪目道：「你們這班鼠輩，曉得什麼！魏總管的命令下來，誰敢違忤？」百姓越發大叫道：「我們只當是皇帝的旨意，不料是魏閹捏造的！」眾人說著，一個個磨拳擦掌，要打緹騎。這時眾人的裡面，有五人最是激烈，一個名楊念如，一叫顏佩韋，還有沈楊，周文元，馬傑等。這五人首先倡言道：「今天來提周公順昌的，是魏閹的奸黨，我們快打他一個爽快，算替忠賢出口氣！」聲猶未絕，千人哄應。於是將那班緹騎，你一拳，我一腳的立時打死了兩人。餘下的兩個，一人躲在廁中，被眾人拖出來，打得血流被面，不一會也氣絕了。還有一個緹騎，要緊逃走，跳牆失足跌傷，眾人把他擲在枯井中。完全逃得性命的，只有兩名，身上已受了重傷，帶跌帶爬的，去訴知蘇撫毛一鷺。一鷺也是魏忠賢的黨羽，聽得緹騎被傷，正要派兵前去。那些百姓已經趕來，人多手雜，撫署的大門被眾人推倒。轟然的一聲，嚇得毛一鷺往坑廁中亂鑽。眾人鬧了半天，尋不到毛一鷺，大家才慢慢的散去。那時鄉中的父老，曉得打死緹騎，這件事就鬧大了。於是由吳中計程車人，聚集三四百人，各人手捧著一柱香，齊齊的跪在蘇撫毛一鷺署前，要求上疏代周順昌辯白，並請把毆打緹騎的那件事，證明緹騎蠻橫，犯的眾怒。毛一鷺聞得署外人聲嘈雜，又疑是百姓的聚眾，慌得他只是發抖。經幕賓徐芝泉，將一鷺從暖閣中直拖出來道：「外面計程車人們在那裡求你，你為什麼這般害怕？」一鷺沒法，硬著頭皮走將出去，向眾人說道：「列位且暫行散了，周老員外的事，總由咱一輩子承當就是。」眾人見毛一鷺答應了，方各自散去。哪裡曉得毛一鷺面上雖這樣說，暗中卻密逮周順昌入署，用重枷械繫了，連夜親自押解進京，連他官兒也不要了。等到闔中的百姓知道，追趕早已不及。毛一鷺入都，將周順昌交給刑部，由許顯純通知忠賢，忠賢即委顯純承審。把周順昌、李應升兩人，嚴刑拷打。順昌的五指並臂肉並脫。順昌閉目咬牙，一語不發。李應升呼著「大行皇帝陛下」，半句也沒供詞。許顯純等得不耐煩了，叫左右拿周順昌、李應升打入牢中。私下命獄卒，以生漆黃炭，和入食物裡面。順昌與應升吃了變做啞巴。任許顯純捏成供狀。順昌誣他糾集亂民，抗拒天使，應升加了一個謗議聖上的罪名，兩人即定了罪。魏忠賢矯旨，把周順昌、李應升兩人，依法腰斬。又逮顏佩韋、楊念如等五人，一併斬首。今吳中有五人墓，即葬顏佩韋等五人者。

這道旨意下來，京師的人民，沒一個不替周順昌和李應升呼冤。吳中的百姓，尤憤憤不平。當週李兩公就刑的那天，天日為昏，百姓的哭聲震野。悲慘的情景，真是目不忍睹！魏忠賢殺了周順昌、李應升兩人，及楊漣、左光斗、魏大中、袁化中、顧大章、周朝瑞等六人，一般的慘遭冤死。以是後人稱周順昌、李應升、高攀龍、趙南星、黃遵素、周起元等，為冤獄中的七君子，與前案左光斗等六君子，可算得前後輝映。

明廷經這兩巨案後，保身的賢臣，多半去職，戀棧的官吏，也相戒箝口。只有魏忠賢的黨羽，大家狼狽為奸，通同作惡，將外間的事，無論是緊要的奏疏，告急的疏牘，被魏忠賢一古腦兒隱蔽起來。那時川中奢崇明父子作亂，貴州水西土目安邦彥響應，被巡撫王三善、總督朱燮元討平。山東徐鴻儒，率同白蓮教匪，舉旗起事。鴻儒在萬曆年間，與黨徒開堂受徒，集眾三四萬人，濟南全境響應。天啟二年，鴻儒擁眾十餘萬，自號天魔軍師。百姓們受邪術的蠱惑，一倡百和，聲勢日漸浩大。又有深州人王森，能放迷香。聞著香味的人，就模模糊糊的隨著王森入黨。不到三個月，居然也稱王道霸，占城奪池起來。

撫軍趙彥，統兵平徐鴻儒，都僉事徐謙輩，皆定亂的功臣，因不肯在魏忠賢處納賄，朱燮元、趙彥、徐謙等三人，不但無賞，反而貶職。王三善為國捐軀，以嘗得罪魏忠賢，也得不著絲毫的蔭封。而且外部椿椿亂事，魏忠賢和崔呈秀等，大家遮掩得和鐵桶相似。熹宗帝躲在宮中，一點兒也不曾知道。因此各處的盜賊蜂起，文臣既不肯出力，武將又多方規避。跳梁小醜，竟橫行一時。魏忠賢無術調遣將佐，索性眼開眼閉，把外郡的事，概置不問。橫豎熹宗是個目不識丁的皇帝，雖有緊急奏疏放在他眼前，也只當沒有這回事一樣。非經魏忠賢命人朗誦講解，誰也不敢多嘴。忠賢以熹宗可欺，自然樂得偷安。這樣的一來，明朝禍亂相尋，便永無寧靜的一天，直到了亡國，盜賊還是遍布天下，那都是魏閹一人所養成的。魏忠賢既是這樣的刁頑誤國，稍有心肝的人，誰不切齒痛置？豈知偏有那些沒廉恥的疆吏，還舐痔吮癰，百般的獻媚，弄出了種種怪事來。不知是怎樣怪事，且聽下回分解。

雲擁香車客氏淫宮闕　淚灑斑竹魏閹亂朝綱

遺臭逆宦奸象遍天下　爭雄醜類饑氓據山林

講到那些疆吏，都競爭著獻媚魏忠賢，什麼金珠寶玉，一時進獻的人太多，轉覺沒有什麼希罕了。其時適值魏忠賢四旬大慶，外郡官吏，恭獻壽錢，多至十幾萬的，最少也要幾千。大家竭力想討好，賺出了一身大汗，不料魏忠賢連正眼都不覷一覷。白花花的銀子堆積如山，他似沒有瞧見一般。在這當兒，有個翰林庶士江寬的，他知道忠賢對於那種金珠寶玉，已有點看得厭了，所以不大放在心上。於是他就獨排眾議，便去嘔盡心血，尋章摘句的，搜尋枯腸，撰成了一篇叫做萬年賦。賦中的文詞典麗，還在其次，單說詞句間的歌功頌德，把魏忠賢的功績，直說得他上匹三皇，中擬五帝，又口口聲聲稱他為魏公。謂三代以下，沒有第二個人比得上他了。

這篇萬年賦獻將上去，忠賢自己雖不識字，經倪煥文等一班人看了，一句句的解釋給他聽，把個魏忠賢喜得眉開眼笑，咧著嘴兒再也合不攏來。天下的事，本來相反的。大凡越是俗不可耐的人，他越是好風雅。魏忠賢目不識丁，心上卻喜歡締交斯文。從前他的假孫魏勛死了，強著御史徐景淵書碑銘。景淵不肯下筆，因此惱了忠賢，矯旨將景淵遷戍極邊。又另花了五百兩，請名士吳如僑書成碑紀，去豎在他假孫的墓前。這時魏忠賢正苦無人替他揄揚功德，見了江寬的萬年賦，自然樂得手舞足蹈。立命把這篇文辭，製成了一冊萬年錄，徵求天下文人的頌詞。一般在野的文士，挖心嘔血，著成各種詩詞歌賦，說得個魏忠賢前無古人，後無來者。一時士林，譏這些文人無恥，引為翰苑的大辱。

自江寬們的文字厄運之後，又有浙江巡撫潘汝楨，見江寬小小的一篇萬年賦，竟得魏忠賢青眼，一月三遷，由庶吉士擢為禮部尚書。就是著詩詞歌賦的文人，也無不獲重賞。潘汝楨因垂涎江寬，深恨自己落後。便想出一條計划來，連夜上疏，請在浙江西湖，給魏忠賢建生祠，謂西湖為浙中名勝，魏公功德浩大，應建立生祠於名勝區域，以為萬世瞻仰。且留此古蹟，俾勝地生祠，兩垂不休雲。忠賢得疏大喜，當即下諭褒獎。潘汝楨接到諭旨，擇吉大興土木。鳩工庀材，居然建起忠賢的生祠來。到了落成的那天，這座生祠，果然建得講究。但見雕梁畫棟，金碧輝煌，自祠外直至大殿，一例是白石砌階，石上都鐫著龍紋鳳篆，精緻細膩，雖皇宮也不過如是。全祠的壯麗，勝過原有關嶽祠十倍。浙中人士，來瞻仰生祠的，不禁萬人空巷，誰不嘖嘖讚歎！以謂奸惡如魏忠賢，竟能在勝地立祠，與關嶽共受萬世香菸，那天也無眼睛了！

哪裡曉得，自潘汝楨作俑，蓋建忠賢生祠，大獲嘉獎，各省的官吏，一個個相將仿效。如湖廣巡撫姚崇文，給忠賢建隆仁祠，陝西巡撫祝童蒙建祝恩祠，安徽知府瞿吉鸝建崇德祠，通州督漕李道建懷仁祠，昌平知府劉預建彰德祠，密雲巡撫劉詔建崇功祠，江西巡撫楊廷憲建隆德祠，庶吉士李若林建永愛祠，山東登萊巡按李嵩建報德祠，大同巡撫王占建嘉德祠，揚州督漕郭尚友建霑恩祠，河南巡撫郭宗光建成德祠，山西巡撫劉宏光建報功祠，濟寧巡按李燦然建昭德祠，河東建褒勛祠，北京庶吉士呂保建隆恩祠，御史秦琤建懋勛祠，工部郎中李樸建戴愛祠，大理寺丞馬真元建普惠祠，侍郎廖雲中建德馨祠，尚書賈景耀建成德祠，尚書汪文簡建嘉善祠，吏部主事曹衷建懷勛祠，靖寧侯王陸程建高惠祠，北京崇文門外，奉敕建蓋宏勛祠。通共建許多的生祠，要算奉旨敕建的宏勛祠最是巍峨高峻了。那祠中殿宇，大小凡二十四間，正中的大殿，周圍占地三四畝，高約百餘尺，真是建築得碧瓦朱簷，金椽紅牆。大殿之上，雕龍佛中，端坐魏忠賢的生像。像以檀木鐫成，遍身塗金。頭戴紫金冠，身襲繡花錦袍，足蹬烏靴，形狀威儀。就是木像的相貌，和魏忠賢毫忽無二。像上鬚眉畢具。太監無須，魏忠賢則否。遠望過去，栩栩如生。當造像的時候，為了像上的鬍鬚有無，一般獻媚的走狗，也曾起過一番爭執。據士大夫說，魏忠賢是宦官，照例不能有鬚。同黨的閹豎，堅持須有鬍鬚的。兩下里各執一理，不肯相讓，以是打了起來，同去見魏忠賢。忠賢聽了，對眾人笑道：「你們都是替咱出力的，大家自己人，何必要弄得破臉？但依理上講起來，咱的像上，是應該沒鬚的。不過將來流傳到孫子手裡，他們見了祠像，就可知道咱是宦官出身，不是遺笑後人嗎？」眾人見說，唯唯退去。第二天各祠的木像上，一概都生了鬚了。那崇文門外祠中的木像，自較別處特別精緻，容貌畢肖忠賢，木像的肚腹中，五臟六腑，悉用金銀打成的，頭上一頂珠冠，粒粒和黃豆般大小，腦門上正中一顆大珠，精圓如龍眼，夜裡自能放出光彩來，燦爛耀目，價值連城。像的繡袍上，也四面綴著金珠。兩旁鑄真金羅漢十八尊，每尊重四十八斤，算是忠賢生像的陪襯。及羅漢鑄成，京師金店中的赤金，被忠賢的黨羽搜刮一空，說來也真是駭人聽聞！

魏忠賢在外面，這樣的橫行胡幹，坐在上頭的熹宗皇帝，卻一點也不曾覺察。最好笑的，是什麼欽賜，什麼敕建，一古腦兒是魏忠賢在那裡搗鬼。熹宗帝只知和嬪妃們笑樂歡宴，對於外事，完全同事不干己似的，都委那魏忠賢去幹，熹宗帝連訊問也不問一問。忠賢也偷安隱蔽，把外省的盜警災荒、民變等事，都瞞著不令熹宗知道，熹宗帝以謂天下太平，晝夜淫樂，又經客氏在其間導淫，一個人能有多少精力？弄得肥白壯健的熹宗皇帝，漸漸面黃肌瘦，嗆咳不絕，眼看得成了虛癆之症了。

光陰逝水，轉眼是天啟七年，熹宗帝的癆瘵症，見春益劇，竟至臥床不起。看看一天沉重一天，熹宗帝自知病入膏肓，便令召信王由檢進宮。信王由檢，為光宗帝劉妃所育，熹宗之弟也。熹宗帝含淚說道：「朕病已成沉痾，早晚不起。倘朕逝世，弟就承繼大統吧。」信王也垂淚謙遜。熹宗只搖手，命信王退去。到了明天的辰刻，熹宗帝已不能說話，牽了張皇后的右手，嗚咽不止。懿德張皇后已逝，此張皇后為懿安皇后，即前張貴妃。又過了一會，熹宗帝兩眼一合，嗚呼哀哉了。熹宗在位七年，壽只二十三歲。這時由張皇后的懿旨，飛諭宣信王。哪知魏忠賢聞得熹宗帝駕崩，忙邀崔呈秀，倪文煥等商議，要想乘亂篡位。又聽知信王由檢，已將繼位，就囑田爾耕，暗藏利器，並領甲士十餘人，潛進乾清門，預備刺死信王。這個訊息，被信王的心腹近侍探得，急急的去報知信王。信王吃了一驚，待不進宮，又不好違張皇后的命令。於是身披重鎧，帶了乾餅進宮，以代食品。當信王入乾清門時，由勇士張岱佩劍相護。信王慢慢的踱進宮門，忽然一個黑衣人，驟起飛劍刺來。張岱眼快，慌忙拔劍一隔，叮的聲響，匕首落在地上。黑衣人回頭欲走，被張岱趕上，揪住衣領，宮監們併力齊上，將黑衣人捉住。

信王偕了張岱，仍入大門，一眼瞧見熹宗帝，直挺挺的睡在榻上。張皇后在旁痛哭，宮中太監，不過兩人侍候在側，其餘的宮人內侍，都不知道哪裡去了。這時滿室裡現出淒涼的情景，信王也不由得鼻子裡一酸，噗簌地流下淚來。張皇后見了信王，也哭得和淚人兒一般。信王便對熹宗拜了幾拜，下諭召大臣錢龍錫、李標、來宗道、楊景辰等入宮。宣讀遺詔畢，由錢龍錫等，扶信王出宮，登奉天殿受賀，是為思宗，改明年為崇禎元年。即世稱崇禎皇帝，又稱懷宗，清朝定鼎，追尊為愍帝。尊熹宗張皇后為懿安皇后，冊王妃周氏為皇后，一面替熹宗發喪。以龍錫為大學士，李標為吏部尚書，溫體仁為華蓋殿大學士，錢謙益（收齋）為吏部侍郎，楊景辰為禮部尚書，來宗道為兵部尚書。又冊立田氏為貴妃，袁氏為桓妃。大赦天下，罷熹宗時苛政。

魏忠賢心下膽寒，上疏求去，有旨不許。又擢張岱為殿前護駕將軍。係乾清宮門前的黑衣刺客上殿，崇禎帝親自勘問。那刺客低頭不肯吐實。侍衛執鞭痛笞，那刺客大叫道：「你們不必用刑，俺行刺不成，只把咱殺了就是。」崇禎令將刺客逮交刑部侍郎許顯純，連訊不得確供，也不說姓名。許顯純沒法，只得據情上聞，崇禎諭將刺客磔屍，其餘無庸追究。朝中大臣，多疑刺客是魏忠賢所遣。員外郎錢元慤、吏部主事史躬盛及御史楊維垣，上章劾魏忠賢，凡十二大罪，為欺君、蔑後、滅倫、弄權、欺祖宗、擅削藩封、汙巇先聖、侵軋時賢、濫賜名爵、奪邊將功、剝削民財、賣官鬻爵等等。崇禎帝閱疏大怒，正要下旨查辦，忽見魏忠賢匆匆的進來，噗的跪在崇禎帝面前，捧著崇禎帝的雙足，放聲大哭。崇禎帝因想起了熹宗帝臨時的情形，不禁也潸然下淚。

過了一會，崇禎帝收淚，取過楊維垣劾魏忠賢的奏疏來，令內監誦讀。誰知熹宗舊日的太監，大半是不識字的，把疏牘捧在手中，兩眼只是發瞪。崇禎帝見了這種怪狀，不覺勃然變色。一手奪過那內監手裡的奏章，親自朗誦一遍。嚇得魏忠賢汗流浹背，伏在地上，爬不起來。崇禎帝便喝退魏忠賢，氣憤憤地進宮，喚過司禮監王承恩，著令即日清宮。

承恩是信邸的總管，為人忠誠幹練，很得信王寵任。信王登極，便授王承恩為司禮監。承恩奉諭清宮，將各宮嬪妃宮侍、內侍太監等，逐一驗視一過。見末宮內監十六名，有娠宮女二十一人。承恩入陳崇禎帝，即究詰那些內監，都是客氏和魏忠賢家的僕人，宮女也是忠賢私第中的姬妾。一經有孕，便送進宮中，想學古時呂不韋的故事。崇禎帝聽了，頓時怒不可遏。立命逮繫忠賢入獄，又叫把客氏傳來，崇禎怒道：「先皇臥病，你們這班淫娃逆奴，在宮中任意胡為，實是罪不容誅！」說畢，喝宮侍們行杖，老宮人等不敢違旨。平日又受客氏的凌虐，巴不得她有這一日，所以用起杖來，也特別加重。可憐客氏這樣的雪膚玉體，怎能受得住廷杖？不上幾十下，已是鮮血殷紅，染遍羅衣。初時還能呻吟，到了百下光景，但聽得嬌聲一呼，香魂一縷，杳杳渺渺地歸地府去了。崇禎帝打死了客氏，餘怒尚是不息，又命王承恩，率領錦衣校尉十六名，速逮客氏和魏忠賢兩家的家眷，一併梏械入獄，著交刑部勘問定罪。其時客魏兩姓的戚屬，在朝做官的很多。還有魏忠賢的黨羽，如許顯純、崔呈秀、倪文煥、阮大鋮、武月明、田爾耕、魏廣徵、徐美如、趙泗水等，也都革職聽勘。客氏的黨羽趙舒安、魏元升、黃化臣輩，當然和魏黨一樣受罪。

可笑魏忠賢的假子叫魏良卿的，已經封為寧國公，世襲伯爵，良卿的兩個兄弟良棟和翼鸝，一個加太子太保，一個加少子少師。良棟不過十二歲，翼鸝還只得兩齡，居然做他的太師太保了。真是乳臭未乾，竟膺榮封，豈不笑話？這時十二歲的太保，兩齡的少師，概行逮繫入獄。那兩歲的少師，經乳母帶他進獄，一頭呀呀的啼哭，還一口一口的吸著乳。魏忠賢在旁看了，忍不住流下淚來，回頭對崔呈秀說道：「這樣幼稚的小孩，也叫他來受牢獄的痛苦，這真應著伴君如伴虎的那句話了！」崔呈秀長嘆一聲道：「俺從前勸你早舉大事，你卻不聽，現在可怎樣？」忠賢見說，低頭一語不發，過了半晌，也嘆口氣道：「乾清宮前的所謀不成，咱已知有些糟了。」崔呈秀搖頭道：「到那時你才想到，可惜遲了三月，已來不及了。」

魏忠賢與崔呈秀的話，被管事太監王永秀聽見，便去報知王承恩。承恩又轉奏崇禎帝。崇禎帝越發忿怒，即手諭王承恩，將魏忠賢和客氏兩家的家屬，不等刑部勘問，一齊由牢中提出，按例凌遲處死。魏忠賢這時雖說獲罪，宮中羽黨尚多，早有小監祕密前去通知，忠賢自知不免，當夜在獄中自縊而死。等到王承恩來提人犯，魏忠賢已高高的懸在梁上了。於是把客氏的家屬，戮首磔屍外，尚有許顯純、崔呈秀兩人，是忠賢黨羽中的罪魁，由刑部定了腰斬。倪文煥、趙泗水等，遷戍的遷戍，褫職的褫職，朝中奸黨，為之一清。天下無不稱快！

但這位崇禎皇帝，雖然英明果斷，勵精圖治，怎奈明朝的大數已盡，元氣大傷，泰山傾倒下來，仗這區區一木，哪裡支援得住？又兼天災迭興，人禍繼起，陝西延安府蝗蟲為災，田禾都被食盡，百姓大饑，甚至人人相食。奸民王嘉胤，乘勢倡亂，舉手一呼，從者幾千人。那些百姓，以為束手饑死，不如為盜。這樣的一來，饑民多半從賊，大家棄了家室，奔入山林。蓋茅舍作屋，斫木代凳，削竹為兵器，實行他們打家劫舍的勾當。那班官府，往日太平無事，於武備一點也不修。軍士也十九是老弱殘兵，除了張口吃糧外，不能上陣交鋒。況武將們在靖平的時候，專一私扣軍糧，當兵的一貫錢，還沒有二三百文到手。年青力壯的人，誰肯再來充這苦役？無非是些做不動的衰翁，湊湊數目罷了。一到有事，顧自己的命還來不及，休說叫他們去剿那亡命強凶不畏王法的賊寇了。以是賊盜橫行，官兵不曾交手，先已棄戈逃走了。

凡盜賊所走的地方，見錢奪錢，見米掠米，甚至姦淫婦女，殺戮小孩。富有的人家，遇著了賊人，不但錢財俱失，那賊盜搶了金錢衣物，掠了婦女，又放起一把火來，連房舍也要燒去了，才大家呼嘯著回山。這些盜賊，初時不過打劫過往客商，或村莊市鎮，後來漸漸的占城奪池，打破了縣城，任意放火搶劫。一縣的官吏，自令尹以下，一古腦兒殺卻。城中經他們的擄掠，就成十室九空，所過廬舍為墟，姦殺焚掠的慘禍，真是從古以來所未有。

這許多的盜賊中，要算陝西的一路賊兵最是厲害，賊首就是王嘉胤，是個殺人不眨眼的魔君。他領了幾千名賊人，東搶西掠，到處橫行無忌。一般安分的良民，見盜賊日眾，官兵不敢進剿，大家一樣受盜賊的苦痛，倒不如從賊的為樂了。這樣的一來，百姓紛紛從賊，王嘉胤的部眾，由五六千變做了五六萬，聲勢慢慢的浩大起來。過不上兩三月，陝西地方，幾乎成了賊窟。巡撫王有明，剿賊吃了一個敗仗，只得飛章入告，崇禎皇帝接到奏硫，不覺大驚道：「賊勢養得這樣的猖狂，方行進剿，焉得不敗？朕不知這班食祿的守吏，於地方責任，卻擔負些什麼？」說時氣憤憤地命錢謙益草詔，頒示各鎮剿賊，一面著這巡撫王有明、臬使趙良臣、副總兵顏炳彪、都僉事魏惕安、知府柳元穎等，進京聽勘。

那時各鎮奉了諭旨，勉強出兵剿賊。就中有個總兵左良玉，他部下有兩千多人，練得個個本領不弱，上陣打仗，一勇直前，都是不怕死的好漢。當下左良玉統了他部下的精壯的人馬，往陝西剿賊，劈頭就撞著了王嘉胤，被良玉一陣的痛擊，打得賊兵落花流水，四散狂奔。良玉正殺得起勁、忽見賊軍喊聲起處，閃出一員猛將來，大喝一聲，猶若巨雷。要知猛將是誰，且聽下回分解。

兵燹天災繁華成瓦礫　寇警妖異村鎮盡荒邱

卻說左良玉正奮力追殺賊兵，不提防賊陣中殺出一員猛將，青衣碧裰，藍面紫唇，發若硃砂，頭纏黑布，腰繫大紅裕，赤足草鞋，袒胸攘臂，那胸前和膊上，都生著黑毛，有寸把的長短。手握鋼背金刀，睜開銅鈴似的怪眼。大吼一聲，好似暴雷一般。那猛將掄起金刀，大踏步望左良玉面上斫來。良玉忙用畫戟架住，覺得來勢十分沉重。那猛將見一刀斫不著良玉，已急得咆哮如雷，手中的刀，接二連三的亂斫。良玉也竭力迎敵。兩人一步一馬、短刀長槍，各顯身手。真是敵手相逢，大戰了百合，不分勝敗。

良玉部下的副將呂瑗，游擊曹守仁，一齊躍馬而出，要待助戰。那猛將大叫道：「姓左的！你有本領，咱和你鬥個三百合，誰要人幫助的，算不得英雄好漢！」良玉聽了，便喝退曹守仁和呂緩，把畫戟緊一緊，抖抖精神，拚死惡戰。那猛將毫不畏怯，將金刀舞得閃閃霍霍，金光四射，全沒一點兒破綻。左良玉也暗暗喝采道：「賊人中有這樣的好武藝，可惜他不肯歸正！」良玉一頭想著，右手舞戟對抗，左手偷偷的抽出腰間的九節金鞭，乘那猛將一心對敵的當兒，驀然飛起一鞭，正打中那猛將的右肩。只打得他狂嗷一聲，口裡哇的吐出一口血來，虛晃一刀，轉身便走。良玉縱馬追趕上去，那猛將卻飛也似的搶入賊陣，眨眨眼已不見了。良玉驅兵追殺，賊眾又復大敗。這時官兵人人爭先，殺的那些烏合的賊兵走投無路，三停中有一停棄戈請降。

良玉殺散了餘賊，計點降兵，不下三千餘人。良玉便親自挑選一過，強壯的編入曹游擊部下，老弱的一例遣散。還有戰時擒獲的，也有五六十名，都是著名的巨盜，就是收編了他們，日久仍是要叛去的。良玉即下令把擒得的五六十個猾盜，盡行梟首示眾。王嘉胤吃了一個敗仗，方知道官兵的厲害。因群寇搶城奪池，到處橫行。官兵見賊就逃，從來不曾逢到過勁敵，所以那些賊眾，把官兵看得和木偶土像一樣，一些兒不放在心上。今天碰著了左良玉的人馬，一個個刀槍並舉，爭鬥有方。只許官兵衝殺賊人，不准賊人越過雷池半步。官兵們近的刀劍斫，遠的長槍戳，能守能御，賊兵是烏合，哪裡敵得住左良玉經過久練的強兵？這樣一陣廝殺，寇兵已魂喪膽落，遠遠望見了左良玉的旗幟，大家就索索的發抖，吶喊一聲，撒下了器械，各自逃命。王嘉胤被左良玉殺敗，領了殘卒，向西狂竄。正遇著明軍督司曹文詔，統了所部虎羽軍，也來剿賊。文詔文武全才，在邊地屢立戰功。王嘉胤不知厲害，見曹文詔當頭攔住，背後又有左良玉追來，便舞起大刀，奮勇前來衝陣，和文詔交鋒。只得三合，文詔一聲大喝，刺死了王嘉胤。賊兵大亂，左良玉恰好引兵殺來，前後夾攻，賊眾死傷八九。唯有王嘉胤手下的那員猛將，卻舉著大刀，被他殺開一條血路，同了三十餘騎，逃往山東去了。

陝西賊勢漸平，山東又復亂起。地方久旱，禾皆枯死，更遭蝗蟲的嚼食，百姓籽粒無收，饑寒交迫，群起為盜。奸民高迎祥，擁眾三千人，四去劫掠。賊首李闖，尊高迎祥為闖王，自為闖將，到處焚掠慘殺，人民大受其害。時王嘉胤已誅，部下無所歸依，都被嘉胤手下的猛將，把敗殘人馬收集起來，也有一二千人，連夜來附闖王高迎祥。那個猛將到底是誰？就是將來的八大王張獻忠。當時獻忠受了左良玉的鞭傷，時時要想報仇，自投在高迎祥部下。迎祥愛他勇猛，每次上陣，都叫他去衝鋒，東衝西撞，無人敵他（張獻忠歷史，記於下回）。還有闖將李闖，字自成，陝西米脂縣人。幼年不喜讀書，好射箭騎馬，勇力過人。又善飲酒，五斗不醉，醉必持刀殺人。市鎮上的人，見自成酒醉，都很畏懼他。一天自成在酒樓豪飲，和縣役毛四結識。兩下談得很投機，就結義做了兄弟。毛四以自成閒著沒事，把他薦在縣中，充當一名差役。自成在縣署裡做事，乘勢欺詐鄉民，到處勒索陋規，手頭就逐漸寬裕起來了。

恰好縣中新到了個名妓，與自成同姓，芳幟標的一盞燈，容貌兒很是嫵媚，舉止也極其妖冶。自成見了一盞燈李氏，不禁魂飛魄蕩，當夜強著要李氏留髡。鴇兒懼怕自成凶橫，只得勉強答應。誰知縣役毛四，也看上了一盞燈李氏，每天到李氏的妝閣中去混鬧。那自成經留宿後，豈能輕輕的放棄？便假意喝醉了酒，和一盞燈歪纏。縣中的富家子弟，聽得李自成常往一盞燈家裡來纏擾，嚇得他們裹足不前。好好的一個妓女，弄得門前冰靜水冷，鬼也不敢上門。鴇兒惡李自成蠻暴，悄悄的賄通了縣中書吏，藉著事故，將自成重責了五十鞭，並令人勸自成，勿再至一盞燈處。自成大怒，悻悻的去找一盞燈李氏講話，走進門去，瞧見毛四坐在那裡。毛四見自成來了，起身招呼。自成忽然變下臉兒，向毛四大聲道：「今天縣尹打了俺五十鞭，不是你攛掇出來的麼？」毛四詫異道：「我和你是知交，怎肯累你受刑！你莫冤枉了好人。」自成想了想道：「這話也有理。俺明天且慢慢的打聽了再說。」於是命設上筵席，叫一盞燈出來侑酒，自和毛四開懷暢飲。席散，毛四辭去，自成又宿在一盞燈家中。到了次日起身，竟揚長的出門去了，也不摸半個錢來。那鴇兒把自成恨得牙癢癢地，一時卻沒奈何他。

過了一天，自成將鴇兒賄囑書吏、責打五十鞭的事，被他打聽著了。就邀了毛四，同到一盞燈家裡，仍照往日的置酒對飲。自成狂喝了幾杯，酒醉心頭事，霍地拔出明晃晃的一把尖刀來，大喝道：「這是什麼地方，俺老子也花錢來玩的！你們為什麼賄通了書吏，使縣尹來打俺五十鞭？俺今天便不和你們甘休！」說罷，又取出兩封銀子，向桌上一丟道：「你們不要當俺是白玩的，銀子有了，那可惡的鴇兒，可要吃俺兩刀子，才肯饒她！」自成一頭說，一頭握了尖刀，大踏步要去找那鴇兒，把個一盞燈慌做一團。毛四在旁，知道自成的脾氣，他說得出是做得到的，萬一酒後失手，弄出人命來可不是作耍的。於是毛四忙把自成拖住道：「你且忍耐了。咱叫鴇兒來陪禮就是。」那一盞燈也顫巍巍的，跪在地上哀求著。自成這才坐下了，由毛四喚鴇兒出來，對自成叩頭服罪。自成趁勢把兩眼一睜，大聲罵道：「你可知罪麼？」那鴇兒連聲應著。自成將桌上的銀子，望地上一擲道：「那麼這銀子你且拿去了！」鴇兒再三的不受，毛四才言道：「李大爺賞給你的，你不取敢是嫌太少嗎？」鴇兒被毛四這麼一說，只得拾起銀子，謝了自成往後面去了。等到散席，已有三更多天氣。一盞燈料想自成必要留宿的了，哪裡曉得這天自成竟不住宿，和毛四說說笑笑的回衙中去了。

第二天的清晨，自成忽同毛四僱一乘青衣小轎，到一盞燈李氏家中，拖了李氏便走。鴇兒見不是勢頭，哭哭啼啼的攔住了門口，不放自成出去。自成大怒道：「你昨天晚上已收了俺的身價銀子，卻不許俺領人麼？」鴇兒吃了驚道：「昨日統共兩封，只五十兩銀子，李大爺說賞給我的，怎說是身價銀子了？」自成笑道：「俺不是官家子弟，豈有平白地賞你五十兩起來？你自己在那裡做夢！」當下不由分說，將鴇兒拉在一邊，迫著李氏上了轎，飛也似的去了。鴇兒哪裡捨得？待要出門去追，毛四上前勸住道：「這姓李的是野蠻種，你和他去計較，是占不著便宜的。還是自認了晦氣吧！」鴇兒大哭道：「我半生仗著這義女為生的，現在給他強劫了去，叫我怎樣度日？」毛四說道：「那也是沒法的事，你若再和他多說幾句，連那五十兩也要沒有著落了。」鴇兒聽說，怔了半晌，嘆口氣回到裡面，收拾起什物，垂頭喪氣的回揚州去了。

自成強娶了李氏，就在縣署旁租了一間房屋，給李氏居住。縣役毛四，在娶李氏時，曾幫忙過自成，自成也很感激他。兩人的過從，越發比前莫逆了。但毛四對於李氏，本來不能忘情。李氏又是個水性楊花的婦人，常常同毛四眉來眼去，引得個毛四心神不定，不時藉著探望自成，暗中和李氏勾情。不到半個月功夫，毛四與李氏早打得火熱。只要自成不在家，毛四就悄悄來的和李氏相會。日子久了，自成已有些察覺，便半聾半痴的裝做不知道一般。

毛四嫌偷偷摸摸的不暢快，密令書吏，將自成差往外省公幹。毛四和李氏兩個，好似夫妻樣的，天天雙宿雙飛。及至自成公畢回來，客閒了沒幾天，又有什麼公事，要往山西去走一遭。自成雖不願意，只是不好違忤。從此自成在外的時候多，家裡終是毛四替他主持的。有一次上，自成奉差往蘭州。出得城來，想起了一把護身的腰刀忘在家中。其時盜賊蜂起，途劫很多，有些本領的人，行路都帶著器械自衛的。自成匆匆地回來，見大門不曾上閂。推得進去，裡面靜悄悄的，自成心疑，就躡手躡腳的到了內室。房門深深的閉著，房中卻有笑語聲。自成在門隙內一張，正見李氏和毛四擁在一塊兒，談笑飲酒。毛四一手執了酒杯，送到李氏的面前。李氏微微沾了櫻唇，便俯著粉臉，把香口中的酒，去送在毛四的嘴裡。兩人親密的狀態，真要豔羨煞人。李氏更是媚眼斜睨，瓠犀微露，那身軀兒軟綿綿的，倚在毛四的肩上。毛四勾著她的玉臂，嗤嗤地嗅個不住。李自成看了這種情形，不由得心頭火起，也不及打門，提起腳來只一腳，轟隆的一響，那房門直坍下來，嚇得李氏由毛四的肩上倒僕在椅中。毛四也不曾提防的，驚得連酒杯也摔在地上。這時自成也直搶入來，向壁上掣了那口腰刀，望毛四斫將過來。毛四要避也避不去，急忙掇起一把椅兒，去架自成的刀。誰知自成用力極猛，這一刀剁在椅上，把椅兒劈做了兩半。刀口順著勢下去，正好將毛四的左臂削去。毛四痛倒在地，身體亂滾。自成搶上一步，踏住毛四的胸脯，一刀戳在毛四的胸前。尖刀透達背心，鮮血望上直冒，眼見得毛四已不活了。李氏嚇得花容慘白，跪著只是求饒。自成一面拉起李氏道：「俺已殺了毛四這廝，你且起來給俺侑酒。」李氏見自成並無殺他之意，膽子就比前大了。這時做出一副柔媚的姿態，百般的奉承自成。自成談笑歡飲，命李氏去了衣裙，又飲了幾杯，嘻笑調謔，備極綢繆。李氏以為自成忘了前嫌，漸漸的放肆起來。正在這當兒，驀見自成取過腰刀，獰笑著說道：「你喜歡和毛四尋樂，俺來成就你們的好事吧！」李氏未及回答，自成的刀尖，已搠入了李氏的下體，向上一挑，噗刺的一聲，把李氏倒削做兩半片了。自成殺了毛四和李氏，知道自己犯了罪戾，便打疊起細軟，一口氣奔出大門，直向甘肅奔走。

到了天色黃昏，已離城七十多里了。這樣的曉行夜宿，不日到了甘肅。正值甘督王為國在那裡招兵。自成投效，為國愛自成勇猛，收做親隨。過不上幾個月，又擢督署護衛官。那時王嘉胤舉事，陝中饑民，大半響應。王嘉胤被曹文詔殺死，部眾星散。陝中鹽梟高迎祥，率鹽民抗稅，打死官兵二十餘民。陝撫陳浩謨飭總兵梁廷棟往剿。迎祥聽得訊息，招集鹽民準備抵抗。迎祥的侄兒高棲，是個陝中的孝廉，為人很有才智。迎祥就命高棲，在軍中策劃機務。這時高棲獻計道：「官兵遠來，如不殺他一個下馬威，一朝被他得勢，可就難破了！」迎祥點頭，即著高棲去布置一切。總兵梁廷棟，統著部下的一千五百名馬隊，並步隊三千，飛馳而來。當經過黃土岡時，游擊程枚諫道：「岡南樹林深密，須防賊人有埋伏。」梁廷棟笑道：「跳梁小醜，哪裡能有這樣的高見？你們只顧往前進行吧。」程枚不敢多說，便揮兵過岡，剛剛走得一半，猛聽得一聲號炮，賊兵分四路殺出。官兵不曾防備，慌得四處逃竄。梁廷棟聞前隊遇伏，喝令後隊緩進。兵士已走滑了腳，一時停止不住。待到聞令駐隊，忽然喊聲大起。斜刺裡兩隊兵馬殺出，左有高棲，右有牛金星。廷棟急分兵迎戰。後隊兵馬又大亂起來，卻是高迎祥自引大隊賊兵殺到。宮兵立腳不住，大敗而去。

梁廷棟雖是個久經疆場的宿將，到了此時，靠著他一個人鎮定，沒甚用處，兵士已不聽命令，各自抱頭亂竄。游擊程枚，戰死在亂軍中，梁廷棟見兵伍失律，喝止不住。賊兵又四面衝殺，只得下令退兵。高迎祥見官兵大隊移動，大叫軍士們速進。高棲立在土岡上，搖旗指揮，霎那間賊兵似潮湧般過來。官兵自相踐踏，死者無算。牛金星領著一支人馬把梁廷棟圍在垓心。部將祖大壽高聲道：「主帥不要心慌，但隨末將殺出去就是。」當下大壽在前，廷棟在後，兩人左衝右突，正要殺出重圍，忽聽得一聲吶喊，兵士便厚了許多，一重重的休想殺得出去。廷棟頓足道：「吾不聽程游擊的良言，此番性命不保了！」說畢拔出劍來，想要自刎。祖大壽忙奪住道：「主帥是三軍司令，今如一死，三軍無首，益發不成功了。」說時手指著高岡上的少軍道：「此人執旗指揮，圍困俺等，看俺先誅了他！」於是拈弓搭箭，颼的一箭射去，不偏不倚，正中岡上的少年，便一個倒栽蔥，滾下岡子去了。賊兵沒了這扇旗兒指點，不知梁廷棟從哪一方殺出來，弄得頭緒毫無。祖大壽乘著這空隙，護了梁廷棟殺開一條血路，往西北角上逃脫了。

高迎祥見廷棟逸去，鳴金收兵。牛金星擒住副將柳沈翰。沈翰不屈，被迎祥所殺。護兵又舁了高棲過帳。迎祥細看他的傷處，是一矢貫在腦門，勢已奄奄一息了。迎祥急命請醫療治。醫士把箭簇拔去，高棲兩眼往上一翻，竟氣絕死了。迎祥因這次大勝官兵，都是高棲的策劃，高棲一死，迎祥好似喪了一隻右臂，不覺感傷不止。那梁廷棟敗回，當然卸職聽勘。虧得巡撫陳浩謨，竭力替他保奏，才令祖大壽署了總兵，梁廷棟革職留任，帶罪立功。那高迎祥自敗了梁廷棟，聲勢大振，附近的流賊，都來歸順迎祥。甘肅盜寇矮老虎，率黨羽三千人，在峰山一帶，據寨作亂。官兵屢戰屢敗，甘督命李闖自成為統領，引勁卒五千，往剿矮老虎。自成果然猛勇，奈官兵都是未經戰陣的，一旦上陣，隊伍不齊，手足俱顫，被矮老虎大殺一陣，五千兵馬，只剩得兩千幾百名。自成知道兵敗，歸必見罪。因那時國家多事之秋，軍令嚴重如山，主將敗還決難保全首領。由這個緣故，自成和先行官高傑商議道：「如今兵潰喪師，回去不得了，橫豎是一死，不如領了所部，前去落草吧。」高傑躊躇道：「咱有家屬在甘肅城中，甘督聞咱變叛，家眷定遭殺戮。」自成笑道：「那還來得及，乘此刻敗訊未曾到甘，你可悄悄的回去，連夜將家屬盜出，俺在這裡等候你就是。」高傑見說，真個去接了家眷，回至軍中。又向自成問道：「我們現在去依誰好？」自成道：「俺有個舅父高迎祥，近據陝中，勢力浩大。俺們前去，萬無一失的。」高傑大喜，便和自成領了二千幾百名敗兵，往投迎祥。

迎祥見自成勇壯，即授為右將軍，以張獻忠為左將軍。這兩位惡魔，聚在一塊兒，一般的殺人不眨眼的。每到一處，不論人民軍官，不分玉石，一概殺戮。所以經過的地方，城市頓為邱墟。獻忠又喜放火，城池打破後，一邊搶劫，一邊四處放火，直燒得滿城通紅。男女老幼，痛哭的聲音，遠聞數里。獻忠惡他們煩噪，下令閉門屠戮，闔城慘殺，見人便斫。殺到屍積如山，血流成渠。城中的河道，被人血渟住，水流盡赤，淤塞不通。獻忠策馬巡視，方才撫掌稱快。李自成攻城，終不及獻忠的迅速，往往落後。等得自成趕來，獻忠已殺得差不多了。有一次上，獻忠進攻白水，自成在後監軍。獻忠領的鐵騎，趕起路來，和風馳電掣一般。白水縣尹陳悚，聞知賊兵到來，急令閉起四門。陳悚親自上城守禦。怎奈城內兵少，獻忠攻城又力，不到半日，西門已破。陳悚墮城而死。獻忠率兵進城，正在大肆掠劫，放火焚燒。忽探子來報，監軍李自成離此只有十里了。張獻忠怒道：「咱拚死的把城攻下了，他倒來趁現成麼？」吩咐左右，把四門緊閉起來。

獻忠在城中，閉門搜殺，婦女有美貌的，就任意姦淫。李自成領兵到了城下，見各門關著，大叫開門。城上獻忠的部將回說道：「張將軍有令，城內正在殺戮，不許有別的人馬進城，必待城中殺盡了，方可開門相納。」李自成聽了，勃然大怒，便要令兵士攻城。牛金星在旁阻止道：「獻忠的部下，銳氣正盛，我們仗他抵禦官兵，也是不可少的。倘若和他翻臉，萬一他去助著官兵來與我們作對，那不是自掇石頭壓腳嗎？」自成聽了，覺得牛金星的話不差，就耐著氣守候。直至獻忠殺得城中男女老少，十去其八九了，才命左右開城，放李自成的兵馬進來。從此自成和獻忠，不免生了一種意見了。

其時為崇禎五年，滿洲皇帝努爾哈赤已死，第八皇子太極繼位，轉眼是天聰六年了（努爾哈赤，明天啟七年卒）。明崇禎帝，以袁崇煥為邊關督師，抵禦邊寇。副都督毛文龍，初在東江，部下有十萬多兵丁，實力很是不小。滿洲進兵寇邊，有毛文龍這一路兵力，著實受些牽制。哪裡曉得袁崇煥一到，第一步就要把毛文龍的兵丁改編。文龍因江東荒島，完全是自己獨立經營出來的，便有些不願意受崇煥的節制。袁崇煥恨毛文龍藐視，將文龍賺入寨中，叱武士縛起來，立時斬首。毛文龍部下的兵丁，都替文龍抱著不平。就是邊民，也無不說毛文龍是冤殺的。崇禎只當沒有聽見，把江東毛文龍部解散。只為袁崇煥一些兒私憤，殺了副都督毛文龍，滿洲軍馬少了個牽制，遂得直寇邊疆，這也是明朝國亡的定數了。這崇禎皇帝登基五年，外省的災異迭見，真是筆不勝書。記得崇禎繼位的一天，半空中有聲，似雷非雷，又似炮聲，群臣無不驚懼！以新天子御極，大家嚇得不敢做聲，元年的四月，有大龍三條，在睢寧城外狠鬥。龍血四飛，猶若紅雨，人民房屋，都飛往半空。這樣鬥了半天，一龍墮地，長數十丈，腥羶聞數里，龍身尚能轉動，澆水便跳躍不止。過了十多日，嗷叫自斃。人民割肉煎油，可以燃燈，光明勝常油十倍，但不能說是龍油，否則霹靂立時就要擊下來了。又天津洪水暴發，水裡有高十丈的大人，穿著白衣，戴著白帽，形狀和廟裡的白無常似的，兩眼光芒四射，足大二尺，手巨如箕。頑童們把石塊投去，大人啾啾作聲。過了三天，方沒入水中。又五月有大星出東方，周圍光耀十丈，大約如斗。黃昏出現，五更星忽化作五顆。變時有爆裂聲，火星四射，落在人民的屋宇上，就此火燒起來。後來那顆大星，竟一更變化一次，或一更變化兩三次。每化一次，總得落些火星下來。一天那顆星驀地和雷般大響了。要知那星怎樣作響，再聽下回分解。

朵朵金蘭獻忠殺四川　滔滔洪水闖賊淹西鄉

卻說那顆大星，一天忽然響了起來，半空裡好似雷鳴，人民嚇得四散躲藏。那裡響了一會，轟然的一聲，墮在地上，化了長數十丈，大百餘圍的一塊巨石。房舍屋宇，一時壓碎了不少。又蒲城縣中，農人王小山家，園中瓜果，都結成人頭形，眼鼻口耳，歷歷如繪，只是面目，沒一個不作愁眉痛哭的狀態。識者早知是不祥之兆。又河北小兒，偶在荒地上游戲，見一個衣敗絮的人，突額陷睛，面有白毛，長約數寸，口角流涎，臭不可近。眾小兒不知他是個屍怪，大家取了一根木棍，在後追逐，白毛人飛步狂奔，直竄入破棺中，忽忽不見。眾小兒大嘩，市人聞聲來瞧，聽了眾小兒的話說，以為棺中有人出入，必是殭屍無疑，日久必至噬人。於是一倡百和，把那空棺升到空地上，待揭去棺蓋時，棺中滿貯著白毛。見風四處亂飛，掩蔽天空，好似下雪一般。眾人看得目瞪口呆，也不識它是什麼怪異。誰知過不上十幾天，河北的病疫大作，叫做羊毛疫。患著的人，但覺鼻管中微微聞到了羊騷氣，連打幾個寒噤，就此氣絕了。

當時謠傳，謂染羊毛疫的，系食茄而起。有人將茄子切開來驗看，果然茄子的腹中，有微細的羊毛無數。人民由是相戒不敢食茄。那些患羊毛疫的，也有一種治法，如其人覺得鼻孔裡微有羊毛騷的氣味時，在未打寒噤之前，急將兩手的中指第二節，以刀劃開，細視有羊毛三四莖，用箝箝出，病就可愈。倘聞得羊騷味後，已打過幾個寒噤，那是受病已深，不可醫治了。就是依法割開中指來，羊毛必然變了黑色，即使箝出，人也不中用的了。又太原民李良，男體化為婦人，和田中的農夫，在稻田裡交接，受娠後生下一個小孩，卻是陰陽兩體的。不到三天，李良和小孩同時死了。又宣城的城門，忽然流出血來，猩紅有腥羶氣，一晝夜不止。護城河的水都變了赤色。又京師的城門，夜有哭聲，好似少婦啼哭一般，人民相顧驚怪。又鳳翔地方，山中有大鼠，小如貍，大如犬。初入村鎮，只偷食人家的雞鴨之類，逐漸能啖大畜了。牛馬若被鼠瞧見，群鼠一鬨上前，大的嚙牛足牛頭，小的鑽進牛腹中，直待吃盡了腹中的五臟六腑，才由裡面咬出來，再吃外面的皮肉。日子久了，鄉村中的牛馬雞犬羊豕，都被大鼠食罄了，便乘夜到百姓人家，來偷小孩吃，後來竟白日吃人。村人集隊噪逐，往往被鼠鑽入腹中嚙死。

又浙江一帶，夜裡天天鬼哭，聲如老梟，極其悲哀。凡流賊將到的所在，隔夜先有鬼兵經過，也一樣的披甲持矛，形跡儼然生人，也有騎馬的，馬蹄聲得得不絕。但一經看的人多了，鬼影便自行消滅，時人稱為陰兵。又柳城鬼皆夜啼，人民不能安寢，大家焚燒冥錠。便有無數的鬼影，來攫錠箔。又京中人民，畜了雄雞，羽毛都變了赤色，長大至五六十斤，識者說是鷟，所見之處，必至亡國。崇禎三年，湖北天雨紅雨，又雨白魚，重有十餘斤。又雨白米，米皆腐臭，不能煮食。襄陽天忽雨豕百餘頭，重只五六斤。蜀中天雨黃牛，人民因爭搶牛，自相殘殺。又乾清門奉天殿上，有大鳥墮地上，化為披髮的厲鬼。侍衛追逐，鬼哭出乾清門，到皇城牆下，轉眼不見。又杭州有少婦，產一黑眚，下地便能步行。產婦驚死，黑眚奔出門外，驟長丈餘。沿路攫小孩亂嚼，被人民擊斃，流黑血斗餘，滴入河中，河水變黑，居民汲飲，瘟疫大起，死者遍身發黑。只要飲大黃汁一碗，嘔黑水一斗便愈。然等到大家知道治法，人已死的不少了。這些怪異，都在崇禎初年，熹宗末年所發見的。做書的說到這裡，怕讀者嫌太麻煩，還有許多怪事，只好不講了。

再說張獻忠和李自成，同在高迎祥的部下，兩雄相遇，當然不能久安的。過不上幾時，獻忠便自引本部人馬，奔到陝西的米脂縣，和他結義弟兄楊六郎、一片絮、滿天星、大石梁、金羅漢、鐵牛精、白水獺、掠地虎、馬猴等，稱結義十弟兄。占據了米脂的十八寨，獻忠自號八大王。講到張獻忠，是陝西延安人(膚施)，他的父親張祿，本販馬出身。當獻忠未生的時候，有一段神話，直傳到如今，且把他記出來。膚施地方，有一所東嶽廟，東嶽神很是靈顯。其時有個秀才羅自穎，學問很好，只是文章憎命，屢試不第。羅自穎以貧困的緣故，就在東嶽中，設帳授徒。夜裡便假僧房，食宿都在廟中。一天將要五更，羅自穎便急起溺，經過後院，聽得大殿上，有呵殿站班的聲音，自穎十分詫異，忙到大殿的佛後面張望。見大殿上燈火輝煌，衙役雁行兒排立著，案上高坐著冕冠袞服的帝君，旁立藍臉赭鬚的判官，靜悄悄的過了一會，聽得那帝君發言道：「將天煞星帶上來！」聲猶未絕，衙役牽上一個黑面赤髮的厲鬼來，赤足跪在案下。帝君說道：「命你往投張祿家中，不得延誤時刻！」厲鬼應聲，忽然不見。羅自穎看得明白，心裡吃驚道：「天煞星下凡，人民必有一番浩劫。」想著躡手躡腳的溜回寢所。

第二天上，羅自穎向村中去探問。果然有個張祿的，昨夜生了一個兒子，自穎便暗暗記在心上。光陰荏苒，轉眼是天啟二年，張祿的兒子，已有十二歲了，由他的母親楊氏，送到東嶽廟中來附讀。因鄉村地方，識字知書的人是很稀少，難得有個秀才先生，在村中教書。一村的孩子，都要送到秀才先生處來讀書的。張祿的兒子進書塾時，羅自穎把他仔細一瞧，不禁嚇得毛骨悚然。原來那孩子的相貌和那天殿上所見的天煞星一般無二，也是黑顏赤髮，雙目炯炯有光，形容十分可怖。當下那孩子拜了羅自穎做先生，自穎替他取名，叫做獻忠，從此張獻忠天天來塾中讀書，他的性情異常頑皮，動不動和同學們廝打。獻忠天生力大，塾中的學生，沒一個不見他畏俱。獻忠見人家怕他，越發橫行無忌了。羅自穎知道他是天煞星轉世，心上要想設法打死他，以救遭劫的生靈。但自穎一起這個念頭，晚上就有人在他耳邊叫道：「張獻忠是來應劫數的人，切莫要難為他！」自穎聽了，嚇得心膽俱戰，由是便善視獻忠，不敢和以前般的捉弄他了。

獻忠到了十七歲上，他父親張祿，往順慶（四川屬）販馬。驅著五六十匹高頭駿馬，經過順慶街上，中間一匹馬，忽然下起糞來，恰好在一家土豪的門間。那土豪怒張祿有意糟踏他，喝令張祿把馬糞吃盡。張祿再三的哀求，願把街上的馬糞掃除了，然後焚香請罪。土豪不肯答應，就喚出一班惡奴來，將張祿捉住了，強把馬糞灌入口中，把個張祿弄得奄奄一息。回到家中，又氣又惱，不上幾天，竟死在順慶寓中。張祿的同夥回來，把這件事告訴獻忠的母親楊氏，楊氏哭哭啼啼的，叮囑獻忠，要替他父親報仇。獻忠聽在耳朵裡，就和金羅漢等結義十弟兄，在十九歲的那年，聞得王嘉胤作亂，獻忠同了鐵牛精等九人，去依附嘉胤。嘉胤被曹文詔所破，獻忠等又去投奔高迎祥。以與李自成不睦，自引了三千多人，和結義的兄弟九人，奔回米脂，據十八寨稱王。於是獻忠議往順慶，給他的父親復仇。先把陝西虜施的人民，把來開刀。十個殺星，各領了三四百人，向各村各鎮，見人便斫，連延安的官吏家眷，也一併殺個乾淨。唯有逢著姓張的人，獻忠認是同宗，一概赦宥。還有獻忠的先生羅自穎，獻忠念他五年教授的恩典，也算不曾殺的。餘下的不分男婦老小，一古惱兒殺卻。這樣的殺了一陣，大家會軍在一起，命左右開了酒罈，猜拳行令的狂飲起來。酒到半酣，獻忠笑著說道：「咱欲替老子報仇，如今咱的老母也死了，倒不曾問得仇人的姓名，這時就殺到順慶，從哪裡去找仇人？」眾人見說，也都躊躇不答。忽左右進道：「鍋中熱酒，把酒器設在鍋內，酒和水一起混合，須要另開一壇了。」白水獺性急忙說道：「你們只拿鍋中的水取來，把一鍋的水喝盡，酒自然也在肚裡了。」白水獺說得無心，獻忠聽了大悟道：「我們不知仇人是誰，現在不管他是順慶，是漢中，但把四川的人一齊殺完，仇人當然也殺在裡面了。」金羅漢拍手大笑道：「這話有理，俺們就這樣幹吧！」席散，分兵四路，楊六郎、大石梁為第一路；金羅漢、一片絮、滿天星為第二路；白水獺、鐵牛精為第三路；獻忠自和馬猴、掠地虎等為第四路。分撥而定，由華陽等處，一路殺入。

其時的四川地方，人民奢華已達極點，淫風之盛，為從來所未有。婦女的裝束，光怪陸離，見所未見。平常人家的女兒，衣必綾羅，食必膏粱。衣服的炫奇，爭豔鬥勝，愈出愈奇。富家女兒，把衣裳做成和舞龍鳳獅象，或蝴蝶花朵。又用水晶琢成方圓的花朵，背塗擺錫，光明如鏡，也去綴在衣上，月光下走過，那晶光一閃閃的，遠望過去，真是霞光萬道，幾疑是月宮天仙下凡。後來衣角上又行一種金鈴，數十顆或數百顆，富有者遍身綴滿了金鈴，走起路來，叮咚作響，很是好聽。當時有詠四川婦女詩的，中句雲：「十萬金鈴護嬌軀，令人一步一魂銷。」由這個詩上看來，蜀中婦女太奢侈，也可見一斑了。還有婦女的裙子，多半是用白羅的裙上以紅絲碧線，繡成風流的詩句。那些大家閨秀，都請名士宿儒，撰成香豔的詩詞，一首首的繡在裙上。繫了這種裙，盈盈的在市上經過，大家無不注視繡裙，賞鑒裙邊的文字。有幾條最佳的繡裙，詩兒又新穎，繡工又精緻，系在身上，誰不喝一聲採？士人們所說的，石榴裙下誦豔詩，就是指繡裙的佳妙和講究。繡裙以外，便是研究裙下的雙勾了。那時川中的女子，最考究的是一雙纖足，真是裹得那足兒纖不盈指，又瘦小，又尖柔。當年的凌波，怕也及他不上咧。而且所著的繡鞋，其時流行一種高底、厚約三四寸，系用檀木雕琢成的，裡頭藏著降檀雕就的蘭花或梅花，高底下面，開個小孔，恰好漏出一朵梅花。婦女們穿在腳上，每跨一步，足底下便漏出一朵梅花，又有在鞋底內建香末的，底上的小孔，卻雕成花形，香末漏在地上，也成一朵朵的花兒。這個名兒，就叫做步步嬌。川中的乞丐，拾了婦女們腳下漏出來的降檀，去燒煮食物，一時四野香氣四布，煙陣迷濛。那檀香是高貴的香類，專燒與人佛的，怎經得婦女們腳下的踐踏，再去燃燒，豈不要穢氣沖天？四川人民的遭劫，一半也是婦女們太糟蹋得厲害了。總而言之，國家將亡，奇出異樣的事，自會有人做出來了。有人說：「川人奢靡太甚，淫風過熾，因而上幹天怒，降下這張獻忠來，殺盡四川。」

閒文少敘，言歸正傳。再說張獻忠分四路殺到蜀中，時四川自奢崇明亂後，守吏大半是尸位素餐的。一聽得賊兵大至，文的慌做一堆，武的攜眷逃命。有幾處的武官，甚至藉著賊盜的名兒，縱兵放火打劫。所以當日有強盜官兵的名兒。獻忠一路占城奪池，勢如破竹，三日中連下十七城，官民都為喪膽。那些守城的人馬，誰還有心交戰？竟一窩蜂的吶喊一聲，各自開門降賊去了。張獻忠迭陷平武新津等二十二縣，長驅直入，不日到了成都，下令屠戮。楊六郎、大石梁等，殺奔南路，獻忠自殺東路，一片絮、滿天星，金羅漢等殺西路，馬猴、掠地虎等殺北路，白水獺、鐵牛精等，殺戮中路。五路人馬，各處焚掠戮殺，男女老幼，見人即殺。

獻忠見四川婦女，多是纖足，即令兵士，專斫婦女的金蓮。每兵一人，至少獻小腳十對。否則殺無赦宥。於是三四千賊兵，搜尋婦女的纖足，遇見女子，不去殺她的頭顱，只削了雙足便走。不到半日功夫，軍中的小腳，堆積如山。獻忠命將許多纖足，架起一座座的寶塔來。擇纖足中最小的，把它做了塔頂。霎時之間，堆成寶塔七八座。獻忠又下令，拿女足堆就的浮圖，一併架火焚燒。兵丁忙著搬柴燒火，轉眼烈焰騰空，火光燭天。人足上本來有油的，一經著火，人油四溢，延及民房，也燒了起來。臭惡的氣味，遠播數里。可憐那些講究凌波纖足的婦女，平日繡履雕花，把一雙金蓮，研究得尖瘦柔窄，走起路來，務求姍姍蓮步，所謂香鉤三寸，動人憐愛。萬不料來了個煮鶴焚琴的張獻忠，把那些纖纖蓮瓣，斫下來付之一炬，全沒一點愛惜之心。只是便宜了祝融氏，大可以將許多蓮瓣，仔細賞覽他一會呢。

獻忠殺了一日夜，心裡還以來未足，又命鐵牛精等，挨戶搜殺，接連殺了三天，成都地方的人民，已十分中殺去五六。一時人殺的多了，計點不出數目，令斫手臂為記。兵士殺人，每隊中各舁竹籮數百隻。殺一個人，斫臂投籮中，等籮都置滿了，便檢點一過，去傾在威鳳山下。這樣的又殺戮了三四天，人臂越積越多，自城北威鳳山起，直到城南桐子園，連續八十餘里，都堆滿了人臂，高若山丘。獻忠著左右檢點所殺人數，除東路是獻忠自己擔任，殺戮的人數不計外，南路楊六郎等，殺男子十五萬五千四百四十三人，女子十四萬一千九百十六人，男女共十九萬四千八百七十七人，小孩六萬七千三百零一人。北路馬猴等，殺女子三十三萬九千四百十二人，男子二十八萬七千六百人，小孩十二萬三千一百人。白水獺等領中路，殺人也算最多，殺男子共五百六十三萬七千七百九十一人，女子七百九十五萬二千三百十六人，小孩一百三十三萬六千八百十五人。四川經這一次的大劫殺，真是殺得道無行人，雞犬不留了。

獻忠在成都大殺了半月，便架起大舟，一路順流殺下。經過洞庭湖時，向洞庭君占休咎。初占不吉，再占如前，三占大凶。獻忠怒不可遏，叱左右毀洞庭君像。凡大殿上神像，都被他打得粉碎。下令解纜啟行。船到中流，大風忽然驟至，大舟翻覆二十餘艘。獻忠益發大怒，自己駕了巨艘，往來駛行，幾乎顛入水中。獻忠命駛船近岸，大罵道：「風大不叫咱渡江咱就不用船隻了。」當下命兵丁將大舟連結起來，把所殺的男女屍首，一齊搬到船內，上鋪硫磺等引火物，乘風燒著。數千艘火船，任其隨風擺盪江中，綿亙九十餘里。到了晚上，火光映在江上，滿天盡紅，遠照百里。這樣的焚燒了三四晝夜，火猶不息。獻忠棄了船隻，仍回到成都，自稱大西國王。

那時李自成在陝西，任意劫掠。陝撫孫傳庭，領鐵騎剿賊。闖王高迎祥大敗，被孫傳庭圍住，迎祥衝突不出，與偽都督劉哲，為孫傳庭擒住，解往京師，下旨磔死。自高迎祥死後，賊眾沒了主腦，於是擁李自成為闖王，退守陝北，據萬山叢中，依險自固。孫傳庭因地勢不熟，不敢輕進。自成便率了部屬，和新來相附的紫金梁、掃地王等，進撲西鄉。令尹伍應元，招養民兵三千名，登城守禦。自成密使軍士，堆石成壘，乘雨薄城。應元忙命民兵，縛巨木於城上，用壯丁十餘人，舁木下擊，賊兵死傷數百名，大喊潰散。自成大怒道：「西鄉一個小縣，還這樣難攻，休說是爭天下了。」說著親執大刀，督兵攻城。一面暗在城下，掘道地進去。卻被伍應元覺察了，急引河水護城，水灌入地穴，自成的掘洞兵丁，都淹死在穴中。

自成咆哮如雷，限兵士即日破城。牛金星進道：「西鄉城小，伍應元那廝，守備得法，強攻是沒用的。我看西鄉東首，正臨石河江，若將石河江上流堵住，灌水進城，哪怕城內不自亂麼？」自成大喜，便依了牛金星所說。那石河江上的水勢很急，狂瀉進城，霎時哭聲大震，落水死的不計其數。應元在城上望見，知道大勢已去，就望北叩了個頭，自刎在城牆邊。自成人馬進城，一面放了河水，下令屠城。

唯年少美貌的婦人，卻並不殺戮，由自成親選了美女四十名，餘下的都賞給了部下將士，是日賊中大吹大擂，歡飲著得勝酒。大家正吃得高興，猛聽得城外喊聲大震，賊兵吃了一驚，不知喊聲是什麼，再聽下回分解。

遷怒幺幺轅門堆死鼠　殃及泉下室內汙髗屍

卻說李自成破了西鄉，正在和諸將歡飲，忽聽得城外喊聲大震，左右報孫傳庭率兵追來了。自成聽說大驚，慌忙起身離席，飛上禿鞍馬，望北而逃。牛金星挾著大刀，從後趕上，保著自成出了北門。幸得官兵不曾知道，只圍住東西兩門。其時城中賊兵沒了指揮，不覺大亂，自相踐踏。縣署門前，百姓放起火來，接應城外的官兵。孫傳庭已開啟西門，大軍一擁而入，賊兵不知所措，紛紛潰散。掃地王和紫金梁，引了三十多騎，也逃出北門。賊兵閧然逃竄，爭出北門，勢如潮湧一般。孫傳庭部下游擊周順源，領了一千五百名步隊，也趕到北門來追殺，賊兵無心戀戰，各自抱頭逃命。這時掃地王等，只顧向前狂奔，追上了李自成，一直望冷僻小路而走。那周順源大殺了一陣，自知兵少，恐中賊人的埋伏，即勒兵不趕。自成等逃了一程，見官兵不來追趕，喘息方定，收了敗殘人馬，計點起來，共損失馬步兵士千餘名，傷者不上百名。

自成正要整隊西進，忽探馬來報，方才攻城的官兵，不過兩千多人馬，由游擊周順源統帶，並非孫傳庭親至。自成聽了，不禁頓足道：「我們上了當了！」忙傳報事的人，早逃得不知去向。原來是官軍中奸細所假扮的，故意說是孫傳庭到了，以煽亂李自成的軍心，官兵好乘勢攻城。誰知自成膽小，真的被他們嚇的逃走不迭。及至聽了探馬的報告，才如夢初醒，恨恨的說道：「我們這許多人馬，反被他一二千人殺敗，不是要慚愧死人嗎？」說罷待要回軍再去攻城，牛金星勸道：「西鄉不過一個小城，何必用這樣全力？不如棄了它西進，將來養精蓄銳，再圖報復不遲。」自成沉吟了半晌，於是下令進取西安不提。

再說張獻忠據蜀稱王，歸附他的流賊，倒很是不少，勢力就一天天的浩大起來。可是獻忠生性殘忍，雖然擁眾稱王，他的賊性卻仍舊不改。每擇美貌婦女多人，令卸妝待寢。到了姦淫既遍，叫左右架起大鍋，洗刷侍寢的婦女，就鍋中蒸煮。不待煮熟，便帶血大嚼。又捕小兒數名，鍋中爇油，擲小兒入油內，任其叫嚎跳躍。獻忠看了大笑，便拔出刀來，戮了鍋中的小兒，夾油亂啮，直吃到皮盡見肉。尚有餘肉，即賞給兵士們去下酒。又築高臺丈餘，四圍用木柵攔住，逮十三四歲的童子，驅進臺中，多至三四百人，命兵士在臺下放起火來。眾童子沒處逃命，只在木欄內啼哭奔逐，漸至相抱著焚斃。獻忠見童子們奔逐的當兒，笑得嘴都合不攏來。等到燒死，把童子一個個的挑選出，劈開頭顱，取腦髓大啖，名叫薰香肚。又系少婦多人，開膛破腹，取出腸胃，投入穀米草豆，牽馬餵食，謂可以使馬肥壯。

有一天的三更，獻忠正擁著豔姬熟睡，猛聽得鼠聲嘈雜，把獻忠的好夢驚醒。獻忠大怒，親自起身，持刀尋覓鼠子，一時又找尋不著，氣得獻忠咆哮如雷，下令道：「兵士們盡力捕鼠，每人須交鼠十頭。如不滿者，均殺無赦！」這個令兒傳到營中，兵士們又驚又駭，於是大亂起來，有掘土挖石的，有推牆倒壁的，有哄入百姓人家，挖板鋤地，大捕鼠子。村鎮市廛中的房屋，都被獻忠的兵士，拆得梁倒椽脫，磚翻瓦亂，大家拚命地搜尋鼠子。那些人民，半夜中給兵丁們打門進去，毀廚拆床，到處捕鼠。

這一夜，城中人聲鼎沸，火光燭天，百姓從睡夢中驚醒，都站立在門外發抖。兵士們卻麕集房室中，把地磚盡行揭起，一面找了捕魚的網兒，將舍宇的四面罩住，十幾個兵丁，向著地穴壁隙中，用竹帚吶喊驅逐。大小鼠子不得安身，一齊逃竄到穴外，都投入網內，吃兵士們亂棒一頓打，盡數死在網上了。這樣的大鬧了一夜，天色破曉，兵士們各囊了死鼠，來轅門繳令。一霎時間，轅門前的死鼠，猶若山丘，自大道前直堆到甬道外面，統計死鼠，不下千百萬頭。獻忠命搬往荒場中，燃火焚燒，臭氣觸鼻，令人作嘔。

獻忠又在川中，開科取士，著偽學士嚴錫臣為主試官，共錄取七百餘名。獻忠令掘大坑，深三四丈，將錄取計程車子，盡推進土坑，立時活埋。並自為武科典試，下諭習武的人民，皆可投考，中者賞千金，授職千戶。那時熱心功名的武秀才，聽說有這樣的好機會，又貪他重賞，便紛紛報名投考。獻忠傳集了考武計程車人，先令使刀弄槍，射箭等等，前後互較氣力。中式者立在紅旗下，不中式的立即斥退。這一場考試，取得武舉人三百六十餘人。獻忠叫士兵牽了健驢三百餘頭，令三百多個武舉人，人騎一頭。那健驢的尾上，都繫有紙炮無數。於是使眾武舉騎驢排隊，兵士持銃後隨，獻忠一聲令下，兵士把驢尾上的紙炮燃著，乒乓之聲大作。驢子受驚，向前奔走。兵丁又把銃在驢後亂放，並鼓譟吶喊，向驢追逐。群驢嚇得屁滾尿流，在空地上亂躍竄突，騎驢的武舉，都從驢背上直摜下來。後面的馬隊擁上，只一陣的踐踏。可憐那些武舉，官倒不曾做得，身體已先踏做肉泥了。獻忠看得高興的了不得，自己也策馬狂馳，在人體上亂踐一會，才緩步回營。統計張獻忠的所為，大都類此，其慘酷和殘忍，流賊當中，可算他是個魁首。李自成已算得殘暴的了，倘與張獻忠比較起來，似乎還遜獻忠一籌。你想獻忠的為人，厲害不厲害？

再說李自成進取山西，正值山西大旱，民不聊生。一般略具勇力的百姓，早已投身綠林。殘弱的無所得食，便去掘些樹皮草根充饑。後來連草木也吃完了，萬分沒法，只得殺人為糧，先食子女，再食妻子，自己的家裡吃完了，便往外面去搶食。見人家殺了女兒，還不曾破肚，凶橫的上前去，割了一條腿便去。等到那殺女兒的人來追，搶腿的人，已逃得遠遠的了。那人追趕不上，只好回去，哪裡曉得到得家中，殺倒在地上的女兒，全體被人偷了去了。那人氣得眼睛都發了黑，提起刀來，要待自刎，猛聽得背後有人說道：「你既願意自殺，何不把你送給我們充饑？」話猶未了，便來扳住那人的臂膊，奪下手中的刀來，啪哧的一響，斫了一隻手臂，飛也似的去了。那人痛倒在地，還沒有喊出痛聲，忽見鄰人走來，不問三七二十一，斬了那人的一隻左腿，竟自去煮食了。待到斬腿的鄰人再要來斬時，那人已被別人斬得只剩一個頭顱了。那鄰人笑著，捧起頭顱來說道：「就這個頭兒，也可以當得一二餐。」這句話才說完，背後飛過一把刀來，把鄰人的左手和他捧著的頭顱，一併斫下來，提著大踏步走了。那鄰人不敢去追，否則便要成俎上的臠肉了。

又有一家人民，實在餓得過不去了，子女又不忍殺，以為媳婦是外人，且把她殺了充饑吧。老夫婦兩個，在那兒祕密商議，被那媳婦聽見了，嚇得心肝膽碎，忙三步兩步的走出門外，望自己孃家奔逃。到了母家，見父母也餓得要死，便含著眼淚，把夫家翁姑要殺她當餐的話，告訴了一遍。父母見說，連聲讚她是孝順女兒。父親還拍著她的肩胛笑道：「我們有這樣一個肥女兒，自己不吃，倒去給婿家受用麼？」說罷拔出刀來，把他的女兒斫翻在地，弟兄們幫著草草的滌洗了，正要下鍋煮食，不料她女兒的丈夫，已趕來追討妻子了。那嶽翁見女婿來了，不但沒有愧色，反而大喜道：「女兒既回來了，還要送一個添頭上門，我們有這兩個糧食，又有十幾天可以活命了。」女婿聽得這種話說，知道岳父母不懷好意，連妻子也不要了，慌忙轉身逃走。那嶽翁已持刀趕將出來，把女婿的手臂拖住，斫下一隻臂膊道：「饒了你吧！」說著捧了臂膊，一家歡歡喜喜的，去煮食他的女兒去了。

你想山西饑荒到這個地步，並人食人也帶搶帶奪，還有什麼的官府治吏？所以李自成的兵馬一到，好似入了無人之境，竟一個官兵也沒有碰見，安安穩穩的進了山西城。只見城中屍首滿堆道左，百姓十室九空，街道上都是些粼粼白骨。自成因沒有什麼可以搶掠，只得回出了山西，向各地一路劫掠過去。由河南輾轉到了江南，直趨六安，從六安攻入鳳陽，沿途放火，焚毀市廛和民舍。又把鳳陽所葬的皇陵，也一併焚去。

自成聞得鳳陽多唐宋人的古墓，墓中大都有金珠寶貝等殉葬品物。於是下令在山麓草地，樹木蔭茂的地方，不論新舊的遺塚，一概發掘。兵士在郊外，掘著一處墳墓，棺木異常的長大，棺中有玉鼎玉碗之類，儘是秦漢時的玉器。自成大喜，由氏掏墳更比前起勁了。一天在鳳陽的城郭東牆下，掘到了一個地穴，地穴裡面，四周用白石砌成牆壁，探首下去，隱隱尚有火光。兵士不敢下去，忙來報自成。自成親往看了一會，對兵士們說道：「這是從前王侯或帝主的古墓，其中定有寶物，誰敢下去，每人賞五百金。」兵士們聽了，便燃起火把，發一聲喊，紛紛走入穴中。過了半晌，由一個兵丁上來說道：「穴內有兩扇石門，緊緊的閉著，卻推不開它。」自成令多下去幾十個兵丁，各拿著石錘鐵耙等等，前去攻打石門。轟然的一響，石門開啟，裡面萬弩齊發，兵丁射倒的很是不少。自成大怒道：「死人的巢穴還這樣厲害，我們活人反弄不過他麼？」

當下令兵士張了蠻牌下去，走進石門，正中是一所大殿，建造得畫棟雕梁，十分精緻。大殿的佛龕內，坐著一個檀木雕就的女神，望上去眉目如生，栩栩欲活。兵士們也無心瞧看。轉過了佛龕，後面又有一重石門，卻是半開半閉的。待推進石門去時，猛聽得砉的一響，十幾把鋒利的快刀，齊齊的劈將下來。兵士們幸虧躲避得快，但有兩個人，已被刀截做四段了。這時進石穴的兵士漸多，自成同了牛金星、掃地王等，也親自走下石穴來，吩咐兵丁，用鐵棍架住了門上的鐵板，那飛刀就不能下來了。大家走進殿後，見是一併排五間平房，屋頂上掛著一盞大燈，火光尚閃閃不絕。那燈底通著下邊的油缸，缸大約七八石，三缸以竹筒連綰著，缸中的油，點去得一半多了。那五間平房的後面，還有一間精室，兵士們推進內去，卻並無機械設定，室內但覺陰氣森森，寒冷逼人，猶如嚴冬。四周所陳設的，是石凳、石榻、茶竈、藥爐，無不齊備。正中一座石臺，石臺之後，是用白石鑿成的一座蓮花臺。臺旁雕欄石柱，龍鳳飛蟠，雕琢異常的工細。蓮瓣的頂上，架著雕龍紋的石棺，長約丈餘，寬大逾於尋常。自成一面在石室內瀏覽了一週，命兵士舁下那口石棺來，直抬到石室的外面，那些兵士們不知石棺內是什麼寶貝。大家鋤的鋤、鍬的鍬，七手八腳的一頓亂打，火星四迸，石棺未曾動得分毫。自成詫異道：「那白石怎麼那樣結實？」說著就石棺四圍細看，見棺蓋的沿上，鑿著兩個石筍，兩邊鑲合攏來，似石鎖般扣住，所以不易開啟。自成沉思了半晌，如有所悟，把鋤頭輕輕地向石筍上一點，啪的響了聲，那石棺蓋就漏出一條縫來，兵士們再併力向前將石棺的蓋兒舁去，裡面顯出一口銅棺，沿石棺都鋪著水銀，那銅棺已被水銀逼得成了銅綠色了。

自成又命將銅棺開啟來時，大家不覺吃了一驚。原來棺內臥著一個鮮衣濃妝的女屍，頭戴紫金鳳冠，身披繡龍錦袍，肩垂流蘇、羅裙鸞帶，儼然是個皇后打扮。面目嬌豔如生，一雙盈盈的秋水，含笑嫣然，真是萬種媚嫵，哪裡是什麼死屍，竟是一個月貌花容的美人。李自成的為人，本來是個好淫嗜殺的強盜，他自有生以來，從未見過這樣的佳麗，不由得饞涎欲滴，呆立著好一會說不出話來。那時一班兵丁，忙著奪取棺內的金珠玉器。就中有一對白玉琢的獅子，光潔晶瑩，白膩如脂，大約是最貴重的殉葬品了。兵士們大家爭執，把一隻玉獅墮在地上，跌去了一個尾巴。寶物落在這些傖夫手裡，也算得玉獅的厄運了。自成被他們的鬧聲驚覺過來，再看那女屍，實在越看越愛。便令牛金星，押著兵士們，將女屍舁往城內署中，自己就走出石窟去了。當自成回到署內，小兵已抬著女屍進來。自成命安置在內室的榻上，一面叫廚役擺起筵宴，一個人獨酌獨飲的，喝一杯酒，回頭向那女屍瞧看一下，越喝越起勁，也越是看得高興。這樣的喝了有數十大觥，自成已有幾分酒意，忍不住走到榻前，把女屍身上的繡衣羅裙，慢慢的解去，露出雪也似的一身玉膚來。觸在手上，細膩柔滑，無論什麼沒有這樣的柔膩，所惜的就是少一口氣息，玉體冷冰冰的，未免減色一點。自成這樣撫摩玩弄，不由得情不自禁起來，便把那女屍一摟，生死異途，居然做了一出鴛鴦同夢。正在這個當兒，忽見女屍的口中，微微露出一縷金線來，自成不知就理，伸手把金線一牽，牽出一顆精圓瑩潔光潤可愛的明珠，約有龍眼般大小，光彩燦爛，眼見得是粒稀世的奇珍。自成方取在手裡把玩，猛見那女屍的玉容變易，由白轉黃，黃又變成紫色，瑩潔滑膩的玉膚，也變做了暗黑色了。口角眼鼻，都流出淡紫色的血水來。自成吃了一驚，還用手握女屍的玉腕，玉腕應手脫下。霎時間一個豔麗如生的香軀，立刻腐潰得不成模樣了。

自成看得目瞪口呆，怔了半晌。恰好牛金星進來白事，自成只好披衣下榻，便將女屍的變異，對金星說了，又將明珠遞給金星瞧看。牛金星說道：「這叫夜明珠，是無價之寶，不知從哪裡來的？」自成說是女屍口中的。金星說道：「怪不得屍首要腐潰了，須知珍珠是能保身的，雖千百年可以使得死屍不腐。一經把珍珠去掉，那屍體著了空氣，自然要腐化開來了。」自成見說，連連嗟嘆，懊悔不迭，可是已來不及了。當下由自成喚兩名小兵將腐爛的屍體收拾起來，去置在銅棺內，仍埋入石窟，石窟上還立了一塊石碑。到了現在，聽說那塊石碑的遺蹟尚在。但這石窟中的髗屍，究竟不知是哪一代的皇后。有人說是唐朝的，也有說是宋朝的。總說一句，逢著了李自成，算這死了幾百年的死屍晦氣，無端的被他糟踏了一回，且按下不提。

再說督師袁崇煥，自殺了毛文龍，組織邊地戍衛，備滿兵入寇。哪知毛文龍部下，有兩個勇將，一個叫孔有德，一個叫耿仲明，這兩人很替毛文龍不平，便暗暗地去約通了滿洲兵，密使部兵做了鄉導，引滿兵入龍井關，從大安口直達遵化州。警報到了京師，崇禎帝大驚，忙召周道登、徐光啟、梁鴻訓、成基等一般大臣商議。成基主張詔頒邊師入衛，並薦前尚書孫承宗為督師，以御外海。崇禎一一依了，命徐光啟草詔，一面召孫承宗入朝，詔書才得頒布。遵化州失守的警報又到，崇禎帝急得沒了主意。幸虧孫承宗致任在都，即時奉諭入覲。崇禎帝即拜孫承宗為兵部尚書，兼中極殿大學士，著令視師通州，承宗受命，帶了隨從一十五人，飛奔出京。到了通州，總兵楊國棟、巡撫解經傳，都出城迎接。承宗一一慰諭過了，親自挑選精壯，整備糈餉，和解經傳、楊國棟等，協力守禦，把一座通州城，安排得十分鞏固。

這時召集邊兵，入衛京師的詔書，已到各處。督師袁崇煥、宣大總兵桂滿、江西巡撫呂之中，統了大兵，紛紛勤王。滿洲的太宗皇帝，卻迭破了薊州順義等地，警耗和雪片般飛來。京師風聲鶴唳，人心惶惶不安，崇禎帝也愁眉深鎖徹夜不眠。正在焦急萬分，忽報滿洲兵星夜退去了。不知滿洲為甚退兵，再聽下回分解。

風月無邊田貴妃制曲　鬢釵留影吳三桂驚豔

卻說滿洲兵攻陷薊州，京師鳳聲異常的緊急，把個崇禎皇帝，急得和熱鍋上的螞蟻一般。忽報也關袁督師，親統大軍，與總兵祖大壽，宣大總兵桂滿軍，已抵北通州了。崇禎帝聽了，心上略覺寬了一些。又有內監求稟，滿洲兵已掩旗息鼓的退去了。原來滿洲的太宗皇帝，見明朝勢力尚盛，又見大兵雲集，就是奪了京師，也是四面受敵的。於是在薊州、順義各地，縱兵大掠了三四日，竟滿載歸去了。滿兵退去，京都就此解嚴。袁崇煥便駐兵城外入覲崇禎帝，崇禎帝慰勉了幾句，崇煥退出。

到了次日，方要整備率兵回邊，突然的上諭下來，召崇煥在謹身殿見駕。崇煥忙進朝，三呼禮畢，崇禎帝勃然變色道：「朕待你不薄，你為什麼通同滿洲，私聯仇敵？」崇煥未及回答，崇禎帝早擲下一封書來。崇煥拾起瞧時，驚得目瞪口呆，做聲不得。崇禎帝叱令錦衣衛，將崇煥逮繫入獄，候旨定罪。大學士溫體仁、侍郎成基等，聞得袁崇煥系獄，正不曉得他犯了什麼大罪。及至仔細一打聽，才知是滿洲人的反間計，暗下賄通了宮中的太監，捏詞為袁崇煥勾通，並冒充崇煥的口吻，寫成密書，約滿洲即日進兵。內監將偽書傳進宮中，崇禎帝看了，不問皂白，便把崇煥繫了下獄。

訊息傳到了關外，滿洲太宗，聽說崇煥下獄，不禁大喜道：「袁蠻子去職，我們又少一個對頭了！」

那時侍郎成基，連上七疏，援救崇煥，崇禎帝才有些轉意。不料魏忠賢的餘孽御史史範、僉事高捷，也進疏劾崇煥，賣國求榮，欺君罔上。崇禎帝本來疑心未已，見了這種奏疏，自然觸起他的怒氣來，立即傳諭，把袁崇煥凌遲處死。這道旨意下來，誰不知道袁崇煥是冤枉的？只是不敢多言，致累及自己。史範等又說前宰輔錢龍錫是袁崇煥的座師，曾私袒崇煥，所以崇煥敢擅殺副將都督毛文龍。又謂私結滿洲，錢龍錫實是主腦。崇禎帝這時深信史範、高捷的話，竟傳旨逮錢龍錫進京。可憐這位致任的老宰相，年紀已七十餘歲了，龍鍾就道，進京聽勘。成基等見事兒逐漸鬧大，株連至前任宰相，當然忍耐不住了，便糾集了六部大臣，聯名上疏，代錢龍錫辯白，前後共九十餘人，凡上奏牘十七次。崇禎帝也覺有些心動，把置錢龍錫的大辟的廷議改了長系，結果將錢龍錫戍了定海。一場冤獄，總算了結，其時天下紛亂，萑苻遍地，外侮頻來。這位崇禎帝，自登基後，差不多沒有一天不在憂慮焦急之中。批閱政事，往往終宵達旦，辛苦勤勞，至於極點。明朝開國以來，要算崇禎帝最是勞瘁了。

崇禎帝有兩個妃子，一個是袁妃（袁淑妃、晉貴妃），一個是田貴妃。貴妃陝西人，父名宏遇，遷居揚州。宏遇誕貴妃後，鍾愛異常。揚州本多歌妓。宏遇親選能鼓琴的妓女，納做侍妾，並令侍妾教貴妃鼓琴。又請了宿儒，使貴妃讀書識字。田貴妃的為人，自幼就聰明絕倫。十二三齡時，已能吟詩作賦，每成一篇，總是秀豔典雅，傳誦一時。宏遇性情很是任俠，結交名士高人，幾遍天下，當時稱他做小孟嘗。田貴妃到了十七歲上，已是無書不讀了，更兼她的雪膚花貌，玉立亭亭，那種嫵媚婀娜的姿態，當時看見的人，誰不讚一聲好？那年恰值信王（崇禎帝未繼統時，封信王）選妃，結宏遇的故交，把貴妃送入信邸。

信王見田貴妃生得端莊纖妍，就納為侍姬。其時信王妃周氏是蘇州人，性婉淑貞靜，和田貴妃相處，倒很投合。後來信王又納了一個侍姬袁氏，容貌雖不如田貴妃，舉止還算幽閒，與田貴妃同侍信王，一般的寵幸。及至信王繼了大統，周妃冊立做了中宮，田氏晉了貴妃，袁氏晉為淑妃，宏遇也不相上下。怎奈此時天下多事，內亂外患，鬧得不可開交。崇禎帝憂心國事，終日宿在御書房裡，一個月中，進宮不到一二次。幸得田貴妃善侍色笑，崇禎帝每次入宮，總是愁眉不展的，但經田貴妃的婉言解釋，崇禎帝便眉開眼笑，憂慮就此盡忘。因這層緣故，崇禎帝對於田貴妃，也愛逾他妃。雖在警報迭至，軍事倥傯的時候，終忘不了田貴妃。往往偷個空兒，進宮和田貴妃談笑解悶。

田貴妃又有小慧，常變移宮中的冠服舊制。無論什麼東西，被田貴妃更制過，便覺美麗悅目，令人可愛。崇禎帝見她更易，勝過舊時，也不加責問。如皇帝的珠冠，本來用珍珠與鴉青石連綴成的。田貴妃把珍珠易去，綴上珠胎，再嵌上鴉青石，戴在頭上，便覺光彩燦爛，鮮豔無比。還有宮禁中的燈炬，系更縷金匫所制，望去果然美觀，光線卻不能映照到外面來。田貴妃拿那燈的四周，各鏤去了一塊木桃形，綳上輕細的宮紗，燈光就四澈，一室通明。從前皇極殿達宮門，御道上是露天的，炎夏烈日，嚴冬風雪，皇上往來，必張黃蓋。田貴妃以為不便，命宮監們搭起竹架，上復棕葉，翠綠蔥籠，既可以避風雨，又不失雅觀。崇禎帝看了，很贊貴妃的敏慧巧思。它如宮中的月洞門小徑，只能兩人並行。一到了秋夏之交，草木茂盛，蔓延開來，路徑被草掩沒。清晨經過，草上的露珠，沾人衣履，殊感不快。宮監將長草刈去，不到幾天，又是這樣了。一至秋深，黃花遍地，都垂倒道上，人們走路，踐踏得稀爛，石地上弄得膩滑難行，而黃花受了摧殘，也甚不雅觀。田貴妃見御駕經過，太監預為清道，那不是麻煩得很麼？當下田貴妃親自指揮，以楊木做為低欄，高約尺餘，護在小徑兩旁。從此石徑上十分清潔，再也沒有殘葉亂草礙人步履了，宮中舊例，貴妃所乘的鳳輿，都是小黃門舁的。田貴妃卻換了宮婢，崇禎帝點頭不止，謂田貴妃知禮。

崇禎帝在閒暇時，令老宮人們說宮中的故事。講到玉珍妃殉節一段，崇禎帝聽到慘然不樂。田貴妃侍側，即呼宮女香，鼓琴替崇禎帝解憂。貴妃的琴技很工，調弦和韻，高彈一闋，忽而鞺鞳如奏大樂，忽而幽細如嗚嗚笙簧。一闋既終，餘音裊裊，繞梁不散。崇禎帝擊節稱嘆。一天崇禎帝突然問道：「卿琴藝高超，係受誰人的指授？」田貴妃半跪答道：「是臣妾庶母所親授。」崇禎帝似不甚相信。田貴妃是個乖覺的人，恐皇上疑心她有曖昧之行。過了幾天，向崇禎帝乞恩，召庶母進宮敘晤。崇禎帝即為下諭。貴妃的庶母王氏，是揚州著名的花魁。貴妃的父親宏遇，以三千金替王氏脫籍，納為篷室。王氏為人也很聰穎，奉諭進宮。田貴妃就令她當著崇禎帝，親鼓一闋。但覺琴音嘹亮，低時如出谷鳴鶯，高時若暴風雷雨，又若行舟大江，江潮澎湃，波濤似萬馬奔騰。正彈得熱鬧時，徒聞砉然一聲，猶如裂帛，接著是叮的一響，如空山擊著清磬，幽遠彌長，直徹霄漢。這一聲過去，便戛然而止，萬聲俱寂，而耳畔似依稀尚有風雨之聲。聽得個崇禎帝神形如醉，不知不覺的呆了過去，半晌才回覆原狀。還連連稱讚是絕技。便命重賞了王氏，又著內監兩名，送她出宮。後來國亡，田貴妃已逝世。王氏常對人講宮中的情景，什麼銀床金爐，皇上賜她撫琴，坐的錦龍繡椅，玉案上置著八寶瑤琴，御爐中香菸飄渺，直透珠簾。那種富麗華美的所在，坐在那裡，幾乎疑入了天闕。又說田貴妃的宮內，無一處不是綺羅錦繡，滿眼是珠光寶氣。初踐其地，令人眼花撩亂，行坐不安，正不知置身在怎麼地方了。王氏講來，有聲有色，聽的人目瞪口呆。所謂野老談故國遺事，真有興亡今昔之感咧。

這田貴妃不但工琴，又能譜曲。不論舊調新聲，經貴妃譜成曲兒，令宮人們低聲輕唱起來，便覺得特別的悠揚動聽。崇禎帝令貴妃，把宮中的故事，製成新曲。每至開筵夜飲時，田貴妃親為按拍，宮女們曼聲而歌。宮內故事，多悲哀幽怨的事實。宮女們歌來，蒼涼淒惋，悱惻纏綿。崇禎帝聽了，免不得執杯唏噓，淒然垂涕。宮人們一面唱著，也為聲淚俱落。霎時宮中，滿罩著慘霧愁雲，使人不忍卒聽。田貴妃見崇禎帝動了愁腸，恐他傷心太甚，便令宮女，易韻變節，改歌霓裳豔曲。淒楚哀音，一變而為綺靡佳曲，所謂檀板金樽，淺斟低唱。那歌聲的清越絕響，又覺得聆聲悅耳。崇禎帝不禁也笑逐顏開，歡然飲暢起來。因笑著對田貴妃說道：「卿之歌曲，能令人忽喜忽悲，聽的幾乎做了傀儡，任你在股掌上搬弄著，要他笑就笑，要他哭就哭，所謂笑哭都由曲中來。足見歌曲的一道，入人之深了。」田貴妃也笑道：「上古之時，本以樂立國，春秋必鳴大樂，以樂能移風易俗，懲惡勸善，正因為入人之深的緣故。」崇禎帝點頭嘆息。於是令田貴妃製成百曲，頒布各地，令人民兒童歌唱。曲中大旨，無非是導人於善。在崇禎帝的意思，欲借歌曲，以挽救當時的頹風。誰知道這種歌曲，流行開來，一般人民和兒童，都唱得悲感蒼涼，音韻出於商聲，大似紂時靡靡之曲，遂成亡國之音。因為五音中宮商角徵羽，算商聲最是淒涼，也是最動聽。婦女大都喜歡商聲，這也是性之所近了。識者知道這商音流行，柔而不振，柔近乎陰，所以婦女好之。但是陰盛則陽衰，自然是佳徵，又有人說，商聲去而不返，必有大變。哪裡曉得不僅變亂，還要亡國咧。崇禎帝愛聽田貴妃的新曲，常常同她臨幸萬歲山、千佛崖，又登秋水一色處，即今之北海。崇禎帝徘徊遠眺，不由的慨然嘆道：「天下不靖，災荒頻年，百姓流離，哀鴻遍野，朕猶筵歌酒宴。從今日起，宜力加節儉，以濟災民，也是好生之德。」田貴妃聽了，立即卸去豔服，更了淡抹輕妝，並收拾釵鈿，及連年賞賚的金珠，共得三千餘金，令中官齎往京畿災賑處，充作賑資。崇禎帝深嘉田貴妃賢淑。

那時田貴妃父宏遇，官右都督副將軍，性極好客，一時眾望所歸，名士英雄，趨之若鶩。田將軍仗義疏財，名滿天下。宏遇便在城西，蓋建起一幢大廈來，占地凡百畝。所謂甲第連雲，殿閣巍峨，樓臺百尺，都是畫雕梁，丹飾粉堊，精緻無異皇宮。單講他那一座花園（京師有田皇親花園，遺蹟猶存），在都下已算得獨一無雙了。園中亭臺山石、花草林泉，無有一般不全。闔園的四周，盡栽翠柏蒼松。紅樓一帶，在綠樹蔭濃中隱現。這種景色，多麼雅緻！宏遇為建這所別墅，怎麼打樣兒，看模型，足足鬧了有兩個年頭，才得造就。

到了落成的那天，宏遇便大張宴席，懸彩掛燈。沿街還搭彩納的涼篷。從德勝門起，直到花園面前止，五彩繽紛，備極壯麗。一天到晚，燈火輝煌，照耀猶如白晝。街上皆燃燈樹，光澈十里。天空也被映得通紅。遠處的人，還當是火警咧。那時滿朝的大小官吏，自宰輔以下，誰不要討好皇親，一時致送禮物的、道賀的，皇親府的門前，車水馬龍，熱鬧非凡。田宏遇和他兒子田雲岫，忙著應酬迎送。府門前鼓樂喧天，正廳上細樂雜奏，還是霓裳羽曲，南昆北劇，應有盡有。最後的內宅，都是一般王公大臣的官眷。扮演的歌劇，也都是十七八歲的妙齡女郎。說到這班唱歌的女郎，也很有來歷，因安徽的巡撫李留雲（李是南京的落第舉子），聞得田皇親好義，千里相投。田宏遇見留雲文章超俊，談吐風雅，倒也甚是器重他。並在首輔溫體仁面前，竭力替留雲揄揚。體仁召見留雲，相談之下，十分投機。過不上一個月，上諭下來，放李留雲為徐州通判，三月擢淮揚知府，半年升湖南守道。待到田宏遇別墅造就，李留雲已做了安徽巡撫兼承宣使了。

李留雲感田宏遇推薦的功績，時思報酬。偵知宏遇雅好聲色，又值他別墅落成的當兒，便以三萬金購置豔姬二十四名，組成一班女子歌劇。那二十四名豔姬，均是秦淮一帶的歌妓，不但是技藝超群，就是姿容，也都出落得如花似玉，秀麗非常。田宏遇家中正大設筵宴，恰好李留雲的歌妓班送到。田宏遇見二十四名歌妓，一個個豔色如仙，自然喜歡的了不得，又得乘此娛嘉賓，真是一舉兩得。所以除照單全收外，賞給李留雲的來使紋銀三百兩。又親自寫了一封謝書，再三的向李留雲道謝。使者去後，田宏遇便喚歌妓的班頭來，詢了劇目指令碼，即刻令在內室扮演起來。那歌妓班的班頭謝氏，是個半老徐娘，專一出入親王府第，教授姬妾們唱歌的。謝氏的父親謝龜年，當年在晉豫一帶，編歌度曲，開堂授徒的，是個數一數二的樂師。她的丈夫楊雲史，是武宗時著名樂師楊騰的四世孫。秦淮地方，頗有盛名。所惜他年逾而立時，就一病逝世。這謝氏本家淵源，又經她丈夫楊雲史的指授，對於南崐北曲，習得無一不精。腹中有四五百出名劇，儘是現代孤本。於是承襲了她父親和丈夫的衣缽，懸牌教授女徒，聲譽遠播。親王大臣，都請她教授家中的侍姬，年需薪水五百兩。在那時這個數目，也算不得少了。好在那般親王大臣，有的是錢，並不在這點點上計較。況且既愛好聲色的王公大臣，金錢是不能可惜的了。還有一層，這謝氏雖是樂師的妻子，卻生得雪膚花貌，婀娜多姿。只講她一張臉蛋兒，又白又嫩，紅潤中帶幾分細膩，笑起來嘴角上微微顯出兩個酒窩兒，愈見得嫵媚動人。尤其是她那雙黑白分明的秋波，伶俐敏活。若向人瞟一眼兒，真是連魂兒也被她勾去。因有這個緣由在裡面，那些親王大臣，你爭我奪，三百五百，大家請她去教姬妾。其實是醉翁之意不在酒，不過借個教曲子的名兒罷咧。謝氏也善侍色笑，很是知趣。當朝的親王們，沒有一個不喜歡她的。這時謝氏受了安徽撫臺李留雲的聘請，到田皇親的府中來充班頭，教授歌劇。田宏遇見謝氏佳人半老，風韻猶存，更兼她一種應酬功夫又好，田宏遇早已覺著這個歌妓的班頭，是與眾不同的，心裡就暗暗注意。當下謝氏奉了田宏遇的吩咐，自去指揮一班歌妓。那時田宏遇父子，在外面招呼來賓，大排筵席，開懷暢飲。

其時來賓當中，有一位少年英雄，姓吳名三桂，是遼東人，原籍高郵。他的父親吳襄，現任著京營兵馬都督。田宏遇和吳襄很是莫逆，由是知道三桂的為人，講到這吳三桂，相貌魁梧，人品俊逸，說起話來，聲如洪鐘。平日間舉止灑落，談吐極其高超。因他的父親是個武職，三桂當然承襲家學。對於行兵上的方略，熟悉如流。就是文才，也還算過得去。田宏遇自己是武將出身，常常和三桂論兵，見三桂對答敏捷，所論皆洞中竅要，心下很是器重他。每對吳襄講起，說他少年練達，智勇兼備，他日前程正未可限量。吳襄見人家頌譽他的兒子，不禁喜得眉開眼笑，口裡雖謙遜著，心下卻十分得意。於酒酣耳熱的時候，便拈髭笑道：「三桂是吾家的寧馨兒，將來光耀門庭，蔭封祖宗，當勝似老夫！」說罷哈哈大笑。三桂自己，也頗自負不凡，就是滿朝文武大臣，都對吳襄說：「三桂英勇有為，異日必當跨竈。」這樣的人讚許，把個吳三桂直捧到了半天上去，他的聲譽，就一天一天的高了起來。不上一年，盛名雀噪，都下無人不知道吳三桂是個後輩英雄。三桂在田皇親的門下走動，田府中以一班門客，見田宏遇還這般器重三桂，大家的眼光，自然都注在三桂一人身上，都當他是一位大英雄看待。

那天田宏遇新舍啟鑰，大宴群僚，三桂也高坐在席上。酒到了半闌，田宏遇一時高興，叫堂下止樂，令左右吩咐二十四名歌妓，一例濃妝，來席間替嘉賓侑酒。這句話一出口，侍役飛也似的進去了。不多一會，歌妓的班頭謝氏，出來給田宏遇請了個安，領著一群美眷，盈盈地走出後堂。席上的眾賓，但聽得珠簾一響，那一陣非蘭非麝的香味兒，從那邊射到鼻孔裡來。那些賓客的眼睛面前覺得一亮，精神都為之一振。再看這一班歌妓，一個個生得裊裊婷婷，眉目如畫。這時席上的歡笑聲，和談天說地聲，立時停止起來。萬聲雜沓的大廳上，霎時鴉雀無聲。大家睜著光油油的兩隻眼珠兒，齊齊的去盯在那些美人的臉上。田宏遇只說聲「斟酒！」這一聲又高又是響亮，衝破了廳上寂靜的空氣，把眾賓都吃了一驚。尤其是人人稱他英雄的吳三桂，他正瞧著一個歌姬出神，也被田宏遇的喚聲驚過來。只見那二十四名歌妓，姍姍的走到席上，便輕舒玉臂，執壺斟酒。要知後事如何，且聽下回分解。

落花有意豔姬鍾情　春水長流英雄氣短

珠燈萬盞，把一座大廳照耀得和水晶宮相似，畫棟雕梁間，都懸掛著千絲的納彩，遠遠地望進去，花團錦簇，誰說還是人間？只怕月殿桂府，也不過這樣的了！這時堂下的樂聲忽止，廳上的管絃絲竹，卻悠悠揚揚地雜奏起來，那班豔麗如仙的美人，花枝招展般的，往來替賓客們斟著酒。一會兒便徐開嬌喉，循著樂聲，鶯啼鵑鳴的輕歌一闋，那種纏綿婉轉，如擊玉如鳴清磬的歌聲，把廳上的幾百個嘉賓，都聽得心迷神醉，目瞪口呆。

那主人小孟嘗田畹（宏遇）很殷勤地向賓客們執杯歡飲。這樣一來，總算將眾賓客的靈魂，從九霄雲外追轉，大家定了一定神，重行歡呼豪飲起來了。只有那位少年英雄吳三桂，依舊是呆怔怔的，時時對著歌舞隊裡的一個豔姬瞧看。那豔姬也凝睇三桂，還做出一種似笑非笑的姿態，弄得個血氣未定的吳三桂，身雖在席，魂兒早已纏繞到那美人的裙邊去了。講到那個美人，就是安徽巡撫李留雲餽與田皇親的二十四名歌妓中的一人，姓陳，芳名一個沅字，鬻歌秦淮時，更名叫做圓圓。這陳圓圓本是太原人，確是個世家閨秀，她的祖父，做過一任侍郎，父親是太原名孝廉，圓圓下地，不到週歲，陳孝廉便染痼疾，一病不起。圓圓的母親，就矢志柏舟，撫養這圓圓成人。光陰逝水，圓圓已是十八歲了，出落得臉似芙渠，腰同楊柳，冰肌玉骨，妖裊婷婷，真有絕代的芳姿。圓圓的母親夏氏，出身也是名門，識字知書，兼工琴棋，又善畫山水。她見圓圓聰穎絕倫，把自己生平的技藝，盡情傳授給了女兒。圓圓也一學便就，所謂舉一反三，簡直要勝過她母親了。夏氏以圓圓聰慧，自然特別痛愛，人家掌上的明珠，恐未必有她那樣的憐惜。但有時終對圓圓說：「女兒穎悟過人，又具如此花容貌，天生美人，只怕福澤太薄。願汝父在陰間祐你，莫應紅顏薄命那句話兒，我死也瞑目了！」夏氏說到這裡，便慘然不樂。圓圓聽了，幾乎流下淚來，又恐他母親傷心，故意強顏歡笑，把她的話支岔開去。這樣的寡母孤女，守不到半年，夏氏忽然罹了時疫，大限難逃，含著一泡珠淚，握住圓圓的一隻玉臂，溘然長逝了。

夏氏一死，圓圓一個弱女，弄得舉止無措，一天到晚，只知掩面哭泣。隔壁的陳姥姥，雖和圓圓同姓，卻不是同宗的。他見圓圓孤弱，就插身進來，幫著圓圓買棺治喪，草草如儀，又替他典了祖產，卜地安葬，諸事料理妥當。圓圓的心上，十分感激那個陳姥姥。陳姥姥也時時來照顧圓圓。姥姥有一個兒子，年齡和圓圓相若，生得蠢笨如牛，出門不知南北，在家不辨菽麥，除了吃飯下便之外，一點人事也不曉得的。姥姥只有這個兒子，鍾愛倒也無異夏氏之於圓圓。姥姥自謂對於圓圓有殮母的恩典，託人轉告圓圓，要求圓圓嫁給他的兒子。圓圓想姥姥太不自諒，也不去得罪她，只用婉言謝卻。誰知圓圓在家守孝，還不到三個月，山西流賊大起，百姓奔竄，豕突狼奔。陳姥姥乘這亂世時代，挾了圓圓，逃往秦淮，以三百金將圓圓售去。

出三百金的人，是個著名的樂戶，他見圓圓生得雪膚花貌，真是錢樹子是賴了。當圓圓張幟的第一天，便有泗水公子，願以三千金代圓圓脫籍，怎奈鴇婦貪心正熾，欲依圓圓為一生吃著，區區三千金，哪裡能夠填得他的欲壑？一場好事，中道阻斷。這也是陳圓圓應該要歷許多磨折，才能留得芳名，與後人論長道短，否則英雄美人的情史，又從哪裡著筆呢？陳圓圓懸牌應歌，芳譽日盛一日，大江南北，醉心圓圓的墜鞭公子，正不知多少。金屋藏嬌的一時頗不乏人，一者是鴇婦所索太奢，第二是圓圓選擇過苛，鴇婦願意了，圓圓抵死不從；圓圓瞧得上眼的，又都是江淮名士，富於才而貧於資，只能卜一夕之歡，實無買珠之力。這般耽誤春光，轉瞬又是兩年，圓圓已二十歲了。恰好巡撫李留雲，來秦淮蒐羅美貌的歌妓，見了圓圓，驚為尤物，立給鴇婦二百金，載圓圓而去。鴇婦滿心的不願，只是撫臺大人的命令，不敢不從，唯有吞聲忍氣罷了。李留雲在各地的楚館秦樓，把箇中翹楚，一古腦兒搜颳起來，湊成二十四名，組就一班歌劇，送往田皇親的府中，充作侯門的歌姬。這樣一來，田宏遇果然享盡豔福，只苦了那些吟風弄月的名士，平日出入花叢，雖不獲身親香澤，也籍些發洩牢騷，望梅止渴。現在經李巡撫一網打盡，別的不去說他，單就醉心圓圓的一班士人，所謂枇杷門巷，櫻花依然，玉人已杳，怎不令人望洋興嘆，生人面桃花之憾呢！這位李撫臺，真要算得煮鶴焚琴，大殺風景了。

再說陳圓圓在田府的席上侑酒，見眾賓客中，有個武生打扮的少年，神采奇逸，相貌不凡，坐在囂嚷的俗類當中，儼然是鶴立雞群，那個少年，也頻頻回顧，兩人在大庭廣眾之間，居然眉目傳情，紅絲暗牽起來。可惜的韶光不住，眨眼三更，酒闌席散。田宏遇令歌妓們進內，自己和他兒子兩人，便起身送客。嘉賓紛紛離席謝宴而散，獨吳三桂卻留連不忍遽去，勉強立起身來告別。回頭見屏風背後，似乎隱隱立著倩影，益令三桂戀戀不捨，幾乎要一步一回頭，效那長亭送別時了。陳圓圓自那天席上，見了三桂之後，芳心中就留下一個痕跡，由是對三桂往來，終是十分注目。那吳三桂也似不約而同的，心上時時牽記著圓圓。他進出田皇親的府第，更比前來得親密了，差不多一日兩三次，人家當三桂和田畹公子有切密關係，哪裡知道三桂別有所戀？

其時明朝的武將人才很缺，大學士溫體仁與大宗伯董其昌，上疏請開恩科，徵拔武將。崇禎帝也以內亂日熾，滿清常來寇邊，老尚書孫承宗已衰年致任，如祖大壽輩又潛降了滿洲，此時總督三邊，只靠一個經略史洪承疇。承疇雖稱得是個將才，怎奈兼職太多了，顧了山海關、遼蘇諸地，又要去管登萊、天津等軍務，又須去參與山陝的戰爭。又命他督師淮揚，進兵安慶，克復鳳陽諸府，又要提防浙閩海口，以禦倭寇。這許多的重要大事，恃著洪承疇一人去辦理，任他有經天緯地的才學，百戰百勝的能耐，也有些顧此失彼的了。有這種種的原因，溫體仁和董其昌的主張，正合了皇上的聖意，於是下諭，頒布四方，著一般武藝高強計程車子，不論馬上步下，長槍短刀，只要有一藝之長，都可以考試的。

這道聖旨行到了外郡，各處習武的舉子，紛紛北來應考。在這當兒，田畹便勸吳三桂也去赴試。三桂日夜的想唸著陳圓圓，哪有心思去取什麼功名？怎經得田畹的激勸，又替他在董其昌跟前，竭力揄揚。到了應試的日子，崇禎帝命董其昌為主考官，田畹為副考官，曹騰蛟為檢閱。三人奉了上諭，都全身披掛，齊齊地到御校場來。那時天下的武生，已是人山人海，只等檢閱令下來，大家摩拳擦掌的，準備爭取錦標。這天的吳三桂，也扎靠緊身，打扮得整整齊齊，威風凜凜地立在那裡。他父親吳襄，率領著京營中三百名勁卒，在校場的四圍照料彈壓。檢閱官曹騰蛟下令校技，那數百名武舉，陸續進場，一個個的獻技已畢。董其昌點了名兒，記著一二三等級數。武舉之後，便是武生，也一個個的試訖，主考官宣布休息。午後又經一場複試，試過之後，那些武舉武生，始各自散去，只要明日望發榜就是了。第二天上，武榜張掛出來。武舉中的頭名，是馬寶；武生頭名，便是吳三桂。其他如吳問如、周遇白、馬壯圖、馬雄圖、董國柱等，也都是膂力過人，弓馬精熟。由董其昌把取中的人名上達，崇禎帝御筆親點，以馬寶為薊州副總兵，周遇白、馬雄圖、馬壯圖、董國柱、吳問如等，一例授指揮職，令赴洪承疇處著承疇分發各要隘駐守。吳三桂授為遊巡使，即在京營，都督吳襄部下供差，有功再行升賞。

那時吳三桂新捷高魁，又授顯職，少年得志，越發覺得目空一切了。田皇親府中的陳圓圓，聞得吳三桂已授職京營，更起了一層羨慕之心。那三桂因在他父親的部下供職，雖說是在家為父子，授事為君臣，而比較別個將士，當然要一點面子。所以他授職以來，差不多一個月中沒有三兩次到營。終日在田皇親府中，藉著講論學問的美名，實在是為了陳圓圓罷咧。日月流光，又是冬盡春來，恰值田皇親的花圃裡，碧桃盛開。田畹便大張筵宴，請同僚至府中賞花。到了那天，皇親府門前，車馬接踵，自有一番的熱鬧。酒到了半酣，田畹提議，佳日無多，高會良朋，不可沒有點綴，應請來賓們，各詠七絕一首，並不限定題目，悉以眼前的即景，隨意吟詠。眾賓客聽了，大家齊聲道好，尤其是那班墨客騷人，三杯下肚，正詩興勃勃的當兒，有了這命令，恰中下懷，便各自鋪紙潤毫，搖頭擺尾，在那裡韻押字地哼了起來。

吳三桂是不諳詩韻的，呆怔怔地坐在席上，似乎不好意思，就起身離席，負著手閒步各處。只見園亭的東偏一帶，碧桃如錦，望去又像一片的彩雲，映著日光，在山中出岫。三桂賞覽了一會，一步步地沿著桃林，向東南上走去。正南的松林下，卻是一座很大的假山，山下是個三丈圜圓的一口石池，池中的金鱗跳躍，五色斑斕，十分可愛。池邊圍繞著白石的卍字欄杆，來賓當中，也有倚欄在池邊觀魚的，也有散步林木蔭深處，摘尋詩句的。三桂無心看這些景色，仍傍池慢慢踱過去，轉過了假山，路便折而向西。三桂本來藉此解悶，原沒一定的方向，所以就循著園路，往西前進。路的兩邊儘是千紅萬紫的花草，芳香馥郁，令人胸襟為暢。這條西向的道上，又有一條小徑，可以折向東面的。那小徑比較低去尺餘，須拾級下去，人立在經中，兩旁的花木，高出人頂，人在裡面行走，外面是瞧不見的。三桂不禁讚道：「好一個幽僻的所在！」說著就循小徑，向前約走了有三百步，是一所棕葉蓋成的八角小亭，亭上設有竹椅床榻，都是湘竹編就的，又光滑，又美觀，想是暑天納涼時所用的。經過這座小亭，又有一個石池，也一般的石欄圜著，距離石欄半尺許，便是一座石臺。臺上鑿著石椅石墩，上達碧瓦斜披，匾題著「釣魚臺」三字。釣魚臺的右偏，又有一條石徑，光潔潤滑，三桂就繞過了石臺，竟望那石徑上走去。走完石徑，一字兒立著五間樓房，朱扉碧窗，極其幽雅。三桂走得腳順，不問東西南北，早已走進樓房的下面了。

只見室中陳列的都是古董玉器，香爐鴨鼎，金盆玉壺。照形式上看起來，不像什麼客室，大約是田畹自己遊息之所了。三桂展玩了一遍，再跨進第二室去，那擺設越發精緻了。壁上懸的名人書畫，琴劍絲竹，無一不具。案上玉獅噴霧，金燈銀缸，備極華麗。三桂正細看名人遺墨，偶然回顧，見對面室中，珠簾下垂，不知是什麼地方，索性遊一個爽快，竟轉身向著第三室走去。一手才掀起珠簾，便覺一陣香氣，直撲鼻管。再看室中，金漆箱籠堆列，鏡架倒影，繡簾中隱隱露出牙床來。三桂到了這裡，才知是女子的閨闥，不覺如夢方醒，尋思道：「俺怎麼似這般糊塗，倘被田皇親撞見，叫俺有何面目對他？」想著忙轉身搴簾，要待出去，不防簾外已姍姍走進一位美人來，急得三桂走投無路。躲避又來不及，只好硬著頭皮，衝將出去。一揭簾兒，兩下里打了個照面，那美人見是陌生男子，也呆了一呆。三桂已瞧得清清楚楚，不由得木立著發怔，原來那美人正是三桂日思夜想的陳圓圓。圓圓驟見了三桂，初時很為驚駭，此刻見三桂木雞般的，立得一動不動，兩眼連神也定住了。圓圓心裡暗暗好笑，不禁看著三桂，低頭嫣然一笑，盈盈地搴簾走進去了。三桂這時也目眩神迷，不知不覺的那兩條腿兒也隨了圓圓走進房中。兩人互相羨慕，隔牆相思已久，今天英雄美人，第一次敘首，這機會豈肯輕輕放過？於是由圓圓請三桂坐下，並親自去倒了一杯香茗來，遞給三桂的手中，三桂一面接茶，眼看著圓圓一雙玉腕，白嫩得和粉琢一樣，尖尖的十指，真是雨後的春蔥，嬌柔細膩，無論什麼東西，總比不上她那樣的嬌嫩。三桂看得心癢癢地，這時恨不得把她捉過來，盡興捏她幾下。圓圓見三桂慢吞吞地接著茶盞，兩隻眼珠，只管骨溜溜地看著自己的手上，很覺不好意思起來，忙垂手立在一邊，低垂著粉頸，不住地撫弄她的帶子。三桂在未見圓圓以前，好似有滿腔的心事，在心上人的前面一吐，及至和圓圓見了面，反覺得沒話可說了，搜尋枯腸，想不出什麼話來。正是拿了一部廿四史，不知從哪裡說起。還是陳圓圓到底在秦淮名列花魁，對於應酬談吐，本是他們的慣技。當下便搭訕著，向三桂問長問短。三桂雖說是個男子，因心裡迷亂已到了極點，和圓圓一問一答，轉有些生澀澀的。這樣的兩人講了一會，漸漸地得勁起來，不到一頓飯功夫，兩人已並坐在一塊兒，唧唧噥噥的談起情話來了。

三桂一頭和圓圓說著，一手緊緊握住她的玉腕，覺得柔軟溫馨，滑膩如脂，蕩人心魄。圓圓卻淺笑輕顰，故意縮手不迭，三桂哪裡肯放？引得圓圓吃吃地笑了。這一笑不打緊，直把個自稱英雄的吳三桂，頓時骨軟筋舒，幾乎坐不住身了。兩人正在甜蜜的時候，不料田宏遇忽地掀簾進來，見了這種形狀，心裡怎樣會不氣？立即就放上臉兒，嚇得三桂和圓圓，都慌急不知所措。田宏遇大喝道：「長白（三桂表字）！咱不曾薄待於你，還當你是個有為的青年，誰知你是個好色之徒，不成器的禽獸。算咱瞎了眼珠，結交你這種人面獸心的敗類，好，好！咱此時也不來得罪你，快快替咱滾了吧！」這幾句話，說得吳三桂面紅耳赤，心下似小鹿撞的，十分難受。你想三桂平日很是自負的，今日被田宏遇一頓的當面訓斥，他怎肯低心下氣！況事已弄到這個地步，還顧他怎麼臉兒不臉兒。於是也老羞變怒，大聲答道：「俺三桂是頂天立地的男兒，明人不做暗事，俺和圓圓本是舊識，在未進你門以前，俺已和她結識的了。今天偶然相逢，敘一會兒舊情，於你也毫無損益的。而且圓圓原本歌妓，誰能禁止她不再結識別人？」說罷三腳兩步的走出房門，悻悻的竟自去了。

田宏遇對圓圓冷笑了兩聲，也怒沖沖的回到園中客廳上。其時賓客已大半散去，宏遇叫僕役們，連聲說著：「打轎！打轎！」不知田宏遇坐著轎去做甚，再聽下回分解。

金屋無人皇親遣麗質　河橋腸斷經略夢香魂

卻說田宏遇怒氣勃勃地連聲叫打轎過來，尚有未散的賓客和那些家僕們，不知宏遇為什麼要這樣的大怒。田宏遇的為人，平日和藹謙恭，喜怒不形於色的。這般忿怒的樣兒，不但許多門客從來不曾看見過，就是一天到晚服侍宏遇的家役們，也還是第一次逢著，所以大家議論紛紛的，一時很覺得詫異。當下宏遇匆匆地登轎，不住地催著伕役們快走，一路上如飛地望了西直門走來，到了大宗伯府門前，宏遇喝令停輿，很忙迫地跨下轎來，也不待門役的通報，竟自走進府中，向書房裡來找董其昌。恰好其昌上朝回府，在那裡披閱公牘。宏遇一見了其昌，就氣憤憤地把書案一拍，倒使其昌大吃一驚，正要動問，宏遇已指天畫地的大聲說道：「老董！你看天下有這樣的衣冠禽獸麼？怕咱的眼睛兒瞎了。」說著，將府中開筵賞花，三桂調戲陳圓圓的事，帶罵帶喘地說了一遍，越講越氣，咬牙切齒，又要打椅擊桌的大罵起來。

董其昌聽得明白，忙相勸道：「老兄的氣度，素來是很寬大的，怎麼今天為了一個歌女，要氣到這般地步？那也未免太不值得了！」宏遇此時火氣一團，直往上沖，要想對其昌來訴說，藉此出出氣的，萬不料其昌兜頭就澆一勺冷水，把宏遇的無名火先熄去一半。便睜著眼向其昌說道：「據你的話，難道三桂這種行為是應該的？」董其昌笑道：「你結交了半生的朋友，連這點點風色都瞧不出來，也是枉然了。你看朝廷許多大臣，哪一個是可靠的？將來一旦有變，卻去依誰？似吳三桂這樣的人，你莫瞧不起他，異日必有大為。我們結交他還來不及，怎麼反去得罪他，以致結下仇恨？倘然三桂得志，豈不是一個大大的隱患？」宏遇聽了其昌一席話，好似當頭一個霹靂，弄得目瞪口呆，半晌才慢慢地說道：「那麼依你又怎樣？」其昌正色道：「目今朝廷，晨不保夕，我們正宜結識英雄的時候。就俺說起來，你回府去，趕緊遣人去請三桂到來，置酒向他謝罪。至酒酣耳熱的當兒，即令歌女圓圓出來侑酒，使他見色忘怨，你就把圓圓乘間貽贈給他，那不是前嫌盡釋了麼？」宏遇搖頭道：「咱既已和他翻臉，此時便去邀請，只怕他未必肯來。以後的事且等過了幾時再談吧。」宏遇說畢，起身辭了其昌，上轎回到府中，想起三桂的為人，覺得他實在可惡，又回想其昌的話，雖不無見地，究有些近於袒護三桂。況這種好色之徒，將來能否成得大事，還在不可知之列，咱又何必去空交無益之人。宏遇想了一會，打定主意，不再和吳三桂往來。其實宏遇一半也捨不得陳圓圓的緣故。

再說吳三桂自那天從田皇親府中，氣憤憤地出來，一口氣回到家裡，悶悶地坐在那裡，連茶飯都無心吃了。這樣地過了幾天，思念圓圓的這顆心，比從前更進了一層，只苦的美人已歸沙叱利，俗言說侯門深似海，任你三桂想的頭昏顛倒，也沒人來憐惜你的。有時萬分無聊，便悄悄地至田皇親府花園的後門，徘徊一回兒。但見碧波滾滾，依然長流，佳人卻是訊息沉沉，只得長嘆數聲，嗒然而歸。

其時滿洲兵寇邊急迫，警報絡繹不絕。洪承疇方進兵安徽，邀擊李自成，陳奇瑜又自重慶被張獻忠殺敗，遼薊總兵唐其仁，也吃滿兵打得落花流水。崇禎帝敕總兵祖大壽往援，祖大壽見滿兵勢盛，竟帶了他部下三千名步隊，殺了唐其仁的首級，投奔滿洲去了。崇禎帝聞報大驚，急召廷臣商議。大學士楊嗣昌，力薦吳三桂出鎮邊地，說他是個將才。崇禎帝聽了，巴不得有人薦拔奇才，便立即下諭，授吳三桂為副總兵，往駐山海關，以御外侮。聖旨下來，第一個興高采烈的，是老將吳襄，見他的兒子，得膺邊疆重職，真是說不出的歡喜。還有許多同朝的官吏，及親戚朋友，都來替三桂父子道賀。吳第中便大排筵宴，款待來賓，酒熱燈紅，大家猜拳行令，開懷暢飲。只有吳三桂一人愁眉不展的，似有什麼重憂一般。人家不曉得內心的情節，還當吳三桂初擔重任，心裡憂懼，所以鬱鬱不歡。獨有大宗伯董其昌，卻知道吳三桂的心事。酒到了半酣，董其昌含笑向三桂耳邊輕輕說了幾句，三桂連連起身，對董其昌打拱作揖。待至酒闌席散，其昌告辭去了。

光陰流水，轉眼三天，三桂赴任的期日到了。他好似沒有這件事一樣，絕口不提。吳襄倒弄得著急起來，忙召三桂到營中，詰問他為什麼違延上諭，萬一皇上見罪，誰敢擔當？三桂聽說，只唯唯喏喏，並不說出緣由。吳襄這時真是丈二和尚，摸不到頭腦了。直到第五天上，董其昌匆匆到都督府中來，見了三桂，便微笑說道：「大事已替你說妥，我們走吧！」於是一把拖了吳三桂，竟向田皇親府中走來。早望見田宏遇已領著幾名家丁，遠遠地前來迎接。三桂見了宏遇，自覺有些漸愧。宏遇似毫不介意，而且比從前更來得謙恭了。三人攜手進了皇親府，大廳上筵席已設。宏遇讓三桂上坐，三桂哪裡肯依？爭讓了一回，由董其昌上坐，三桂邊席，宏遇下首主座相陪。酒到了三巡，宏遇回顧家僮，不知說些什麼，家僮飛奔的進去了。一會兒家僮出來覆命，就聽得屏風背後，環珮聲丁冬，弓鞋細碎，走出一位如花的美眷來。三桂因有前日的嫌疑，不敢在席上放肆，只好微微地偷眼瞧看。誰知不看猶可，一看之下，不由得渾身驚顫，好像鐵針逢著了磁鐵似的，兩眼盯住了，再也轉不過來。

你道那美人是誰？正是三桂思想得茶飯不進的陳圓圓。那圓圓姍姍地到了席上。宏遇叫他和三桂並肩坐下，嚇得個三桂幾乎直跳起來，慌忙側身避位，被田宏遇一手按住道：「都是自己人，將軍何必見外？快坐下了，好痛痛快快地飲酒。」三桂不得而已，重又坐了，但是終有些不安的樣兒。田宏遇一面執著酒杯，笑對三桂說道：「將軍受皇上寄託的重任，將來保社稷，定寇亂，立功衛國，前途的希望正大。就是老夫，年雖古稀，也要託庇將軍咧。」宏遇說時，指著圓圓說道：「她是個無依的孤女，老夫衰頹之年，留她無用，敬以託之將軍，幸無過於見卻。」三桂聽說，正是出人意外，轉弄得回答不出話來，好半息才起身說道：「老皇親年已古稀，正應留此嬋娟，以娛暮景。小將自愧無德，終蒙老皇親謬獎推愛，那是萬萬不敢領受的！」田宏遇見三桂推辭，待要起身答話，董其昌便摻言道：「這是田皇親的一片誠心，望將軍不要過謙！」說畢也不由三桂作主，吩咐田府的家役，舁進一頂青?的繡輿來。早有田府的丫鬟，扶了陳圓圓登輿。一聲吆喝，如飛地抬往吳三桂的都督府中去了。這時的三桂又喜又憂，坐在席上，舉止無措的，連應酬都有些乖方起來。董其昌料得三桂心神不寧，故意笑著說到：「將軍已醉了，我們一起告便吧！」田宏遇尚要挽留，其昌給他丟了個眼色，宏遇會意，只得拱手相送。其昌同了三桂，走出田府，對三桂說：「玉人已屬將軍，幸好自為之！老夫也要作別了。」說著頭也不回地走了。

三桂看著其昌遠去，方轉身大踏步奔回都督府來看圓圓。三桂的母親李氏，正在和圓圓談話，恰好三桂跨進門來。李氏便道：「這女子是田皇親府中的，此時卻送到我家來做甚？」三桂就把田皇親推崇自己，並貽贈歌妓的話，細細講了一遍。李氏只有三桂一個兒子，平日異常的鍾愛。日前聽得三桂授了副總兵，早晚要出鎮邊池，李氏不禁悲喜交集。喜的是兒子膺了榮封，悲的是母子將要遠離。這時又見三桂說田皇親慕他威名，餽贈愛姬，把個李氏聽得嘻開了一張癟嘴，再也合不攏來。唯有三桂結髮妻盧氏，聽說三桂納了美姬，立刻就變下臉來，一個翻身，掩面回房去了。三桂那時魂靈兒都不在身上了，還去管什麼盧氏，便勉強和他母親敷衍了幾句，即攜了圓圓的玉腕，並肩進了後堂，自往翠雲軒中，尋他們的樂處去了。他們兩地相思，直到今日，才算得天從人願，成了眷屬。英雄美人，得偕燕好，此中的況味，自有說不出的快樂！

吳三桂自得了陳圓圓，把出鎮邊地的重務，已拋在九霄雲外，但諭旨的期限已過，三桂恐皇上加譴，索性密囑兵部侍郎謝廷宇，替他請了病假。從此一天到晚，和圓圓守在一起，真是形影不離，衣食相共。兩人你憐我愛的，恨不得打成了一片。其時大宗伯董其昌，聽得都中謠傳，謂田皇親遺美姬給吳三桂，致三桂沉湎酒色，置國家大事於不顧了。又有人說，吳三桂是個有為的青年，應當令他遠駐邊地，備嘗艱辛，使他知道疾苦，俾將來曉得愛國衛民，不當遺美人與他，因此使三桂縱情聲色，貽誤國家，罪非淺鮮！董宗伯見眾議紛紜，不覺大驚道：「俺竭力把圓圓成全三桂，乃是希望他忠心為國，以御外侮的意思，哪裡是叫他擁美人，在家淫樂，這不是俺害了他麼？」當下回到家中，走進書齋，研墨潤毫，寫成一封書通道：

長白將軍閣下：多日不晤，甚念！近想將軍，美人新寵，其樂可知也。曩者，將軍名冠武榜，凡知將軍者，無不為國家慶得人。老夫雖髦憒，不禁為國家，也為將軍喜也。故廷臣之於將軍，推崇備至。曾幾何時，而朝廷任將軍之諭下矣。夫朝廷以兵權付將軍者，冀將軍赤心保國，內而掃除妖氛，外而力殄強梁，使明代之江山，轉危為安，則將軍不啻手造明代，其功業勛德，尚可得而計耶！顧將軍志不在此，乃與田畹爭一歌妓，甚至廢寢忘食。老夫以將軍乃英才也，不忍使將軍困於情網，而壞國家柱石，故不惜三寸舌，為將軍作說客。詎知事成而後，將軍不圖銘感而思報，反縱情聲色，沉緬於曲部之中。

嗟夫！在今日之世，豈尚是人臣戀歌妓時耶？矧厲王以褒姒而亡國，夫差悅西施而吳滅。兒女情長，則英雄氣短，此尤不能不為將軍慮也。陳圓圓者，一秦淮之歌妓耳，路柳牆花，人人得而攀折者，而將軍愛之，適足以辱將軍而已。幸將軍以國家為重，體朝廷宵衣旰食之心，為保國安邦之策，青史留名，萬年傳誦。苟不然者，以堂堂鬚眉，不為國家效忠，而終年消磨歲日於情天孽海之中，彼項羽自刎烏江，前車猶可鑒也。萬一蹈斯覆轍者，不僅將軍之不幸，亦國家之不幸也！回頭彼岸，唯將軍籌而三思之！

董其昌寫罷，又自己讀了一遍，隨手加封，命家役將信送往都督府去。那時三桂和圓圓，正在後圃中飲酒看花，興謔歡諧。忽見婢女持著一個信封進來，三桂忙接過手裡，見信封上寫著「吳將軍長白謹啟」，三桂不知道是誰寫給他的信兒，便一手拆開來，和圓圓並肩觀看。讀罷，對著圓圓笑道：「董老頭在那裡發牢騷了。」話猶未了，圓圓驀地立起身兒，噗地跪在三桂面前，珠淚盈盈地說道：「董宗伯為將軍利害計，為國家安全計，似非去賤妾不可。將軍欲顯身揚名，衛國保民，也決計非把賤妾殺了或是剮了。恐蜚短流長，人家總要說是將軍留戀女色，拋撇國事的了。這樣看來，為了賤妾一人，累了將軍威名，也貽誤將軍進取之心，那不是叫賤妾罪上加罪嗎？若果將來兩敗俱傷，不如賤妾先死在將軍的面前吧！」

陳圓圓說到這裡，霍地立起身來，向著庭柱上一頭撞去。這一來把吳三桂嚇得心膽皆裂，慌忙將圓圓一把扯住，輕輕地抱在膝上，低聲安慰著道：「你不要心裡氣苦，俺的主意很是堅決的，無論他們怎樣地說著講著，俺拼了這副總兵不要了，終是和你伴在一塊兒的。況且俺千辛萬苦的弄你到手，怎肯聽了閒言，無端的把你拋撇？那是無論如何辦不到的。老實說一句，俺的頭可斷，海可枯，石可爛，我們兩人的情意，是萬萬不會分離的！」三桂說著，取過董其昌的書信來，狠命的一頓亂撕，撕了一會，又擲在地上蹬了兩腳，狠狠地說道：「這老悖沒來由，枯井生波的，寫這樣勞什子的信來。俺不看他成全俺兩人的功勞，早就趕往他家中，把他一劍斫了。」圓圓見三桂正言厲色地說著，對於自己，確是一片誠心，不覺破涕為笑，一頭倒在三桂的懷裡，一面撒嬌撒痴的，要三桂設誓給她聽。可憐一位雄心勃勃、自命不凡的大英雄，被陳圓圓迷惑住了，什麼父母妻子、富貴聲名，一古腦兒看做了浮雲一般，那裡還收在心上？從此三桂死心塌地地伴著陳圓圓，再也想不著功名富貴四個字了。

再說闖王李自成，攻陷安徽鳳陽，焚了皇陵，屠戮百姓，這警耗傳到了京中。崇禎便素服避殿，設祀祭奠，並俯伏地上，放聲大哭道：「朕居位無道，天降厥凶，致令泉下列祖列宗，遭賊的蹂躪。朕死無顏對太祖高皇帝，更何面目見先哲賢人？」崇禎帶訴帶哭，越哭越是傷心，那旁邊侍祭的大臣，如魏藻德、錢謙益、孔員運、賀逢聖、薛國觀等，以及內侍宮監，無不涕泣得不可仰視。乾清門滿罩著愁雲慘霧，祭臺上的紅燭，光焰都成了慘綠色，似也在那裡傷心一般。這時殿外忽然一陣狂風，把祭祀所燃的紅燭，盡行吹滅，就是案上列著的歷代祖宗皇帝聖像，也都被狂風打落在地，群臣無不失色。崇禎帝嘆口氣道：「天屢降災，賊盜四起，國恐將不國！狂風把祭燭吹熄，分明是不祥之兆無疑。」說罷拂袖回宮。

過了一會，內殿傳出諭旨來，著洪承疇督師剿賊。這旨意頒下洪承疇方視師天津，聞命即移檄江淮，調總兵左良玉、邊大綬兩支人馬，一出東，一出西。承疇自統大軍，直撲正面。自成的人馬，都原是些烏合之眾，怎經得左良玉的一路人馬，個個是精壯的大漢，只一陣地亂砍亂殺，自成大敗而逃。被左良玉和邊大綬，四面圍將上去，把自成所有的精銳，幾乎殺個乾淨。自成只領得十八騎，死命的衝出重圍，逃往河南一帶去了。這裡正在大殺賊眾餘孽，安徽將告肅清，忽然上諭下來，召洪承疇火速進京。承疇不知是什麼緊急軍情，及至到京覲見，方知是滿洲的太宗皇帝，改國號為大清，以天聰十年為崇德元年。清太宗因征察哈爾，順道攻入大同宣府一帶。巡撫張鳳翼，上疏告急，崇禎帝立召洪承疇面諭，並拜為經略史，令即日出師，往援宣大。洪承疇奉諭退朝，回到自己的私第中，命家人們設起香案來，祭過了祖宗，又喚齊妻妾子女，一一和她們訣別。這時闔家大小，驚慌駭怪，正不知洪承疇是什麼用意。講到這位洪承疇，本是明朝一個名士，於軍事上的知識，很是高深，至於文章學術，也可以稱得上選。通說一句，似洪承疇這般人物，在明末時代，已算得是數一數二的了。

洪承疇掌著帥印，出入戎馬之中，他自以為儒將風流，常以古時的名將自詡。他的生平，也沒有過於失德的地方，只是好的聲色，所以家裡的三妻四妾，一個個貌豔如花。在承疇原可以優遊家居，安享他的閨房豔福。怎奈國家多事之秋，承疇既膺了督師的重任，不得不東征西剿，馳騁疆場，以致家中的豔姬美妾，香衾辜負，大有悔教夫婿覓封侯之概了。那日洪承疇和家人訣別時，他有了愛妾曹氏，芳名喚做阿香的，為承疇最鍾愛了。當承疇應召進京時，一夜宿在館驛中，見阿香姍姍地走進來，見了承疇，盈盈跪下地去，垂淚說道：「妾今要和相公長別了！」不知阿香為什麼作別，且聽下回分解。

鐵馬金戈洪承疇釁兵　雪膚花貌文皇后迷敵

卻說洪承疇在館驛中，見愛姬阿香，花枝招展似的走了進來，向承疇垂淚叩頭道：「賤妾要與相公長別離了！」承疇聽說，大驚失色。忙伸手去拉她，忽然不見。洪承疇大叫怪事，警醒過來，卻是南柯一夢。他從榻上一骨碌地爬起來，聽譙樓正打著三更，案上的燈火，猶半明半滅。承疇一面剔亮了檠燈，細想夢境，諒來決非佳兆。又想阿香是自己心愛之人，奉諭剿賊，轉眼已是半年多了，家中好久不通訊息，莫非阿香有怎樣長短麼？承疇在館中，胡思亂想的，翻來覆去，休想睡得著。看看東方發白了，遠遠的村雞亂唱。承疇便披衣起身，草草地梳洗好了，喚起從人，匆匆上馬。這時洪承疇的歸心如箭，真是馬上加鞭，兼程而進。

不日到了京中，一口氣馳回私第，家人們見主人回來，自然排班迎接。承疇也無心和他們兜搭，三腳兩步地跑入內院。見阿香方斜倚在一張繡椅上，一個小環，輕輕的替她捶著腿兒。她見承疇進來，也不起身相迎，只把頭略略點了點，嫣然微笑。承疇這時細瞧阿香的玉容慘白，病態可掬，不覺吃了一驚。急忙向阿香問道：「你臉色上很是不好，敢是冒了寒了？」阿香搖搖頭道：「沒有什麼病，不過胃口不大好，吃不下飯就是了。」承疇說道：「可曾延醫沒有？」說著便挨身坐在阿香的旁邊，一手攤了她的纖腰，嘻開著嘴，怔怔地望著阿香等她回答。阿香把頭扭了扭道：「那是婦人家常有的小病，羞人答答的，怎好去對醫生說？」承疇弄得摸不到頭腦，答著說道：「什麼病不能對醫生說？醫者治療百病，有甚害羞？」阿香也笑了笑，附著承疇的耳朵，低低說了一句，那粉頰上不由得緋紅起來，把頭傾倒在承疇的懷裡。承疇忍不住哈哈大笑道：「我當是什麼絕症，倒害得我滿心的不安。你早說明瞭，我就不至這樣著急咧！」

原來洪承疇是三十五七歲的人了，家裡妻妾滿室，婢僕如雲，所令他愁悶的，就是膝下尚虛。現在聽得阿香說，腹中已有七個月身孕，把個承疇樂得手舞足蹈，哈哈地笑個不住。笑的阿香滿臉通紅，在洪承疇的身上，連連的擰了一把道：「你總是大驚小怪的，被人家聽見了，又算什麼？」洪承疇更笑得打跌道：「這不是瞞人的事，將來早晚要被人知道的，怕他怎麼？」兩人正在嘻笑著打趣，忽見外面的門役，飛也似的跑進來道：「曹公公求見。」承疇見說，慌忙叫阿香迴避了，自己出去迎接。

司禮監曹化淳，昂著頭跨進二門來。一眼瞧見洪承疇，便帶笑說道：「老洪，你倒好安閒自在。皇上有旨宣你去議事，快跟了咱走吧！」承疇驚道：「皇上怎會知道我在家裡？」曹化淳笑道：「天下事要人不曉，除非不為。你方才策馬進了天安門，恰好被王承恩看見，便去奏知皇上。皇上在便殿中等得你不耐煩了，才命咱來召你的。」洪承疇這時不敢怠慢，隨著曹化淳去覲見崇禎帝。三呼禮畢，崇禎帝把宣大的警報給他瞧看，並諭令即日督師，經略宣大。洪承疇領旨出來，心裡雖然不高興，但皇命不好違忤。只得沒精打采，一步懶一步地回到家中，和妻妾等垂淚訣別。阿香忍不住說道：「相公往昔督師剿賊，終是很起勁的。此番奉諭回來，怎麼說出這樣的話來？」洪承疇嘆口氣道：「你們那裡曉得，因為邊地的人馬，大半是戰敗的老弱殘兵，上起陣來，經不起一戰，就要各自逃命的，不比江浙諸鎮的人馬，訓練得既極純熟，去剿那烏合的賊兵，當然有幾分可以把握。如今滿洲方兵強將勇的時候，倘統了這些殘兵和他去抵敵，不是自己送死嗎？此番督師出兵，眼見得是凶多吉少。萬一祖宗庇佑，得安然回來，那是不必說了；不幸兵敗塞外，或是被敵人所擒，我身為將帥，膺君命重任，豈肯靦顏降敵？那是隻有一死報國了。可憐異地孤魂，不知誰來收我的骸骨哩！」承疇說到這裡，那聲音漸漸帶顫，潸然流下淚來。

那些姬妾們，聽了承疇的話，都好像承疇有死無生的了，大家一齊嗚嗚咽咽地哭了起來。經略府中，頓時慘霧騰騰，涕泣聲不絕。大家哭了一會，還是阿香止淚說道：「相公未曾出師，俺們這樣哭泣，算怎麼一回事？況吉人自有天相，安知相公此去，不馬到成功？」說著勉強做出歡容，去勸慰承疇。眾姬妾也各自收了眼淚。由承疇吩咐廚下，安排起筵席，和妻妾們團團地坐了一桌，算是餞行酒。承疇心上有事，只顧一杯杯地喝著，直吃到了月上三更。承疇已喝得酩酊大醉，經阿香攙扶了，踉踉蹌蹌地進房安寢。

第二天起身，洪承疇梳洗好了，胡亂吃了些點心，那兵隊中的將校，已來問候過好幾次了。承疇沒法，重又進內向阿香再三地叮嚀了一番，叫她安心保養身體，等自己得勝回來，不論育的是男是女，總替她開筵慶賀？又說小兒下地時，必須差一個得力家人報信給他，好使他放心。阿香含淚ˇ應諾。承疇這才出來，走到後院的屏風後，忽又回進房去，見阿香已哭得和淚人兒一樣，承疇百般的安慰她，還在袖中抽了一幅羅巾來，輕輕地替阿香拭淚，又溫言慰諭了幾句。外面的雲板亂鳴，校場中炮聲隆隆，將士都已等得久了。洪承疇雖是捨不得分離，到了此時，不得不然，只好硬著頭皮，走出堂前。僕役們牽過一匹烏騮馬來，洪承疇跨上雕鞍。親隨們加上一鞭，如飛的望著校場走來。

到得御校場中，軍士們見主將來了，便齊齊地吆喝一聲，承疇上了將臺，演武廳前，轟轟的三聲大砲，諸將一字兒排著，都來參見了。承疇一一點名已畢，就發下一支令箭，命總兵曹騰蛟為先鋒，帶領三千人馬，晝夜兼程而進。第二道令，命劉總兵姚恭，領兵二千，為前隊接應。洪承疇自己，和總兵馬雄、田遇春、唐通、李輔國、李成棟、王廷梁等，統著五千名勁卒，向大同出發。曉行夜宿。不日出了居庸關，轉眼已到汗陵河地方，離大同只有四十餘里了。早有軍事探諜，前來報導：「先鋒官曹總兵，已和清兵開過一仗，經姚總兵驅兵助戰，大家混戰了一場，未分勝負。」洪承疇聽了，令再去探聽，一面下令，軍馬前進至三十里下寨。正行之間，先鋒曹騰蛟和副總兵姚恭，及大同總兵吳家祿，副總兵李明輔，宣府總兵鄭醉雲、王國永，副總兵陳其祥，副將王翰，游擊曹省之、夏其本、項充、王為蔚，指揮杜雲、馬傑、仇雄、黃宜孫等，都騎著馬，遠遠的來迎接。洪承疇一一接見了，並詢近日間的軍情，曹騰蛟稟道：「清兵此番入寇，號稱三十萬，實數當在十五萬以上，分為四路進取。東路一支人馬，是清朝鄭親王齊爾哈朗；南邊一路，是武英郡王阿濟格；北面一路，是肅郡王豪格；目前同咱開戰的西路兵馬，是睿親王多爾袞帶領著的，這多爾袞，人稱他為九王爺，英勇過人。四路人馬，以這西路為最厲害。」曹騰蛟說罷，洪承疇點點頭。騰蛟便退在一邊。於是一行人馬，仍向前進，至離清兵大營三十里下寨。忽小校報導：「距寨前一箭之路，有清兵的旗幟發現。」洪承疇聽了，揮手令小校退去，隨即點鼓升帳。

眾將參見已畢，承疇朗聲說道：「剛據軍事探報，謂清軍放哨，前來窺探我們大寨。俺料清兵疑我遠來疲乏，當然急於休息。今夜彼軍必出我不意，潛來劫寨，這倒不可不防。眾位以為怎樣？」眾將齊聲應道：「大帥用兵如神，所料自是不差。」洪承疇略一頷首，回顧總兵吳家祿、李明輔說道：「宣大兩處，現共有多少人馬？」吳家祿躬身答道：「敝鎮所領，舊額本有七千五百名。自去年出征額喀爾沁（蒙古屬），兵卒傷亡過半，至今不曾補足。目下實數，只三千四百名了。還有李總兵明輔、鄭總兵醉雲、陳總兵其祥、王總兵國永等，部下兵士，三四千人或五六千人，通計馬步兩哨，不滿兩萬五千人。」洪承疇不覺嘆口氣道：「邊卒連年苦征，人馬疲勞，既不補足新軍，又不令疲卒休息。執政權的但知飽己囊橐，糈餉有無，概置弗問。有變則第知飛檄征調，豈知士心怨憤已甚，一朝爆發，其勢將不可收拾。難怪那些官兵，要叛離從賊了！」承疇說時，連連嗟嘆，帳下的將士，也個個怒形於色。這樣的默然半晌，承疇突然厲聲說道：「今清兵眾而我兵寡，強敵當前，吾輩身受國恩，職膺榮爵，勢不能束手持斃。列位可有什麼良策？」這一句話，把帳下的諸將問住了，各人面面相覷，做聲不得。過了好一會，總兵曹騰蛟拱手說道：「末將等愚陋無知，願聽大帥指揮。」

洪承疇微微地笑了笑道：「今夜最緊要的，是防敵人劫寨，俺們宜預備了。」眾將鬨然應道：「末將等聽令。」洪承疇便拔下一支令箭來，喚總兵吳家祿吩咐道：「你引本部人馬，去伏在大寨左側，聽得帳中鼓聲炮聲並作，即領兵殺出。」又命總兵鄭醉雲，領本部人馬，去埋伏大寨右邊，聽見炮聲，擁出併力殺敵。又令副總兵李明輔，引本部人馬，去伏在寨後接應吳鄭兩總兵。又命總兵王國永、陳其祥上帳，吩咐道：「敵人駐軍的地方，那裡喚做錦雲柵，柵的左右，有舊土壘數處，為從前武宗皇帝征蒙古時所築，兩人各引本部人馬，乘著月光，啣枚疾走，到那土壘旁埋伏。卻令兵卒暗暗哨探，見清兵出發，待到其走遠，你兩人急撲入清軍大寨，殺散敵兵後，占了寨棚，由王將軍駐守，以防敵兵來爭。陳將軍可領本部人馬，從敵軍背後殺回，倘遇見敗下的敵兵，宜盡力殺戮，無令集隊。切記！切記！」又命副將王翰吩咐道：「距此二十里，有一座土岡，雖不甚高，下面可以埋伏人馬，你領了一千，去等在那裡。見敵兵敗下，俟其過岡及半，便揮兵殺出。」

又令指揮仇雄、馬傑引兵兩千名，去伏在十里外之查家溝，敵兵若敗，必往那裡逃走，切莫放他過去！又令游擊夏其本、王為蔚兩人，各引兵一千名，去守在錦雲柵的北面，多設旌旗，以疑敵兵，並絕他的歸路。又令指揮黃宜孫、杜雄，各領兵五百名，去埋伏查家溝南面，預備撓鉤套索，以擒敵人的馬軍。又令游擊曹省之、項充，各引騎兵五百名，往錦雲柵東面駐屯，多置強弓硬弩，見敵即射，阻他的後隊援兵。又令總兵馬雄、唐通，各引大刀隊步兵五百，伏在寨內。敵人劫寨，必定是鐵騎先行衝入，那時大刀隊盡力砍他的馬足。又令總兵王延梁，引步兵百名，各藏小紙炮一串，見敵兵鐵騎衝營，即燃炮投去，以驚敵人坐騎。

洪承疇分撥已定，自和總兵李輔國、白遇春守寨，專等敵兵到來，又令先鋒營總兵官姚恭，嚴守寨柵，只准強弓射敵，不得妄動。這時氣壞了總兵曹騰蛟，高聲大叫道：「咱蒙大帥不棄，職任先鋒，今日逢到了大家出力的時候，為什麼使咱落後？」洪承疇笑道：「將軍莫要性急，還有一處最重要而功績也最大的地方在著，只怕將軍未必能去。」曹騰蛟挺身說道：「為國宣勞，雖蹈湯火尚然不怕，哪有不能去的道理？大帥未免太小覷咱家了。」洪承疇正色道：「將軍果然能去，是最好沒有了！」說罷，抽出一支令箭，遞給曹騰蛟道：「你引本部騎兵一千兵，也要銜枚疾馳，至三更時分，必可抵橫石堡了。那裡是敵兵屯糧之所，你卻多帶火種，去燒他的糧草，一經得手，便引兵殺出。這是第一件大功勞，務宜小心從事！」曹騰蛟領命，自去點齊人馬，歡歡喜喜地去了。

再說大清兵馬，分四路來攻，把一座大同城，直圍得和鐵桶相似。四路人馬，算睿親王多爾袞的一路，最是驍勇厲害。還有東路鄭親王齊爾哈朗，南路武英郡王阿濟格，北路郡王豪格，這三路人馬，也都十分勇猛。那時睿親王多爾袞，聞得明朝救兵已到，領兵的主帥，是經略洪承疇。於是多爾袞便召集眾將，祕密討論，多爾袞說道：「俺素聞洪承疇，是明朝唯一的將才，文韜武略，無一不精，今日來此督師，俺們大家要小心一下才好。」說猶未了，貝勒莽古爾泰大叫道：「九弟何故長他人志氣？我們自行兵以來，和明軍交戰，哪一次不是如同摧枯拉朽？現在只一個洪蠻子，我們難道就見他害怕了麼？」多爾袞說道：「不是說咱怕他，那姓洪的委實詭計多端。從前十貝勒巴爾泰，在薊州中他的埋伏，幾乎被明兵擒住。前車之鑒，五哥，我們還是謹慎一點為是！」莽古爾泰自恃勇力，一時哪裡肯聽，而立刻要領兵出去，和洪承疇去見個高下，多爾袞再三的勸住。貝勒巴布海，也竭力阻擋。莽古爾泰只是要出戰，多爾袞無奈，忙去邀請肅郡王豪格，武英郡王阿濟格，鄭親王齊爾哈朗等，來營中商議軍情。

不多一刻，肅郡王等，各人騎了一匹快馬，帶同五六名護兵，陸續來到多爾袞營中，想見已畢，多爾袞把貝勒莽古爾泰，堅欲出兵去抗洪承疇的話，細細講了一遍。武英郡王阿濟格說道：「如欲出戰，也未嘗不可，乘明軍遠來，立寨初定的當兒，俺們悄悄地前去劫寨，那叫做攻其不備，殺他一個下馬威也是好的。」莽古爾泰拍手大笑道：「好計！好計！正合咱的意思，準這樣的辦吧。」多爾袞搖頭道：「這個計較，怕未必見得是好。須知洪承疇這廝，是個久經疆場的名將，連這點也會不防的嗎？」莽古爾泰大怒道：「老九總是這樣的多疑，你如此膽怯，將來怎樣奪得明朝的天下？還是偃旗息鼓地逃回去吧！」說得多爾袞啞口無言。當下由鄭親王齊爾哈朗，徵求將士的意見。清軍因屢勝明兵，早已驕氣逼人，自然是主張去劫寨的人多。

齊爾哈朗見眾口一詞，下令將士預備出發。把人馬分為三路，第一路貝勒莽古爾泰和巴布海，引兵一萬五千去劫寨；第二路肅郡王豪格與貝勒布巴拉圖，為第一接應，第三路齊爾哈朗自己率同睿親王多爾袞作後隊援兵。又命武郡王阿濟格與章京圖賴，駐守大寨。排程已罷，看看天色已晚，軍士飽餐一頓，貝勒莽古爾泰的第一路，早已和風馳電掣般去了。第二路肅郡王豪格，恐莽古爾泰有失，忙領兵隨後去接應。鄭親王齊爾哈朗也統著大隊出發。那莽古爾泰鼓著一股勇氣，飛奔殺入明軍大寨，見是一個空營，才知中計。慌忙揮手叫退兵，後面兵丁和潮湧般進來，馬隊被步兵擁住，一時退不出來。明軍寨中，連珠炮響，王廷梁命兵士燃了紙炮，望前亂拋。那馬受驚，狂躍起來。清兵步隊，都被踐踏得叫苦連天。總兵馬雄、唐通，各領步兵，持著大刀來砍馬足。正值清兵鐵騎亂竄，將馬雄和唐通，並一千名步兵，踏得稀爛如泥。李成棟見勢頭不好，忙令長槍隊倒退，幸得寨外總兵吳家祿、鄭醉雲，左右殺到，李明輔從後面殺來，清兵大敗，莽古爾泰落荒而走。正遇總兵陳其祥殺回。

莽古爾泰心慌意亂，轉身望東而逃。忽見一員大將，銀盔錦袍，執著令旗在那裡指揮。莽古爾泰知是洪承疇，便不敢投東，又折回從北面而逃，正遇著豪格的人馬，巴布海也單騎趕來。正走之間，又逢著副將王翰大殺一陣。豪格偕同殘卒，向正西而進，希望齊哈爾朗的人馬救應。忽然半途上夏其本、王為蔚左右殺出。清兵驚得魂膽俱碎，棄戈拋甲而逃。又遇指揮仇雄、馬傑，兩人併力殺到。莽古爾泰奪路而逃，卻被杜雄、黃宜孫的伏兵，伸出撓鉤套索來，把馬上的將士一齊搭去。豪格與莽古爾泰、巴布海等，鞭馬疾馳，越過土岡，見一隊人馬馳來，莽古爾泰魂不附體。細看方知是齊爾哈朗和多爾袞的人馬，因被明兵游擊曹省之、項充領弩手射住，以致不得救應。三路人馬，合在一路，垂頭喪氣地回去，又見武英郡王阿濟格和章京圖賴，狼狽奔走，報告大營被明兵奪去。多爾袞大叫道：「罷了！罷了！這洪蠻子果然厲害。我們回去，整頓人馬再來報仇。」那清兵敗回，這裡洪承疇大獲全勝，一面鳴金收兵，檢點人馬，損傷不及千人。唯總兵馬雄、唐通被馬踏死，還有燒糧的曹騰蛟，因身入重地，給清軍活捉去了。洪承疇嘆道：「這是俺太莽撞輕敵，害了曹總兵了！」當下大犒將士，設宴慶賀得勝，又修成表章，飛馬進京報捷，並下令休兵三日。

一天晚上，洪承疇因多喝了幾杯酒，不免又憶起了心事，便領著兩名小卒，出寨去閒步。但見月白風清，萬籟俱寂。忽聽得琴聲悠揚，遠遠地順風吹來，異常的清越。洪承疇不覺詫異道：「塞外荒地，哪裡來的古樂？莫非沙漠之地，也有高人遁隱著麼？」洪承疇似頓觸所好，不禁信步循著琴聲走去。瞧見野外一個小小的帳篷，那琴聲便從篷中發出來的。承疇慢慢地走近篷去。那篷門是半掩的，篷內燈光閃閃。由燈光下望去，正見一個絕色的佳人，舒開春蔥般的十指，在那裡鼓曲。不知那美人是誰，且聽下回分解。

孤帳桐琴佳人歌一闋　繡枕鴛夢才子事三朝

笳聲淒惋，刁斗清寒，素月一輪，高高地懸在天空，使快樂的人們見了這樣清輝皎潔的月色，不由得興趣勃勃。曾學過詩詞的，還要哼上幾句，點綴這可愛的明月哩。同一的月兒照在寄旅人的身上，就覺得淒清滿目，不免要動故鄉之思了。這時的月光影裡，有三個人彳亍走著。那前面穿著錦袍玉帶，幞頭烏靴的，正是明經略洪承疇，領了兩名親隨，踏著月色在一座小帳篷前，側耳傾聽。帳篷內正發出悠揚的琴聲來，錚之音，如擊碎玉，如鳴銀箏，把個軍事倥傯的洪大帥，聽得神迷意蕩，忍不住推門進帳篷去。只見一個雪膚花貌的麗人，在帳內盤著雙膝，坐在錦繡的氈毯上，輕佻玉彈著一張古桐琴，聲韻鏗鏘，令人神往。那麗人見洪承疇驀然的闖了進來，不覺吃了一驚，承疇也弄得呆了。兩人相對怔了半晌，那麗人把承疇上下一打量，見是明朝裝束，身披蜀錦繡袍，頭戴渾銀兜鍪，足登粉底朝靴，面白微鬚，相貌清秀中帶有威武，就形式上看起來，絕不是個下級將士，諒必是明朝統兵的大員了。

麗人將承疇看了一會，現出驚駭的樣兒，又似恍然如有所悟，便含笑著起身，讓承疇坐下，又親自去倒過一杯熱騰騰的馬乳來，雙手奉給承疇，並笑問將軍貴姓。這時承疇已身不由主，一面去接馬乳，也笑著答道：「下官姓洪。」那麗人聽見一個「洪」字，似又呆了一呆，忙帶笑說道：「莫非是此次督師來關外的明朝洪經略麼？」承疇因她是個女子，就老實告訴她也不打緊。當下隨口應道：「正是下官。」那麗人聽了，現出似笑非笑的姿態，在洪承疇的眼光中看去，只覺萬分的可愛。這位洪經略，生平所喜歡的是女色，他嘗自詡為中原才子，必得一個絕色的美人為偶，才得心滿意足。家中那個愛姬阿香，雖也有十分姿色，但是萬萬及不到麗人的秀媚冶豔。心下暗想，世間有這樣的尤物，我洪某能娶她做個姬妾，娛那暮年的晚景，這才不枉一生咧。

洪承疇默默地想著，藉著燈光，再把麗人細細地一看，見她是旗裝打扮，頭上飾著珠額，鬢邊微微垂下一縷秀髮，梳的是個盤龍扁髻，兩條燕尾，烏雲也似的堆著。那粉臉兒上，施著薄薄的胭脂，紅白相間，望去又嬌嫩又是柔媚。真是雙眸秋水一泓，黛眉春山八字，更兼她穿一件盤金秋葵繡袍，腳下登一雙尖頭的蠻靴。衣須人襯，人賴衣裝，因此越顯得伊人如玉，裊娜娉婷了。洪承疇越看越愛，瞪著兩眼，只瞧著那麗人一言不發。那麗人被承疇看得不好意思起來，不禁嫣然一笑，慢慢地把粉頸低垂下去。承疇見她那種嬌羞的樣兒，越見得嫵媚動人，竟有些情不自禁，便大著膽伸手去握住她的玉臂，那麗人忙縮手不迭，承疇也自覺太鹵莽了，心裡很是懊悔，於是凝了凝神，喝馬乳，搭訕著和那麗人閒話。那麗人口齒伶俐，對答如流，承疇暗暗稱奇。回顧幾上的桐琴，承疇本來是個內家，此時不免有點技癢，就起身走到幾前，略略把弦兒一挑，聲音異常的清越。大凡嗜絲竹琴箏的人，遇著了良好樂器，沒有一個肯放過的。承疇見琴音渾而不激，知道是良琴無疑，便也坐倒在毯上，撥弦調音，彈了一闋。那麗人等承疇彈畢，笑著說道：「琴聲瀟灑，不愧高手！」承疇謙讓道：「姑娘神技，俗人哪那及得？」說罷起身請那麗人重彈。那麗人不好推辭，只得坐了下來。彈了一段小曲，把宮商較準了，才輕舒纖腕，玉指勾挑，彈得如泣如訴，如怨如慕。聽得承疇連連讚歎。那麗人一笑罷彈，盈盈地立起身來，和承疇相對著坐了。兩人談起琴中的門徑來，漸漸的講得融洽，互相欽慕，大有想見恨晚之慨。

那麗人忽然笑道：「如此良夜，又逢嘉賓，無酒未免不歡。」說著走入篷後，喚醒那個侍女。麗人自己，也忙著爇爐溫酒，又弄些鹿脯羊燴，蒙古人的下酒菜出來，置在洪承疇的面前。那麗人親自替洪承疇斟酒，自己也斟了一杯，兩人慢慢地對飲著。承疇的酒量，原是很好的，差不多一二十杯毫不放在心上。那麗人見承疇酒興甚豪，吩咐侍女換上大杯來。侍女便去取出一雙碧玉的高爵，能容酒半升光景。麗人滿滿的篩了一杯，笑盈盈地奉給承疇。承疇這時被美色迷惑住了，接過酒來，嘓都嘓都的喝個乾淨。這樣的接連喝了五六杯，承疇已飲得半酣了。那麗人也喝了幾杯，酒氣上了粉頰，桃花泛面，由嬌嫩的玉膚中，似紅雲的一朵朵透將出來，只見她白裡顯紅，紅中透白，愈比未飲酒時嬌豔了。

洪承疇坐對美人，所謂秀色可餐，越飲越是起勁。那麗人一面勸酒，又頓開珠喉，擊著玉盅，低唱著侑酒。承疇其時興致勃勃的，已經忘形，麗人只顧斟酒，承疇儘量的狂飲，直吃到明月三更，已喝的玉山頹倒，爛醉如泥了。承疇醉倒帳篷內，那外面的兩名親隨，因等得睏倦了，倚在帳篷的竹籬下，呼呼的睡著。東方現了魚白色，寒露侵人，那名親隨，忽然驚醒過來，趕緊起立，望著帳篷內瞧時，裡面空空洞洞，哪裡有洪承疇的蹤跡？兩個親隨，一齊吃驚道：「咱兩個怎會磕睡到這個地方來？主人又到哪裡去了？」兩人駭詫了一會，便慌慌張張地奔回大寨來。

到了寨中，那個侍候承疇的護兵，一見兩個親隨回來，忙問主人在哪裡。兩個親隨當他說玩的，也就應道：「主人吃大蟲背去了。」那護兵正色道：「誰和你講玩話，方才各總鎮紛紛的進帳探詢機務，俺回說大帥昨晚出去，還不曾回帳。他們聽了，兀是在那裡焦躁哩！」那兩名親隨，聽了護兵的話，心下將信將疑的，忙三腳兩步的趕到帳中，左右侍僕，異口同聲說道：「主人沒有回來。」那兩個親隨，這時方才見信，便把昨夜隨著承疇踏月，帳篷中遇見了一個美人，主人進去，和那美人談笑歡飲，自己在門外侍候，不覺睡著了。待到一覺驚醒，帳中已不見了美人和主人，所以趕緊奔回來探聽的。眾侍僕見說，都吃了一驚，大家議論紛紜，有的說那美人必是個妖怪，主人或者被她迷死了；有的說美人是敵人的間諜，主人遭了敵手了，眾人這樣的竊竊私議。那外面陳其祥、李輔國、王國永、吳家祿等一班總兵，卻都等候得有些不耐煩了。看看日已亭午，仍不見洪承疇點鼓升帳，那警騎的探報，直同雪片般飛來，急得眾將領一個個抓耳揉腮。大家都說洪大帥也太糊塗了，軍情這般緊急的時候，怎麼可以一去不回，豈不誤了大事？總兵王國永大叫道：「督師的人又不在寨中，令又不發，萬一敵兵乘機掩至，我們不是束手待斃嗎？」國永這一叫，把大眾提醒過來，便你一句我一句的，在帳外爭噪起來。那兩名跟承疇出去的親隨，只躲在帳後暗暗著急。日色斜西了，軍中巡柝號亂鳴，轉眼要掌上燈號了，這位洪大帥的訊息沉沉。那清兵已離明軍三十里下寨，戰書投來，催索回書，已經兩次，怎奈洪承疇未曾回來，又沒有交託代理的，軍機要務，各總兵不好擅專，只哄在帳外嘩噪。

這樣地鬧到了黃昏時分，還是總兵吳家祿，見洪承疇依舊不見，心知有些不妙，急召服侍承疇的左右親隨至帳外，家祿親自詰詢。那兩個親隨不敢隱瞞，把承疇散步野外，遇見麗人的經過，細細講了一遍。家祿聽了大驚，半響頓足道：「你這兩個奴才，大帥既出了岔兒，何不早說？幾乎誤了大事。」說著，喝侍兵把兩個親隨，各捆打五十背花，暫時拘囚。一面點鼓，傳集諸將，把洪承疇失蹤的話，對眾人宣布了。諸將聽罷，各各面面相覷，做聲不得。吳家祿朗聲說道：「目下軍中無主，軍心必行渙散，應即由眾人推戴一個人出來，暫時維持一切，攝行督師的職權，眾位以為怎樣？」眾人齊聲稱是。當下經總兵王國永為首，共推吳家祿為總兵官，代行督師職務。吳家祿謙讓了一會，隨即升帳，點名已畢，把清軍戰書批准來日交戰。一面令參議處擬了奏稿，將洪承疇失蹤的情形，差飛馬進京奏聞，這且按下了。

再說洪承疇喝得酩酊大醉，連人事都不省了。及至酒醒，睜眼看時，見自己睡在一張繡榻上，錦幔繡被，芳馥之氣觸鼻，承疇不覺大吃一驚。一骨爬起來，向外面一望，有四名蓬頭侍女，打扮得十分秀麗。她們見承疇已醒，便姍姍地走進來，兩名服侍著承疇起身，還有兩名忙去煎參湯、煮燕粥。等洪承疇走下榻來，什麼盥漱水、梳洗具，都已在鏡臺前置得停停當當。承疇弄得莫名其妙，草草漱洗畢，侍女搶著進湯遞粥，承疇還不曾知道，自己在什麼地方，便胡亂吃了些茶湯，一頭吃著，就向侍女們：「這裡是什麼所在？俺記得昨天晚上，在帳篷內飲酒的，還有一個麗人相伴著。此刻麗人哪裡去了？俺怎的會到這裡來？」承疇說時，內中一個侍女，只是掩口微笑。承疇益發摸不到頭腦了。還有一個侍女，笑著說道：「你已到了此地，還問他則甚？」承疇正要詰問，那一個年齡稍長的侍女道：「你且不要忙，咱替你說了吧。這裡是芙蓉溝，我們都是大清皇帝宮裡的宮人。」洪承疇聽了芙蓉溝三字，早叫聲「哎呀！」連手裡的茶盞也落在地上，臉兒頓時變色，身體不住地打顫道：「俺著了道兒了！」說罷就昏了過去。

那些侍女們慌忙扶持著他，一個附著承疇的耳朵，高聲叫喊。又有一個，竭力的替他掐著唇中。大家七手八腳地忙了一會，承疇方才悠悠的醒轉。原來這芙蓉溝，是清朝的屬地，承疇自己落在虎穴中了。洪承疇甦醒了過來，回憶到昨夜的情狀，和美人對飲，不知怎麼模模糊糊，會到這個地方來，那個美人當然是清朝的奸細了。但不知清朝的皇帝，要賺自己來做什麼？又想起了家中，和阿香戀戀不忍離別的情況，她還希望自己此次出師告捷，奏凱回去，一家團聚。如今身羈異邦，不知阿香分娩沒有，萬一已經產育了，又不知是男是女。倘阿香聞自己被人所賺，墮入牢籠，不知她要怎樣的悲傷咧。承疇越想越覺傷心，舉首滿眼淒涼，忍不住放聲大哭起來了。那些侍女們見承疇這樣的悲痛，便上前再三地慰勸。那年齡最長的侍女，還低低地對洪承疇說道：「經略也不要感傷了，既來則安。我們萬歲爺是個寬厚仁慈的主子，比明朝昏憒庸劣的暴君，至少要勝上十倍！我們萬歲爺絕不會難為經略的。」那侍女說猶未了，洪承疇已聽得怒氣上沖，只聽得噼啪一下，侍女的臉上，早著了一下，打得她粉面上現出五個指頭印兒，哇的一聲哭出去了。洪承疇又氣又惱又是悲傷，索性拍案打桌的高聲號哭。

正哭得嗚咽欲絕的當兒，似肩上有人輕輕的把他勾住，接著伸過一隻纖纖的玉腕來，替自己徐徐地拭著眼淚，覺得她那幅羅巾上，有一股蕩人心魄的香味兒，直射進自己的鼻管。洪承疇只當是侍女又來搗鬼了，待要抬起頭來發作，眼前只覺光兒一閃，細看替自己拭淚的不是別人，正是昨夜帳篷裡的麗姝。承疇驀見了那美人，好似他鄉遇著了故人，又似奶孩見了乳母，分外來得親熱，恨不得把心裡的苦處一齊掏出來交託給他。那兩行熱淚，不知不覺撲簌簌地流下來了。又想起自己被賺到此，都是那美人的狡計。想著看那美人一眼，說一聲：「你害得俺好苦！」不禁又嚎啕痛哭起來。

那美人含笑著嬌聲細語地說道：「那都是咱的不好，望經略千萬看咱的薄面，不要見怪，咱就感激不盡了！經略是個聰敏不過的人，須知咱此番的欺騙，也有許多苦衷在裡面。但若照情理上講起來，咱於經略方面，實在抱歉極了！素聞經略豁達大度，哪一件事看不穿？想對於咱種種得罪經略的地方，必能見諒的。況經略正在壯年，他日的前程，未可限量，那麼經略應該保重自己的身體，倘然過於悲傷，弄出那病兒來，不但使咱心上不安，就是經略也自己對不住自己的。誰不知道經略是中原才子，我們萬歲爺，也久聞經略的大名，要想把經略請來，傾衷吐膽的暢談一下，以慰向日的渴望，怎奈千里相睽，天各一方。經略是明朝的大臣，萬歲爺是大清的皇帝，在從前雖是嘗透過朝貢，現今卻成了敵國，兩下里要想見面聚談，勢所必然是辦不到的。於是不得不然，想出一個最後的計較，把經略邀請到這裡來，總算叨天之幸，竟告成功。唯咱對經略，卻未免成了罪人，咱只求經略海涵，饒恕了咱吧！」那美人說到這裡，聲音已是嗚咽了。一雙盈盈的秋水中，珠淚滾滾，一頭倒在洪承疇的懷裡，便抽抽噎噎地哭將起來。

這時洪承疇已止了哭，被那美人滔滔汩汩的一片甘言，說得他心早軟了。及至見那美人也哭了，那種嬌啼婉轉，粉頰上淚痕點點，好似雨後櫻花，不禁動了憐惜的念頭，便伸手輕輕地把那美人扶起來時，已哭得和淚人兒似的，一頭仍倒了下去。洪承疇待要再去扶持時，猛然地想著這不是美人計麼，咱不要被她迷惑了，承疇心裡一個轉變，立刻就把臉兒一沉，霍地將那美人推開道：「你不用在俺的面前做作了。俺身既被賺到此，唯有束手待死吧。你說要俺和清朝皇帝想見，俺堂堂天朝大臣，去對那韃靼俯伏稱臣，那是萬萬做不到的！老實對你說了吧，倘要俺投誠清朝，除非是海枯石爛，日月倒行。」洪承疇說畢，把兩隻眼睛閉得緊緊的，任憑那美人怎樣說法，他只做不曾聽見。那美人知道承疇打定主意，只得嘆了口氣，懶懶地走出去了。

自那日起，承疇便咬緊牙根，預備絕粒，無論山珍海味擺在他的眼前，他只閉了兩眼，連覷都不覷。這樣的過了三天，真是滴水不進。承疇覺身體疲乏，有些坐不住起來，索性去靜睡榻上等死，看看到了第四天上，洪承疇已是支援不了，渾身軟綿綿的，開眼便覺昏天黑地，耳鳴目眩，心裡一陣的難受，不由得垂下淚來。光陰流水，轉眼是第五天，承疇餓得奄奄一息，連哭都哭不動，眼中的熱淚也流乾了，去死路不過一籌了。在這個當兒，忽見那天的美人，又姍姍地進來，望著承疇的榻上一坐，附身到承疇的耳邊，低聲說道：「經略何苦如此？你難道不想回去了嗎？昨天豫親王的營中，解來十幾名俘虜，內中一人，自稱是經略府的紀綱。據說經略的五夫人已誕了一個貴子，遣他特地來報喜信的，還說經略府中，大小均安寧的，經略也可以安心了。」承疇這時雖然奄臥在榻上，到底不是染的重病，不過餓得沒了氣力，心上是很明白的，他聽了那美人說五夫人誕了兒子，承疇的心上不覺一動。因阿香是他第五房姬妾，美人能講出他的見證來，諒不是說謊的，於是把眼睛略略睜開了，便有氣無力，斷斷續續說道：「俺的家人在哪裡？」那美人笑了笑道：「經略想是要見他麼？」承疇點點頭。那美人說道：「這裡的規例，是不能召外僕進來的。經略真個要和紀綱說話，須得到外面去。可憐經略已餓到這個樣兒，怎麼走得動呢？咱勸經略，還是進點飲食的好。倘你這般的糟踏自己，訊息傳到京裡，不是叫你那幾個夫人要急煞了麼？」美人說著，走下榻去。倒了熱騰騰的一杯參湯來，叫侍女們幫著扶起承疇，那美人將湯把香唇試了試冷熱，擎著杯兒，送到承疇的口邊。承疇這時被那美人句話打中了心坎，又記唸著阿香，急急的要見那僕人，一詢家中的情形，所以美人勸他進食，便不再拒絕了，把一杯參湯，竟一口一口的呷下肚去。那美人見承疇已有了轉意，就忙著遞茶獻湯，親自服侍著承疇。到了晚上，終是和衣睡在承疇的身旁。這樣的過了有四五天，承疇的精神已慢慢的復原了。他本來是個酷嗜女色的人，早晚對著如花似玉的美人，怎能支援得住？由是不上幾天，兩下里已打得火熱了。

一天，洪承疇忽然想起那個家人，定要那美人領著他出去，那美人答應了，經侍女們捧進一包衣物，美人便叫承疇改裝起來。承疇見包中衣服，卻是些螢衣外褂，紅頂花翎之類，並不是明朝衣冠，堅持著不肯穿著。那美人笑道：「我們這裡，似你那樣的裝束，是不行的。」不知承疇改裝否，再聽下回分解。

孤帳桐琴佳人歌一闋　繡枕鴛夢才子事三朝

血滴玉盤李闖醢常洵　文繡蓮瓣崇禎貶田妃

卻說那美人哄著洪承疇去看家僕，強著承疇改裝。承疇猶豫不肯答應，那美人不由分說，早喚進兩名侍監來，扶洪承疇坐下了，取出一把小刀來，刺刺的將承疇頂髮剃去，結了一條辮兒垂在腦後。洪承疇心下雖然不願，但自思寄身異邦，不得不受人家的支配，於是又脫去了繡袍，穿上天青的外套，黃緞的馬褂，腰裡懸了荷包，戴了大紅晶頂的緯帽，尖頭的朝靴，頸中又套了一串朝珠。打扮已畢，承疇忙向著衣鏡上一照，儼然是個滿洲人了。看了再看，自己也覺好笑起來。那美人立在旁邊，見洪承疇換了一個樣兒，掩著口只是格格地笑個不住。笑得承疇面紅耳赤。挨在房裡，死也不肯走出去。

經外面的侍衛官來催促了好幾次，內監在門口高叫，儀仗已備了，請洪大人登車。洪承疇詫異道：「俺自去看俺家的僕人談話，要他們這樣忙著做什麼？」那美人笑道：「那是這裡待遇鄰邦大臣的規例。到了那裡，你自然會知道的。」洪承疇沒法，只得隨了侍衛，出門上車，見車前旌旗麾鉞等，一對對的列著，好似郡王的車駕一般，不知是什麼意思。走了半晌，那車輛愈行愈速了，終不見停車。承疇心下疑惑，便問那侍衛道：「俺只要大營中去看俘虜，怎麼還不見到？」那侍衛答道：「此次被我們擄得的明朝官吏很多，正不止大人的僕役一人，現在已遷往白堡城去了。」承疇聽了，暗暗吃驚道：「白堡城不是清帝的行宮麼?俺到那裡去做甚?」承疇其時已不由自主，任他們擁車前進。在路上經過清軍的營壘不知多少，都是旗幟鮮明，刀槍耀目。這樣一程一程地進去，直達白堡的行宮面前停車。早有祖大壽、陳如松、白廣恩、范文程、田維鈞等，一班明朝的降將，都立在宮前相迎，洪承疇還覺莫名其妙。眾人待承疇下車，不等他動問，便一鬨擁了承疇入宮。

走進了盤龍門，便是一個大殿，殿額上寫著「天運」兩個大字。到得那大殿上，就有內監屈著半膝稟道：「上諭眾官留步，只召洪大人進見。」祖大壽等見說，一齊止步，分列兩邊，讓洪承疇獨自一人進去。洪承疇見了這種形式，心裡弄得必必的跳個不住，但勢已騎在虎背上了，只好硬著頭皮，跟了那內監，向甬道中進去。經過了端謹殿，由一個小監遞上一疊手本來，如肅郡王豪格、鄭親王齊爾哈朗、貝勒莽古爾泰、睿親王多爾袞、豫王多鐸、貝勒巴爾海、武英郡王阿濟格、貝勒巴布泰、額附克魯圖、貝勒代善、大學士雪福庚倫、貝勒慕賴布、章京冷僧機、慶王阿巴泰、貝勒巴布臺等，這一大群親王貝勒，都來迎接洪承疇。承疇一一和他們招呼了。眾人讓洪承疇前行，大家蜂擁著，好像群星捧月似的，一路慢慢走著。又過了仁壽殿，遠遠已瞧見仁極殿上，銀簾深垂，丹墀上列著雪青繡衣、白邊涼帽的二十四名侍衛。殿內靜悄悄的鴉雀無聲。洪承疇跨上丹墀，就聽得殿門的銀簾響處，已高高的捲起。大殿的正中，露出金漆紫泥的龍案。四邊金龍抱柱，案的兩邊，列著十六名內侍。上面繡龍寶座中，高高的坐著清朝的太宗皇帝，那種莊嚴威武的氣概，令人不寒而慄。承疇到了此時，不知不覺的屈膝跪下，俯伏著不敢抬起頭來。殿上傳下一聲賜坐，便走過兩名內侍，把洪承疇掖起、扶持上殿，至金龍的繡墩上坐下。

承疇一面謝恩，偷眼瞧那太宗皇帝，見他生得面方耳大，兩頰豐頤，廣額高顴，目中有神，儼然是個龍鳳之姿，帝王之貌。承疇看了，暗暗稱嘆。那太宗皇帝，卻霽顏悅色說道：「朕久慕先生才名，今日幸得想見，望先生有以指教！」洪承疇見說，弄得惶悚不知所措，額上的汗珠，和黃豆般大小的直滴下來。半晌才跪下頓首道：「下臣愚昧，荷蒙陛下賜恩，不加斧鉞之誅，臣雖萬死，也不足報陛下於萬一！」太宗皇帝聽了大喜，忙令內侍扶起洪承疇，傳諭篤恭殿賜宴。承疇又拜謝了，退下殿來，由肅郡王、鄭親王、武英郡王、豫王、睿親王、大學士雪福庚倫等一班親王大臣，奉了上諭，赴篤恭殿陪宴。

承疇下殿，身上的冷汗，已溼透了朝衣，知道清朝的皇帝，對於自己特別優遇，因此心裡也異常感激。及至宴罷，循例要進宮謝恩。其時由內監傳旨，皇上在勤政殿，宣洪經略大人入覲。洪承疇領旨，跟著那內監向勤政殿來，那班親王大臣，卻在篤恭殿上候旨。承疇到了勤政殿，謝宴畢，太宗仍命賜坐。承疇叩頭起身，驀見太宗的身邊，還坐著一個黃龍繡袍、金額流蘇的美人，想必是皇后了。承疇慌忙又行下禮去，只聽得上面鶯聲嚦嚦的說聲：「賜坐！」又清脆又是尖利，把殿上沉寂的空氣衝破，直諸進承疇的耳朵裡，覺得這聲音非常稔熟。承疇忍不住微微地斜睨過去，不由得大吃一驚，身體只是發顫，低頭伏在地上，再也不敢起身。那皇后卻嫣然一笑，太宗皇帝命內侍把承疇扶起，在繡墩上賜坐。這時承疇已汗流浹背，坐在繡墩上，很是侷促不安。那皇帝見承疇那種惶悚的樣兒，不禁掩口微笑。太宗皇帝便向承疇溫言慰諭了一番，接著就問些關內的風俗民情，山水地理及明朝的政治狀況。洪承疇原是明末的才子，所謂無書不讀的。太宗有問，承疇必答，真是知無不言，言無不盡，把個清朝的太宗皇帝，直喜得笑逐顏開，回顧文皇后說：「朕要奪明朝江山，非洪先生襄助不可。朕的有洪先生，可謂如魚得水。卿這番功勞，真非同小可！」文皇后聽說，一味的微笑著，一雙盈盈的秋水，時時向洪承疇瞧看，看得個洪承疇只顧低下頭去，不敢仰視。太宗皇帝諮詢了一會，才命承疇退去，暫在館驛中候旨。

又令親王大臣等，也各自歸第。太宗皇帝諭畢起身，攜了文皇后的玉腕，一同回宮。洪承疇退歸館驛，身上好似釋了重負，想起了他被賺時的經過，不由得連連吐出舌頭來，半晌縮不進去。第二天太宗皇帝聖旨下來。拜洪承疇為體仁殿大學士，參與機宜，並賞戴雙眼花翎，欽賜寶石頂，入朝照三孤例，免行跪拜禮，常朝得賜茶，出入准帶衛士兩名，隨駕得騎馬，乘輿照親王例，准賜銀燈紅仗一對。漢人受清朝這樣的殊寵，自清朝入帝中國以前，不過洪承疇一人。一時邊地的明臣，聽得洪承疇大獲寵幸，誰不羨慕？所以後來明朝的臣子，大半投誠清朝，就是這個緣故。

但是洪承疇被賺入滿洲，那賺洪承疇的美人是誰？洪承疇見了文皇后，為什麼要嚇得抬不起頭來？做書的乘洪承疇已投誠清朝，膺了榮封的當兒，把這個葫蘆先來打破了，免得讀者撲朔迷離，是非莫辨。原來當洪承疇受命經略，督師大同的訊息傳到了滿洲，那個太宗皇帝，曉得洪承疇是中原的才子，韜略精通，有心要收他做個臂助，急召親王大臣，祕密商議。多半主張設計把洪承疇擒住，然後勸他歸降。太宗皇帝說道：「這姓洪的不比尋常之人，萬一到了事急，他就自盡，或者擒來之後，他卻不肯投降。那又怎麼辦呢？況且他又善於用兵，手下很有幾個勇士猛將，這擒住他這句話，又談何容易？」說著召明朝降將祖大壽等上殿，太宗皇帝說道：「卿等和洪承疇同殿為臣，可知他平素所喜而最所嗜的，是什麼東西？」祖大壽忙跪下稟道：「承疇嘗自命為風流才子，他生平所嗜好的，就是聲色兩字，所以他家中姬妾盈庭，一個個都是豔麗如仙的。」太宗皇帝點頭道：「這樣說來，必須有絕色的女子，設法把他迷惑住了，然後再慢慢的勸他歸降。」眾親王大臣，齊聲稱是。可是一時既沒有絕色的女子，就是有了，又怎樣去迷惑承疇？這種望天想駕雲的話，不過是空說罷了。

太宗皇帝退朝回宮，因心裡有事，臉上自然不大好看。那位文皇后在旁，便含笑問道：「陛下有什麼不快樂的事，這樣的坐立不安？」太宗皇帝搖頭道：「這事和你說了，也是無益的。」文皇后正色道：「陛下有難為的事兒，臣妾理當分憂。且說了出來，看臣妾有計較也未可知。」太宗皇帝被文皇后催迫不過，便把想羅致洪承疇的話，大約說了一遍。又道：「此人嗜色如命，可惜沒有絕色去引誘他。因為姓洪的是個才士，於關中的地理民情、政治風俗，無一不曉。朕要取明朝天下，須得他襄助，才能成功。」那文皇后聽了，沉吟了半晌，忽然微笑道：「這姓洪的只怕他未必好色吧？」太宗說道：「這話也是一個明朝臣子講的，和承疇是一殿之臣，當然千真萬真的。」文皇后道：「如他是的確好色的，臣妾倒有個計較在這裡，唯須陛下允許了，任臣妾做去，不消三個月，保你把姓洪的取來，與陛下想見。可是不知道這洪承疇現在什麼地方？」太宗皇帝說道：「承疇此刻方視師大同，和本朝的兵馬對壘。卿如能生致承疇，或使他投誠於朕，無論卿怎樣的去做，朕無有不依的。」文皇后嫣然笑道：「陛下此話當真？」太宗皇帝正色道：「國家的大事，怎好相戲？」文皇后道：「陛下既應許臣妾，明日臣妾必親赴大同了。」太宗皇帝說道：「卿只要辦得到就是，但這件事交卿去做，須得祕密小心，千萬不要弄巧成了拙，那可不是玩的！」文皇后點頭道：「臣妾自理會得，陛下儘管可以放心。」太宗皇帝大喜，當即召額駙克魯圖，悄悄的叮囑他，暗中保護著文皇后起啟，潛赴大同。克魯圖領旨，自去料理。

到了次日，文皇后只帶了一個小宮人和額附克魯圖，乘著騾車，晝夜兼程，不日到了大同。時洪承疇統著大軍，正和清軍交戰。一場大戰，把清兵殺得大敗。肅郡王豪格、武英郡王阿濟格、睿親王多爾袞、鄭親王齊爾哈朗，都弄得狼狽逃命。文皇后便在明營的附近，建了一個帳篷。每天到了月上黃昏，就焚香正襟，錚錚的彈起琴來。那一天的晚上，恰好被洪承疇聽得，循聲尋到帳篷內，見文皇后生得花容月貌，不禁心迷神蕩。兩人談談說說，由論琴談曲，至於相對歡飲。文皇后施展她狐媚的手段，將洪承疇灌得酩酊大醉。一聲暗號，額駙克魯圖從後帳直跳出來，不問皂白，一把挾起了洪承疇，躍上日行八百里的良駒，似騰雲駕霧般的，一晝夜將洪承疇直送到芙蓉溝。芙蓉溝離白堡城五十里，白堡城離赫圖阿拉百里，文皇后見大事已經成功，和小宮人慢慢地從後趕去。到了芙蓉溝時，正值洪承疇大哭的當兒，文皇后便扮得妖妖裊裊的，想去迷惑洪承疇。被承疇閉目拒絕。文皇后弄得沒法，恰好明軍中沒了將帥，給清兵殺得大敗，俘虜的人很是不少，就中一個俘囚，自稱是洪經略的家僕。豫親王多鐸，奉旨前來助戰，知道文皇后賺洪承疇的事，於是把那個家人，送到文皇后的地方。經文皇后細細一盤詰，供出洪承疇的第五個愛妾，已生了兒子，那家人是特來報信的。文皇后聽了，不覺高興起來道：「有這個機會，咱可以籠絡洪承疇了。」當下重又來看洪承疇，故意將家事打動承疇，說得洪承疇頓萌思鄉之念，果然漸漸地迴心過來。文皇后哄他去見家人，強迫洪承疇改了裝，竟驅車去白堡，引他入覲太宗。洪承疇時已勢成騎虎，不得不聽人擺布了。文皇后又趕入宮中，今太宗特別做得威武，使洪承疇因懼而知感，自然而然的虔心投誠了。承疇見了太宗，果然如文皇后所料，幾乎感激涕零，竟盡盡願願的俯伏稱臣，及承疇在勤政殿二次召見，一眼瞥見了文皇后，嚇得承疇渾身發顫。原來那皇后不是別人，正是月夜賺自己，曾在芙蓉溝同衾共枕的麗人。承疇到了這時，方知太宗皇帝愛自己之深，甚至不惜犧牲皇后。你想承疇怎會不感知遇之恩呢？從此便死心塌地的歸順清朝了。太宗皇帝又賜洪承疇建造學士府第，又贈美姬十名，以是承疇倒也樂不思蜀起來。當他初次召見後，忙回到館驛，傳那個被擄來的家人時，左右回說：「那家人往文皇后盤詰一過，隨即遣他回北京去了。」文皇后想承疇見了家僕，詢問起家中的情形來，以致心念家事，未免降志不堅，故特地不令他主僕相逢。當文皇后哄承疇去看被俘的家人，是騙他出降，其實那個家人，早已到了北京了。

不提承疇順清，再說李自成自鳳陽敗回陝中，只有十八騎相隨，弄得勢孤力盡，自成不勝憤恨。又值天寒，風雪蔽空，李自成奔得人困馬乏，走進一所荒寺裡暫息。回顧猛將小張侯道：「俺今日一敗塗地，你可在神前占卜一下。吉的俺們再進，凶的大家散了夥吧！」小張侯真個擲了三個陰陽交，三擲三吉。小張侯跳起身來道：「咱願死從將軍了！」說罷，喚過他的部將，吩咐道：「咱誓從闖王，雖死不悔，你等以為怎樣？」部將齊聲說道：「悉聽將軍指揮！」小張侯大喜，於是保護著李自成，大家扮做商販的模樣，由湖北鄖陽潛入河南。正當河南大餓，人人相食，小張侯到處號召，一時饑民，從者千百成群，不到兩旬，得眾十萬人。李自成的勢力，又大盛起來，即日便統眾進次河南。時福王常洵（為鄭貴妃所出，光宗之弟）就國河南，聞得闖賊兵至，急和巡撫嚴其炯，驅百姓上城守衛。兵民嘩噪乞餉，福王不應。致任大學士呂維祺，勸福王散倉濟民。福王變色道：「你為什麼不捐些家產去養兵，卻只顧向俺來絮聒？」維祺長嘆道：「殿下惜此區區，一朝城破，危巢寧有完卵？只怕悔也晚了！」這幾句話，說得福王怒氣沖天，喝叫左右，將維祺亂棒打出。原來這福王是鄭貴妃所育，為神宗皇帝最喜歡，終年賞齎極多。還有鄭貴妃的私蓄，也都給了福王，他在河南，豪富可算得天下獨一了。福王雖這樣的有錢，性情卻異常鄙嗇。兵到了城下，叫他取些軍糈，還是一口回絕。

那李自成也聞得福王富有，令兵丁竭力攻城，並下令道：「城破之日，凡福王邸中所有，任憑將士取捨。」又把車軸鐵轅，僱鐵工鑄就了大鐵管，管中灌入火藥，以代巨炮轟城。藥線既燃，轟然一聲，煙霧蔽天，對面不見，鐵管因之炸裂，城牆絲毫未傷。時河南城內絕糧，兵士多不肯守城，圍住了福王府鼓譟。福王緊閉著雙扉不睬。李自成見鐵管炸裂，謂鐵工鑄得不結實，將鑄鐵工們一齊殺了，僱工再做。鐵管厚約兩寸許，鑄就後，仍實火藥令滿。燃火一發，聲似巨雷一般，遠震五十餘里，城外地土下陷三四丈，沙石飛空，城牆坍倒了五六丈，白煙迷漫。巡撫嚴其炯，督兵民搶堵塌倒的城闕。李自成已揮兵來爭，前僕後繼，轉眼城上立滿了賊兵，其炯死在亂軍之中。李自成躍馬先進，兵丁一擁進城，大家的目的，只在金錢，便一齊望福王邸中殺來。福王常洵，這時才著急的了不得，一手一個拖了兩名愛姬，想往後門逃走。李自成早已走到，前後門團團圍住。這小小的府第，怎經得賊眾攻打？一霎間前後門齊破，賊兵吶喊一聲，搶將進去。李自成在後指揮，令將福王縛起來，嚴刑追迫金珠錢物。福王熬不住極刑，只好照直吐露。自成命賊兵依了福王所指的地方，前去搬運。府門前的錢帛，頓時堆積如山。李自成笑道：「他一個人要藏著這許多的東西，怪不得河南地方要貧窮了！」又回顧福王，見他身軀肥壯，不覺怒道：「河南的百姓，一個個瘦得骨瘦如柴，你這廝為甚獨肥？」說著叫賊目剝去福王上下身衣服，用尖刀刺出心來，拿銀盤接著，把血摻在酒和鹿血裡，分飲眾賊將，喚做福祿酒。又把福王一塊塊的臠割了，剁成肉醢，和賊眾蒸食，稱為肥羔羊。李自成割食福王的噩耗，傳到京師，崇禎帝潸然下淚道：「賊盜橫行，骨肉受殃，都是朕的不德所致。」說畢，痛哭回宮，廷臣弄得面面相覷，悄悄的散去。

崇禎帝回到宮內，兀是流淚不止。田貴妃在旁，便竭力的慰勸，崇禎帝勉強收淚。正要起身，赴御書房去閱奏疏。忽然試過眼淚的羅巾掉在地上，崇禎帝俯身去拾時，一眼瞧見田貴妃的纖足上，閃閃的發出光來。崇禎帝因田貴妃的蓮瓢瘦不盈指，平日很為喜歡，不時拿它來玩解憂。這時見履上有異，忙仔細定睛瞧看，見繡履用明珠綴成，所以有光。鞋面上還繡著五個字道「臣延儒恭獻」。崇禎帝看了，勃然大怒，向田貴妃喝道：「你身為內廷嬪妃，為甚交通外臣？」田貴妃不及回答，崇禎帝已喚內侍，把田貴妃拖將出去。不知崇禎帝要把田貴妃怎樣，再聽下回分解。

雲鬟珠蘭宮中憾秋扇　荒村古墓棺內走龍蛇

卻說崇禎帝自登位，屈指已經十五年了。這十五年中，宰輔屢更，至大學士溫體仁致遷，楊嗣昌入相（嗣昌為邊帥楊鶴子，父子剿賊，先後誤國），因顢頇被御史徐鏡仁彈劾，下詔系獄。崇禎帝拜周延儒為大學士，參與軍國大事，並總督天下兵馬。明朝宰相，威權的重大，歷朝沒有比延儒更勝的了。崇禎帝也很敬重延儒，每逢到奏對的時候，崇禎帝終是下位拱手，溫言慰勉，還連連向延儒作揖道：「朕以無道，致令天下大亂，今敬以明代江山託先生，幸先生無負朕所託！」慌得延儒俯伏不迭，涕泣垂淚道：「臣敢不盡心以報陛下！」時清兵正破遼薊，敗信傳到京師，崇禎帝惶懼不知所措。朝廷大臣如姚明恭、張四知、魏藻德、蔡國用、方逢年等一班腐儒，又都懦弱不足道。崇禎帝萬分沒法，諭令周延儒督師出御清軍。延儒的為人，也膽怯如鼠，逗留通州，猶豫不進。這樣的捱了三個多月。清軍統兵的是豫王多鐸，在各地飽掠一番，滿載歸去。周延儒見清兵已退，謊言是自己所打退的，便擇吉班師回京。

崇禎帝本視延儒中流砥柱看待，聞得獲勝歸來，自然喜歡的了不得。又派尚書曹黃宣、呂端敏等，遠遠地出城去迎接。延儒騎馬直進皇城，至九級壇前下馬，進了乾清門，上奉天殿覲見。崇禎帝親自步下丹墀，延儒要待行禮，崇禎帝一把拉住道：「卿為國家宣勞，功蓋日月，朕的列祖列宗，且在地下感激，以後無須對朕行這樣大禮。」說罷即命在承仁殿賜宴。延儒謝恩畢，自去赴宴。宴罷，上諭下來，晉周延儒為崇義侯，加公爵。一時的寵幸，闔朝無出其右。那時崇禎帝的崇奉延儒，也就可想而知。哪裡曉得延儒獻給田貴妃的繡履，恰好被崇禎帝瞧見，便怒田貴妃私通外廷臣子，立時下諭，將田貴妃貶入安華宮，叫她僻處自省。田貴妃被貶，含著兩行珠淚，淒悽慘慘的進冷宮去了。

崇禎帝既譴責了田貴妃，餘怒未息。這件事廷臣已微有聞知。錦衣衛駱無野，上疏劾延儒擁兵不進，清軍自退，冒認軍功的弊竇，一齊和盤托出。崇禎帝閱奏，不覺大怒起來，又以延儒進獻繡履，心上本來很是鄙薄他，怎經得駱無野的疏上，說得延儒誤國欺君，簡直是個阿諛小人，於是傳旨，宣周延儒入見，崇禎帝痛與斥責。嚇得延儒免冠磕頭，額角碰在地上，蓬蓬有聲。一頭零涕認罪，血流滿臉。原來磕頭太著力了，把額皮磕碎，弄得流血不止。崇禎帝看了，怒氣早平了一半，反生一種憫惻之心，叫周延儒起身，念他侍朝有年，准免遷戍，令免職歸田。延儒奉諭，好似喪家狗一般，急急忙忙，抱頭鼠竄的出京去了。

崇禎帝自貶了田貴妃，雖還有一個袁妃，但宮中卻比前寂寞了許多。那個袁妃，又不如田貴妃的善侍色笑。在田貴妃未被貶時，逢到崇禎帝有憂患不樂的時候，終是以溫婉的言詞，再三譬喻勸解，崇禎帝往往破顏一笑，憂慮盡釋。現在田貴妃被禁，崇禎帝惚惚如有所失，心上常常念及田貴妃。唯令旨已出，為威信關係，當然不能出爾反爾的收回成命。幸得田貴妃有個女弟，閨名喚做淑英的，芳齡還只有十七歲，卻出落得玉膚瑩肌，相貌異常的嬌豔。這位淑英姑娘，因她的姐姐晉了貴妃，她也不時進宮，後來索性留居在宮中了。及至田貴妃受貶，淑英姑娘也跟了她姐姐，去幽居在冷宮裡。到得無聊時，便來御園中玩耍一會兒。田貴妃有了她的妹妹相伴，倒也不甚孤寂。

有一天上，崇禎帝同了袁妃，往遊瀛臺，見稻香院裡，一個麗人在那裡打著鞦韆。崇禎帝只當她是後宮的宮女，細瞧她生得眉目如畫，玉容帶媚，那種嬈嬈婷婷的姿態，不減於田貴妃。崇禎帝把淑英姑娘召到面前，細細地一詢問，才知她是田貴妃的女弟。崇禎帝繼統以來，國家多故，對於六宮嬪妃，大半未曾充備，不過虛懸名位而已。今天見了那淑英姑娘，不由得心中一動。即命袁妃退去，自己攜了淑英姑娘的玉腕，兩人並肩著遊行花叢。其時蘭香滿院，蜂蝶過牆，正當春明的天氣，花香襲人。崇禎帝一手牽著淑英姑娘，親折了一朵珠蘭，替她簪在鬢上。宮女們在旁看了，一齊跪倒，給淑英姑娘叫賀，羞得個淑英姑娘粉頰通紅，低頭蝤蠐，幾乎抬不起頭來。崇禎帝微微地對淑英姑娘笑了笑，雙雙偕入玉樨軒中。是夜崇禎帝就在軒中，臨幸淑英姑娘。自經此一度團圞雲夢，誰不知道淑英姑娘已服侍過皇上？終不能榮膺貴妃，至少也是個選侍了。誰知崇禎帝因國事蜩螗，憂心如焚，把臨幸淑英的事，早已拋置腦後。這樣的一天又一天，田貴妃也以為她女弟當受封典，哪裡曉得始終是訊息沉沉？弄得淑英姑娘上又不上，落又不落。如要出宮適人，怎奈已恩承雨露，當然不能私行遣嫁。講到嬪妃，又不曾冊封過，真是冷落悲秋，傷感欲絕。除了和她的姐姐，深宮僻處，相對零涕之外，其中的痛苦，向誰去訴？

過不上幾時，河南開封被圍，忽得到解圍的訊息。崇禎帝與周皇后對飲賞花，袁妃侍側，崇禎帝似覺鬱鬱不歡。周皇后已經會意，乘間進言道：「田貴妃出居深宮，多時不見，今可宣她侍宴。」崇禎帝默默不言，周皇后便代傳上諭，往安華宮召田貴妃。不多一會，田貴妃姍姍地來了。行禮已畢，崇禎帝見她玉容瘦損，華顏較前減折了許多，不禁為之垂淚。田貴妃更是哭得嗚咽淒楚。很快樂的席上，變成了愁雲滿罩。還虧得周皇后在旁勸說，田貴妃才收淚起身，提壺斟酒。周皇后把田貴妃手中的金壺攫過來道：「這是宮女們的事，你何必那樣自卑？」田貴妃一笑就坐，由是后妃間感情漸深，至於亡國，不曾有過齟齬。崇禎帝的與田貴妃，寵愛也一如舊日。只苦了那個淑英姑娘，崇禎終想不起她。田貴妃屢次要想起及，見崇禎帝的心境日壞，舉止也大異從前，稍拂意思，便要喝罵鞭撻。外郡的警信，差不多一日數起，不是這裡被圍，就是報那裡陷落。賊勢浩大，邊廷烽煙，連年不息，把個崇禎皇帝急得猶如熱鍋上的螞蟻似的，一天到晚短嘆長吁，書空咄咄。田貴妃知皇上憂勞國事，心力交瘁，哪裡有什麼閒暇管宮廷瑣事？這樣的耽誤下來，淑英姑娘卻始終不曾受著冊封的。後來闖賊進宮，還幹出一段驚人的事兒來，那是後話不提。

再說李自成攻陷河南，殺了福王常洵，聲勢大振。自成又進圍開封，退而復進，四次乃陷。陝撫汪喬年諭米脂縣令（米脂為李闖故鄉），發掘自成祖墓。縣令邊大綬，奉了汪喬年的命令，往各處探詢，都不知道自成的祖墓在那裡。經大綬私心探訪，獲住了李自成的族人，嚴刑拷問。那族人熬刑不過，自願做個鄉導，邊大綬大喜。當即帶了胥役和工人，攜了鐵鋤之類，竟往李家村的西土山畔。這族人指著山麓中的一座荒墳，說是自成的祖父母與父母合瘞的地方。邊大綬喝令工人，鋤頭鐵耙一齊動手。頓時掘開墳土，露出了垂朽的棺木來。大綬命開棺驗視，連破三具，儘是些粼粼白骨。到了第四棺中。屍身並未潰爛，衣服整齊。屍體上一條鱗甲密密，似龍非龍的東西。金光遍體，頭生雙角，只是兩眼還未睜開，被日光曝得俯伏不能動。邊大綬叫工役，以鐵鉗燒紅，向著那蛇身刺去。潑刺的一聲響亮，青煙直冒，蛇身躍起十丈，墮下地來，約有孩臂粗細，長可三丈餘。黑氣四射，觸鼻即倒。工役被毒氛所侵，死傷六七人。邊大綬忙領眾工役，刀鋤齊上，才把那條金甲蛇打死。於是用巨甕置石灰，投蛇甕內，呈解入省。由邊大綬修了公文，述明掘墓的經過。

汪喬年看了呈文，皺眉說道：「邊縣令所掘的墳，是李自成祖父母的，還不是他始祖的寢穴。聽說自成的歷代祖宗，共瘞一處，棺槨有十六具，墓中有鐵燈兩盞。昔有仙人點他的墓穴，又作兩句讖語道：『鐵燈發光，李氏為王。』這樣說來，沒有鐵燈的不是李自成的祖墓。」當下汪喬年仍令幕下，把呈文駁回。謂李自成祖墓，不止四棺並葬，還須再加尋覓發掘。邊大綬奉諭。又飭了差役，四處去訪尋，終不曾得到頭緒。因這掘墳墓的事，非叛逆不道的祖墳，是不能任意發掘的。邊大綬深恐掘錯了，那就要弄出事兒來，可不是玩的。只得上復汪撫臺，回說尋找不到。汪喬年執定不相信，回顧左右道：「陝人既有『鐵燈光，李氏王』的謠言，諒非無因的，邊令尋訪不著，待俺自己去找去。」

汪喬年的為人，憨直而有膽力。做官的聲名，很是不差。喬年要發掘李自成的祖墓，實在他進京覲見時，受崇禎帝的密諭，所以不達目的不止。那時汪撫臺便帶了三四名親隨，兩個得力的家丁，連夜潛赴米脂。邊大綬聞得那汪撫臺親到，忙率著部屬出城迎接。汪喬年叮囑大綬，不許聲張，以致走漏風聲，使李自成知道，必派人防護，進行就棘手了。邊大綬領命，真個密不透風，分頭尋覓。汪喬年又找了著名的堪輿家，向米脂的西山地方，周圍細勘有無龍穴。這樣明訪暗尋，雙方並進。不到幾天，有一個堪輿家報告來，在西山的亂塚叢中，尋到一所佳穴，雖說不定有皇帝之氣，但穴間四面皆石，煞氣極盛，子孫當為盜首。喬年見這堪輿家的話說，很有些和李自成的行為相符，就領了工役人等，到堪輿家所指的地方檢視。墓塚都已深陷地中，露在地上的，只有石缽大小一類墳頂，恰巧是十六座。原來李自成家世代清寒，祖宗的棺木，無地可埋，一起拋在亂葬叢裡，胡亂搬些土泥掩了，就算是安葬了。年深月久，棺木下陷，人家不疑是墳墓，所以無論如何打聽不著了。汪喬年見墓頂數目，與謠相同，吩咐工役，開始發掘。

第一個墳，據說是李自成的始祖，棺內的屍骨，已盡行消滅了。闔棺都是紅色的螞蟻，整千盈萬的，正不知哪裡來的。第二三四具的棺開啟，棺中滿貯著清水。水裡有無數的金色鯽魚，一閃閃隨水游泳。棺破水瀉，鯽魚被土石阻住，不得游出，立時涸死。還有其餘的棺內，有嚇蟆，有小孑孓。最奇的是一對白色的鳥兒，口吐白霧，也從棺中飛出。汪喬年令工役噪逐，亂石紛投，追至百步外，白鳥中石落地，折翅而死。又有一具棺內，是一隻兔兒，大如野獾，初見日光，尚能跳躍，轉眼自斃。開到最後一棺，據說是李自成的曾祖，也就是葬在龍穴正中的。當鋤及墓門時，有白蟻無數，紛紛飛出，半晌方得飛盡。再開掘進去，棺前有木菌兩朵，形似擎燈。菌上火光熊熊，好似燒著一盞鐵燈一般。其實那火光是地氣所致，並不是真火。汪喬年看了，不禁大喜道：「這才是闖賊的祖墳，和兒童的謠言，確是符合的。」說著令工役併力發掘。好一會工夫，始全棺畢落。

棺上一條巨蛇，護著棺身。那蛇生得青鱗白斑，禿尾錐頭，遍身盤繞著，棺木都被遮掩了。工役等見蛇體很大，嚇得吶喊一聲，往後奔逃。蛇被喊聲警覺，忽然一響騰空而起。汪喬年見蛇來勢凶殘，拈弓搭矢，只一箭射去，正中蛇的左目。那蛇長嘯一聲，似空山老鶴的鳴聲，眨眨眼蛇便飛空，不知飛到哪裡去了。汪喬年瞧不見大蛇，著工役開棺。棺蓋一啟，眾人又齊齊的吃了一驚。只見棺內的屍首完整，面目焦黑，眼珠赤色，大若龍眼，突出在眼眶外面。臉和身上，都生青色細毛，茸茸似綠茵，風吹微微作動。屍的手腳指甲，長已四五寸，蜷旋如勾，又似龍爪。屍腦有小穴，穴上遮有白翳。翳經空氣，閃耀不定。汪喬年親自執著鐵錐，把腦門裡的白翳刺砍，轟然作響，猶如巨雷。汪喬年驚得面如土色，工役盡奔。巨聲過去，屍腦中飛出一條赤色的小蛇，長約四尺，粗不到一寸。頭上有角，頷下有須，腹生四足，尾似棕葉，兩目灼灼有光，儼然是條龍形。

那赤小蛇飛到了棺外，騰起數十丈，向紅日亂咋，大有吞噬日光的氣概。惜飛起不過數十丈，便墜下地來。又復騰空，對著紅日怒目。這般的三起三墮，跌倒了地上亂滾，轉眼就化做了一堆血水。這時汪喬年和一班工役，看得目瞪口呆，半晌說不出話來。赤小蛇既自化紅水，眾人始敢上前。汪喬年令將屍骨舁出，積薪在屍旁，燃火焚燒起來。臭惡氣味，莫可名狀，十里外猶能聞得腥味。喬年見諸事已畢，把所有的棺木，一古腦兒焚毀了。又使堪輿家鎮了穴道，才領著工役等，回轉縣署。令尹邊大綬照例接待，汪喬年因時世不靖，連夜趕還省中。一面修疏，把掘墓毀屍的事，據實上聞。

時李自成方圍襄城，上諭令汪喬年往援，喬年奉旨，統兵赴襄城。城內糧餉已盡，甚至殺老弱的民兵充饑。守城的是致任御史韓進輝與知州龐茂公，竭力死守，眾心不懈。自成挖土成穴，灌火硝百擔，要待燃火轟城。進輝命軍士擔水進穴，火硝著水，火不得燃。自成正在惱恨，忽報米脂祖墓被巡撫汪喬年發掘，並言有龍飛出。李自成頓足大罵，勢必回兵攻陝，殺喬年以洩掘墓之仇。於是令兵士奮死撲城，襄城於是日為自成攻破，屠戮人民官吏，闔城無一得免，雖雞犬不留一隻。自成屠城方罷，又報汪喬年領兵來援襄城了。自成跳起來道：「報俺祖宗屍骨暴露之恨，就在今日了！」說畢，大驅兵馬迎接上去。

那汪喬年赴援襄城，在半途上聞得襄城已經失守，方擬退兵。忽見對面塵土飛揚，人喊馬嘶，知道賊兵來迎。只得將人馬擺開，列陣方已，自成領了賊眾，似風捲殘雪般馳來。喬年部下諸將，見賊勢洶洶，人人面現懼色。汪喬年恐賊兵硬衝陣，下令射住陣腳。李自成騎著高頭烏騶馬，挺身當先。望見敵陣上的帥旗，大書一個「汪」字，自成把鞭梢遙指著，回顧賊兵道：「掘俺祖墳的，就是此人。你等給俺把他擒來！」說罷直躍上前，賊兵馬軍齊上，勢如潮湧，銳不可擋。汪喬年揮兵抵敵，官兵哪裡遮攔得住？被賊兵的馬隊，衝得七零八落，四散奔走。汪喬年領著五百名勁卒，及勇將孫盛、徐芳突圍而出，望西疾馳。自成大喝一聲，軍士放箭，一剎那間，萬矢齊發。汪喬年和孫盛、徐芳兩指揮，都被亂箭射死於陣上。自成叫斫下喬年的首級來，破腦吸髓食之，謂是洩恨。自成破了襄城，殺了陝撫汪喬年，又連陷了城，殺總督傅宗龍，又破商水扶溝，攻陷葉縣，將軍劉國能遇害。自成累克諸城，聲勢越大，流賊如「曹操」、萬里眼、「老回回」左金玉等，都來依附自成。

講到自成的用兵，每到一處，攻城不下，便集諸將計議。眾口紛紜，莫衷一是的當兒，自成卻閉目瞑坐，聽眾人獻議。聽到後來，擇眾人中最是兩全的計劃，立決立行，從來無絲毫猶疑。又兵丁分黑白大隊，黑衣兵都騎馬執大刀，臨戰時以便衝鋒；白衣兵是步隊，一例手執長矛，隨在馬兵的後面。若與官兵相遇，馬兵疾馳出戰，看看人馬將乏，下令馬兵退後，步兵揮長矛衝出，勇不可擋。倘步兵再不能取勝時，即揮動馬兵復出，馬步兵混合力戰。馬步兵仍難取勝，命分左右後退。擁銅鑄大砲直出，炮內實火藥並鐵子，轟然一發，千百人可以立斃。於這時馬步兩兵，揮左右並上。這種野戰法所向披靡，真是戰無不勝哩。要知賊眾橫行怎樣，且聽下回分解。

玉石俱焚藩王殉難　琴劍飄泊義士拯危

月冷風淒，夜色溟濛中，都現出一種淒涼的景地。荒草萋萋，磷磷的鬼火，往來猶如遊螢。村舍中的屋民，都已死亡流離，斷垣敗牆裡面，難得有淒楚的哭聲，從破壁中透了出來，真是嗚咽愴惻，叫人聽了酸鼻。道上的碎石，處處染滿了碧血，折臂損頭的屍體，東橫一個西倒幾人，白骨粼粼，隨地皆是。似這樣的慘象，就是鐵石人見了，也是要下淚了。那時正是闖賊李自成屠戮了葉縣，村舍市鎮，盡成荒丘。百十里相望，朝不見人煙，夜不聞雞犬。似這般的浩劫，翻開歷史來，只怕要算是第一頁咧。李自成既屠了葉縣，又分兵往屠扶溝，直殺得屍橫遍野，血流成渠，十室九空，道上寂無人跡。自成尚以為未足，又屠了商水，進兵南陽。

唐王聿鏌，太祖高皇帝子樫之七世孫，和總兵猛如虎，登城拒守。講到這位唐王，也有一段很香豔的情史在裡面。聿鏌的為人，性情很是柔弱，一切的言辭舉動，溫文嫵媚，極類女子，更兼他的豐姿俊秀，儀容翩翩。往時乘車上市，那些小家碧玉，都要倚窗窺視。見了這美貌的王孫，誰不豔羨？只恨自己沒法去侍奉這樣的雋逸丈夫罷了。唐王既生得這般漂亮，害得南陽的無郎小姑，真是如醉如狂。唐王每同了邸中的僕役出遊，一般小女兒，幾演擲果的故事，所以當時的名士柳三三，嘗作南陽紀事詩：

「綠柳紫煙春色好，路人爭說看唐王。」當時唐王的風儀，於此可見一斑了。

其時南陽城西，有一家做編籬生涯的張小二，因家景清寒，和他老妻女兒，早晚工作。編好了竹籬，由小二擔著去賣，一天賺得一二百文，一家三口，並一隻小黃犬，也終算勉強度得過去。不到幾時，張小二忽然一病死了，剩下母女兩人，孤苦相依。賴著十隻指頭兒，一針針的刺下來胡口。張小二的妻子馬氏，自小二死後，把她的女兒碧桃，越發看得她和掌上明珠似的，連風吹都要怕肉痛的。窮人養嬌兒，這話的確不差。但碧桃姑娘的性兒很聰敏，什麼繡花刺絹，沒有一樣不是精工絕倫。凡碧桃姑娘所繡的東西，拿到市廛上去，總是比別人的賣得快。那些市儈，甚至交相爭奪，因此索碧桃姑娘繡物的，幾乎戶檻為穿。

有一天上，碧桃姑娘方繡餘倚窗閒眺，恰好唐王聿鍵從樓下經過。這碧桃姑娘，已是雙九芳齡，正在傷春的時候。驟然看見唐王那種風度翩翩的樣兒，不由得芳心姑醉，怔怔地伏在窗上。那手中的一幅羅巾，不知不覺地掉下樓去，不偏不倚，正落在唐王的肩上。唐王忙伸手取下那方羅巾來，見巾上繡著一朵芙蓉，旁邊一頭高冠的雄雞，是含高官錦衣（雞稱錦衣公子）榮歸之義，卻繡得栩栩如生，的確是神針妙手。唐王細看了半晌，知道是閨中人的手跡，便抬起頭來，向樓窗一瞧。果然見一個妙齡女郎，看了唐王嫣然一笑，粉頰兒微微泛著紅霞，蛾蠐低垂，掩窗進去了。唐王就把羅巾納在袖中，竟自回邸，倒並不把這件事放在心上。誰知碧桃姑娘自經見過了唐王之後，芳心中深深印著，時時去倚窗眺望，終不見有那天美少年經過。

光陰逝水，轉眼春去秋來，黃花遍地。南陽的士大夫，都效那載酒看花，持螯賞菊，紛紛到城西的金谷圃中，置酒高會。唐王也常常偕著一班墨客騷人，往菊圃中游賞，還藉此哼幾句五言七古，點綴目前的佳景。那金谷圃距離碧桃姑娘的家中，只不過一箭之路，到圃中去的，都要經過碧桃姑娘的樓下。王孫公子，輿馬相接。碧桃姑娘也倚樓窗，瞧看熱鬧。驀見那個美貌公子，也在眾人叢中，不禁芳心一動，把香軀斜靠在視窗，一手支著腮兒，只是呆呆地幻想。唐王和眾士人飲罷席散，各自歸去。唐王也跨了一頭小驢，背後跟了兩名衛護，一路慢慢地遊覽回邸。

那時夕陽西垂，暮鴉還巢，煙鎖池塘，好似一幅天然的晚景圖。唐王騎在驢背上，不覺見景生情，口裡還低聲吟哦，正在尋覓佳句。舉手瞧見窗樓上的美人，只顧對著自己發怔。唐王因她呆得可笑，忍不住回頭微笑。哪裡曉得這一笑，碧桃姑娘在窗樓上，瞧得十分清楚，她以為唐王的笑，是有情於己，忙也回眸還了唐王一笑。唐王卻控驢徑過，毫不在意。碧桃姑娘是有心的，從此便短嘆長吁，早思暮想的，不免鬱悶出一場病症來，漸漸的弄得臥床不起，一病奄奄。碧桃姑娘的母親馬氏，心下異常著急，一面請大夫給她調治。醫生說她心事太重，定有什麼憂慮系唸著，倘若要這病痊癒，非將心病釋去，是萬不能見效的。馬氏聽了醫生的話，就再三向碧桃姑娘盤詰，碧桃姑娘只是不肯實說。

到了後來，看看病勢一天沉重一天，馬氏哭哭啼啼的各處求神拜佛，又去盤問她的女兒。碧桃姑娘自己也知道病狀已危，想來是隱瞞不住了，便將遇見唐王的事，細細地講了一遍。馬氏皺眉道，「這件事可就難了！南陽地方的王孫公子很多，不知你鍾情哪一個？」碧桃姑娘喘著氣道：「休管他哪個，總之南陽城中，沒有再比那人好的了！」馬氏聽了，四下去詢鄰舍親朋，都說除了綽號喚做小潘安的唐王，端的沒有第二人了。馬氏見說，把舌頭吐了出來，半晌縮不進去。因此匆匆地回來，對碧桃姑娘說道：

「好兒子！此去已打探明白了，你所鍾情的那個人，是帝王貴胄，邸中的姬妾，正不知有多少，豈少你這樣一個人？如其是平常百姓，做孃的還可以替你去設法，現在他們自己人做著當今皇帝，休說你老子是編籬的貧民，就使是一二品大員，只怕也未必高攀得上。好兒子，你還是死了這條心吧！」碧桃姑娘聽了，好似兜頭澆了一勺冷水，渾身冰了半截，只裝做沒有聽見似的閉上眼睛一語不發。

這樣的又挨過了幾天，碧桃姑娘的病症，越覺得沉重，連說話的舌頭都僵了。馬氏徬徨無計，坐在床邊上，淚盈盈的哭又不敢哭響，兩隻眼泡哭得紅腫像個胡桃。碧桃姑娘嘴裡雖不能說話，心上都是很明白的，要哭時淚已枯了，睜睜地瞧著她母親馬氏苦笑了兩聲。母女兩個廝守著竟然寸步不離。直到了三更時分，碧桃姑娘忽然神氣清醒起來，淚汪汪的向馬氏說道：「女兒的病，看來是不中用的了。可憐母親枉自辛苦了一場，萬不料白頭送了黑頭，說來也真是傷心！但是女兒這條心，始終不能放懷，那叫做因愛致死。既已為了他喪了性命，倒不能不給他一點訊息。」說著就繡枕下面，摸出一個小小的紙包來，遞給馬氏道：「女兒橫豎是垂死的人了，母親須要把這包兒去送給那人，好叫他知這女兒是為他而死的。」碧桃姑娘說到這裡，一口氣回不過來，兩眼往上一翻，竟昏死過去。嚇得馬氏大哭小叫，掐唇提發，鬧了好一會，碧桃姑娘方才悠悠的醒轉，可由是昏昏懵懵的，氣息奄奄，知覺已失了。馬氏嗚嗚咽咽地哭到天明。在碧桃姑娘病未沉重的當兒，見她母親這般悲慟，自然要勸住她的。這時碧桃姑娘自己也顧不了，任她母親哭得力竭聲嘶，再也不能安慰她的母親了。

馬氏又哭了半天，見她女兒仍然這般昏迷，便取了碧桃姑娘交給她的紙包兒，一路問著唐王的府第。有人指示了她，馬氏就放大了膽，向唐王的邸中走將進去。被管門的僕役阻住，盤詰來歷。馬氏指手劃腳地說了一遍，弄得個管門的摸不到頭腦，不許馬氏進去。馬氏不禁大怒起來，隨手只一掌，打得那門僕火星直冒。門僕大罵：「哪裡來的瘋婦，到王門上來撒野？」於是把馬氏扭住了，要想攆她出去。馬氏死也不肯，乘勢倒在地上，大哭大叫地鬧個不住。王府中的僕役，聞聲都趕了出來，大家做好做歹的勸馬氏出去。因她究屬是個婦人，不好過於為難她。這馬氏哪裡肯受勸，哭聲反而越發較前鬧的響了。這樣的一鬧，驚動了府內書齋的唐王，親自出來詰問，馬氏坐在地上，見內廳走出一個鮮衣華服，風度翩翩的官人來，心想那人必定是王爺了，就霍地從地上爬起來，撲的跪在唐王的面前，把自己女兒，怎樣墮下羅巾，被王爺拾去，第二次倚窗，又見拾巾的王爺經過，對了窗上微笑，害得她女兒染成了相思，目下奄奄待斃，要求王爺大發慈悲，一救她女兒的性命。說罷，伏在地上放聲大哭，又從衣袋裡掏出那個紙包來，雙手呈上。

唐王聽了馬氏的一番話說，驀然憶起了拾巾的事兒來。回想那天從金谷秋圃中看菊回來，在驢背上確曾見一個女郎瞧著自己發怔，難道天下真有這般的痴心女子麼?唐王一頭想著，一手把馬氏的紙包接過來，拆開瞧時，見又是一幅同樣的羅巾，巾上淚痕斑斑，系拿猩紅的鮮血，詠成七言兩首，唐王便慢聲吟那詩句道：

儂亦風流自愛才，憑窗繡鳳數年來。
終纏綺孽樓頭望，剩有香魂繞碧梅。
深夜幾疑蝴蝶夢，顛狂舞柳豈親栽?
新愁猶憶憾秋菊，莫道相思付劫灰！

一笑春風逸趣生，天涯訊息不分明。
空吟竹影香閨月，愁撥琵琶碧草行。
顛倒夢魂渾如醉，風流終負玉郎情。
紅絲難締成惆悵，何日嫦娥弄玉笙？

詩的上首，題著「唐王殿下」，署名是個「碧」字，卻寫得歪歪斜斜的，似已乏力書不動了。唐王讀罷，不由得吃了一驚。暗想她怎麼會知道俺是唐王，又想這種女子，也可算得是痴情極了。於是笑著向馬氏說道：「承你的女兒這樣多情，可惜俺邸中侍姬已充，安插不下了，只好辜負你的女兒了！」馬氏見說，忙磕了個頭，流涕說道：「王爺的恩典，可憐民婦只有一個女兒，不幸死了，將來民婦去依靠何人？還求王爺救民婦女兒的性命吧！」說畢，放聲大哭起來。唐王見馬氏哭得悲傷，心早軟了一半。想世間上的事，真無奇不有，自己的女兒染了病，卻尋到俺的邸中，沒來由要把女兒送俺，不是叫俺很為難了嗎？又讀那詩句，覺得她情意纏綿，詞義愴惻，唐王這時也有些心動了。以為這樣的多情女子，是天生的情種，俺既拒絕了她，應當要親自去安慰她一番，使她知道俺不是個無情人，那麼她雖死也不至怨俺了。

唐王打算已定，便令馬氏起身，微笑著說道：「你且不要悲哭，俺就和你看你的女兒去。」馬氏聽了，立時轉悲為喜，收了眼淚，侍在一旁。唐王吩咐家僕，備起幾匹馬來，領了四五名健僕，及兩名侍衛，一齊上馬。叫馬氏在前引導，一行人望著城西出發，眨眨眼到了馬氏家門前。由馬氏引到她女兒的房內，家僕侍衛，都站住門前侍候。唐王獨自走進房去，馬氏向碧桃姑娘叫道，「好孩子，你醒一醒吧，你那個王爺來了。」碧桃姑娘正在昏昏沉沉的當兒，一聽她母親的話，兩眼微微地睜開來，看見一個美丈夫坐在榻前，正是那天驢背上的心上人。碧桃姑娘自己是在夢中，瞧了又瞧，看了再看，忍不住一陣心酸，哇的一聲哭出來了。唐王坐在床沿上，仔細看那碧桃姑娘，見她玉容憔悴，面龐兒比在樓頭時，已消瘦了許多，青絲散亂，卻不減她的嫵媚。又見她抽抽噎噎的哭得似雨後芙蓉，愈增嬌豔。唐王一手把著她的玉臂，低聲地安慰。碧桃姑娘越哭越是傷感，幾乎又哭到咽不過氣來。唐王倒被她哭得沒話可以慰勸，呆呆地瞧著一聲不則。俗語說，女子的眼淚，是最厲害的東西，無論你是堅韌鋼鐵，也要被她哭軟了的，何況唐王究竟不是鐵打的心腸，因對碧桃姑娘說道：「你只顧安心調養好了，俺絕不負你的。」碧桃姑娘才止住了哭，唐王自回邸中。

從此碧桃姑娘的病，一天天的減輕，不到半個月工夫，已能起床步行了。光陰似箭，過了兩個月，碧桃姑娘的精神，這時早經復原。於是要她母親馬氏，向唐王去提議前事。唐王感碧桃姑娘情深，便把她迎歸邸中，並給馬氏贍養費二千金。碧桃姑娘自進了唐王府，唐王愛她善侍色笑，寵幸逾於他姬。那王府中婢僕，以碧桃姑娘是個編籬的出身，大家很瞧不起她。及至見碧桃姑娘處事和藹，眾人又都讚她一聲好。府中大大小小，沒有一個不和碧桃姑娘要好的。

誰知花好不長，唐王納碧桃姑娘還不到半年，李自成率賊眾進攻南陽。唐王取出私財百萬，大犒軍士，又召集了新兵四千，與總兵猛如虎竭力守城。哪裡曉得召集的新兵，多半是些無賴遊民，暗下通了賊線，乘夜偷開北門。賊眾就一擁而進。猛如虎領了部眾，拚死巷戰，到底寡不敵眾，賊兵矢如飛蝗，把猛如虎射得同刺猬一樣，死在路上。那唐王聞得賊已進城，要想逃走時，邸外賊眾，已圍得鐵桶相似，喊殺聲震四野。

唐王知道不能脫身，忙召集邸中的姬妻和王妃周氏商議大計。這時碧桃姑娘淚盈盈地立在諸姬叢中。唐王高聲說道：「今已事急，俺是絕不從賊的，只有身殉了。你們速速各自謀逃生去吧！」話猶未了，碧桃姑娘首先應道：「王爺盡忠，妾輩自應盡節。」說畢，一頭望庭柱上撞去，腦漿迸裂的死了。唐王只說了聲「好！」接著小監報導，「王妃自縊了。」唐王連道了幾個「好」字。一霎時美妾豔姬，紛紛投井的投井，自縊的自縊，鶯鶯燕燕，轉眼都一個個玉殞香消。唐王點頭微笑，隨後自己從壁上拔一口霜鋒寶劍來，待要望著頸子上抹去，那外面的賊兵，早已打破了大門，似潮水般湧將進來。唐王的劍鋒方刺著咽喉，劍靶被賊兵奪住，叮的一聲，劍已擲在地上。賊眾七手八腳地一頓亂縛，把唐王捆住了。其時王府中已如鼎沸，丫鬟僕婦的哭聲盈耳。

唐王有個兒子慈燿，年才十三歲，還在書齋中唸書，聞得賊兵殺進邸中，嚇得他大哭起來。在這危急萬分的當兒，那教慈燿讀書的西席先生，叫做黎崧的，仗著一把樸刀，從外面直搶入來道：「王爺和王妃，此刻都已盡忠了。我們快走吧！」說著一把拖了世子慈燿，如飛般的往後園便走。那時花園的鐵門，也被賊兵撞破，恰好殺進園來。黎崧大喝一聲，一手挾了慈燿，一手舞刀，望賊中亂殺亂砍，好似發狂差不多，賊兵都向後倒退。黎崧殺開了一條血路，護著了世子慈燿，只望前狂奔。賊眾在後追趕，強弩射來，黎崧身中六矢，還負著慈燿，死命地奔走。這樣的一口氣趕了四十餘里，後面的追兵漸遠，喊殺聲隱隱可聞。

黎崧負了慈燿，走上一座土岡，遙望賊兵，已距離得很遠了，才放下慈燿。黎崧已是精疲力盡，眼前覺得一黑，哇的吐出一口血來，翻身昏倒在地上了。慈燿本來已驚得目瞪口呆，這時見黎崧嘔血倒下，越發慌得走投無路，一屈膝坐在黎崧的身邊，嚎啕痛哭。不料李自成的部下大將牛金星，領兵從土岡下經過，聽得哭聲，一鬨的跑上山來，不管三七二十一，把慈燿四馬攢啼地捆了。黎崧僵倒在地上，被賊兵一頓亂踏，踐得肚破腸流，死在岡上。

慈燿吃賊兵抬下岡去，湊巧副總兵馬雄，領了四五十名敗卒，退到土岡面前來，見馬步賊眾，抬著唐王的世子慈燿，便揮軍士退下，自己一馬當先，挺槍殺進賊隊中，把舁慈燿的賊兵殺散。背後五十名步卒，一齊上前去奪。不知馬雄救得慈燿否，再聽下回分解。

細語鶯聲三桂殺賢婦　雕弓翎羽永福射闖王

卻說唐王的世子慈燿，經義士黎崧拚死力相援，終算出險。黎崧護慈燿到了土岡上，自己也力乏氣竭，倒在地上，口裡直吐出血來，把個慈燿急得只是痛哭。講到這黎崧，本是溧陽人，十六歲就入泮，以為不難飛黃騰達。誰知文章憎命，久困場屋，弄得一貧如洗，以是流落江湖，飄零唯有琴劍。那時恰值唐王入覲，見了黎崧人品端謹，文章華美，便延他到南陽邸中，教授那世子慈燿。黎崧感唐王知遇，誓必相報。現在唐王闔門殉難，黎崧抱著一腔義憤，想保全唐王一脈，便揮刀大呼，護慈燿出了重圍。自己竟至力盡昏厥。偏偏慈燿又逢到賊兵，大家一陣的亂踏，可憐把一個忠烈義士黎崧，活活的踐做了肉餅。及至聿鍵登位，追贈黎崧封典，慈燿還親自至祭。聿鍵亦襲爵唐王，為聿鏌之兄，時因罪錮鳳陽，後鄭芝龍等擁之正位，即隆武帝。今野史稗乘，多指系唐王聿鍵之子，或言聿鏌之子，誤矣。蓋慈燿乃聿鍵之猶子也。但這是後話，暫且不提。

當下副總兵馬雄，見世子慈燿被賊眾執住，上前奮勇爭奪，殺散了舁慈燿的賊眾，搶過慈燿來。賊將牛金星，是李自成的岳丈，為人驍勇善戰，凶殘無比。他瞧見慈燿被劫，拍馬親自來追。馬雄深怕眾寡不敵，慌忙馬上加鞭，挾了慈燿，和五十名步卒，風馳電掣般的逃走了。牛金星追趕不上，方才自回。那馬雄救了慈燿，把他送往成國公朱勉的府中避難去了。

再說吳三桂自獲得陳圓圓後，終日沉湎酒色，對於國事，簡直絲毫都不放在心上。那時還是溫體仁當國，便薦舉吳三桂出駐遼薊。上諭下來，命吳三桂即日出京。三桂一時捨不得離不開圓圓，上疏告了病假。大宗伯董其昌致書三桂，苦苦勸導。三桂只做充耳不聞。三桂的妻子盧氏，小名叫做玉英，也知書識字，倒是一個賢婦。她見三桂迷戀著圓圓，不但寸步不離，甚至棄官不為，違逆上命。眼見得荒職欺君的罪名，是逃不了的。不幸被朝臣參上一本，這顆頭顱，少不了要和頸子脫離的了。這位盧氏夫人，是讀書達禮的淑女，怎肯隱忍不諫？因乘圓圓不在三桂旁邊的時候，把大義規勸。三桂聽他夫人說得義正辭嚴，心上也自覺慚愧，弄得不好回答。及至一見了圓圓，將他夫人的話說，又都拋到腦後了。夫人以三桂不聽良言，異日必自後悔，平時於言語之中，帶諷帶諫，謂美色是禍水，可以亡國破家，萬萬不可受其蠱惑。否則身敗名裂，可以立待。三桂見說，終是默默的不做聲。

誰知盧夫人的話，被圓圓的侍婢聽得，就一五一十地去告訴了圓圓，還加些不好聽的言語在裡面，把個陳圓圓氣得玉容鐵青。等吳三桂進房，圓圓便一頭倒在三桂的懷裡，嚎啕大哭。三桂忙問怎麼事這樣悲傷？圓圓撒嬌撒痴地說道：「妾承將軍的青眼，不以蒲柳之姿見棄，無如他人不容賤妾侍候將軍，妾請將軍見恕，今後當削髮入山，虔心修道，期在來生，再報將軍的德惠吧！」圓圓說時，淚隨聲落，待到說畢，從衣袖內掏出一把金絞的小剪來，望著萬縷青絲上剪去，慌得三桂忙伸手去奪住，乘勢把圓圓抱在膝上，一面安慰她道：「你且不要這樣的煩惱，是誰欺負了你？俺立刻就給你出氣。」圓圓收了眼淚，冷笑一聲道：「莫說得嘴響，等一會兒獅聲一吼，只怕金剛要變了菩薩了。」三桂聽了，知圓圓是譏諷他懼怕妻子，不禁勃然變色道：「俺哪裡是畏懼她？平時她總是嘮嘮叨叨的，俺不和她計較，不過留點顏面與她罷了。」圓圓故意拿粉頸兒一扭，看著三桂道：「你如其真個不怕，賤妾也不至於被她魚肉了！妾在當初，謂將軍是個英雄，所以不惜敗節相從。倘使知將軍力不能庇一個愛姬，空有虛譽，那時賤妾雖至愚，也將不傾心於將軍，以自蹈苦海了！」這幾句話，激得三桂直跳起來道：「玉英賤婢！太不識好歹，待俺和她算帳去！」說著轉身便走，圓圓急忙扯住三桂的衣袖道：「將軍何必這般急，此刻你沒來由的跑去，不是去碰她一鼻子的灰麼？看來還是忍耐著，將來慢慢地設法圖她就是了。不然弄假成了真，又要怪賤妾搬嘴饒舌了！」

三桂哪裡肯聽，心頭愈加火冒，眼中幾乎出煙。一手灑脫了圓圓，一口氣奔到他夫人的房裡，把妝臺拍得和擂鼓一般，大罵，「賤婦！俺不曾薄待了你，你為什麼去欺壓圓圓？」盧夫人見三桂殺氣騰騰的一副樣兒，明知是受了圓圓的唆使，但自己問心，未嘗得罪圓圓，也從來沒有齟齬過，怎說去欺壓她呢？想著正要回話，三桂不等她說出，早伸手啪的一下，打在夫人的臉上，接著就是一頓的拳足，打得個盧夫人摸不到頭腦，忍不住放聲大哭道：「我自進你家的大門以來，自己想也不會有失德的地方。如今有了那妖狐（指圓圓），你便忍心來糟踏我麼？你既這樣薄倖，我活著也沒甚生趣，倒不如死在你的手裡吧！」夫人說罷，一頭望著三桂撞去。三桂向房邊一閃，盧夫人撲了個空，險些兒傾跌了。要想回過身來，三桂已怒不可遏。這時夫人的雲髻已被打散，三桂趁勢把她青絲扭住，飛起左腳，只一靴腳踢去，盧夫人的小肚子上，踢個正著。你想纖纖的弱質，經得起這一腳的麼？可憐踢得夫人捧著肚子，只是往地上蹲下去。因她還懷著三個月的身孕，這時卻蹲在地上發哼。吳三桂冷笑道：「你方才撒潑，此時又裝腔給誰看？」說著又是兩腳，踢在夫人的腰肢上。盧夫人狂喊了一聲，鮮血吐了滿地，兩眼一翻，挺手躺腳的離了痛苦的塵世，往生極樂國去了。三桂見他夫人倒地不動了，回顧丫鬟僕婦道：「你們不要去攙扶她，看她詐死到幾時。」說罷，出房到圓圓那裡去了。

這裡那些僕婦們，曉得盧夫人已受傷不輕，因礙著三桂，不敢插嘴。等三桂走後，大家七手八腳的把夫人去扶起來時，哪裡還扶得她動？細細地一瞧，原來已氣絕多時，不過身體還略略有點溫暖罷了。一班丫鬟僕婦嚇得慌做了一團。內中一個僕婦，忙去報知吳太夫人。太夫人聽了大驚，急急的扶著兩個丫頭，一拐一瘸的親自前來瞧看。見盧夫人已口鼻流血，手足冰冷，眼見得不中用的了。吳太夫人垂淚問道：「怎的會弄到這個樣兒？」丫鬟們將三桂毆打的情形，約略述了一遍。吳太夫人大怒，叫把三桂喚來，氣憤憤的說道：「我這個媳婦，是很賢淑的。你卻聽了狐媚子的教唆，活活的把她打死了。難道沒了王法嗎？」三桂很倔強的應道：「孩兒既打死了她，準備償她的命就是。」吳太夫人越發大怒道：「你為了個妖妓，甘心身蹈法網了。我卻偏要那狐媚子來抵償！」太夫人越說越氣，吩咐僕婦，去把圓圓拖了來，一面叫看過家法。

那圓圓裝做蓬頭散髮的，滿眼流著淚，噗的跪在太夫人面前，吳太夫人指著圓圓罵道：「你這淫婢，狐迷了三桂還不算，又攛掇他打死結髮妻子。好好的一個賢婦，斷送在你手裡了。現在我就替我那賢媳婦報仇，也打死你這個妖淫的狐媚子！」太夫人說著，喚掌家法的使女：「給我重重的打這妖婦！」那丫鬟使女們，眼看著三桂不敢動手。吳太夫人看了這種情形，怒氣再也按捺不住，奪過使女手裡的鞭子，沒頭沒臉的望著圓圓亂打。圓圓兩手捧著粉臉，伏在地上痛哭。太夫人罵道：「妖狐精！你恃著臉兒媚人，卻把人也害死了，還捨不得受刑麼？」太夫人一頭說著，把圓圓的玉腕拉開，瞧準著她的粉臉打去。圓圓急忙閃避，因用力太猛了，將太夫人也一齊牽帶過去。太夫人到底有了年紀的人，被圓圓這一扯，一個倒栽蔥跌倒下去，恰好伏在圓圓的身上。許多的婢女們，慌忙把太夫人扶起，氣得太夫人高聲痛罵。僕婦們忍不住都掩口發笑。吳三桂見圓圓兀是坐在地上飲泣，待要上前去攙她，被太夫人喝住。圓圓索性放聲哭了起來。太夫人怒道：「淫婢子還敢撒野麼？」說時又要拿鞭去鞭她，忽聽外面人聲嘈雜，家人們嚷道：「老太爺回來了！」三桂聽說，便轉身出去迎接。

不多一刻，吳襄慢慢的從外面踱了進來，由三桂陪了他父親，同入後堂。還沒有坐定，吳太夫人已扶杖出來。見了吳襄，大聲說道：「逆子已打死了媳婦，相公待怎麼辦理？」吳襄吃了一驚，忙問怎麼打死的。吳太夫人將三桂迷戀陳圓圓，無故打死妻子的話，怒氣勃勃，指手劃腳地說了一遍。吳襄聽罷，霍地立起身來道：「殺人償命，律有專條。逆子自取其咎，罪有應得。我們既是知法犯法，莫叫臺官彈劾，我們還是自己去出首的好。」說畢，一把拖了吳三桂，竟自出門投刑部衙門去了。

這裡吳太夫人指點婢僕，把盧夫人的屍體舁到了堂前，料理收殮。陳圓圓見沒人去睬她，就獨自哭回房中去了。吳襄將他兒子三桂，送入了刑部，侍郎汪煦，不敢擅自專主，在第二天早朝，奏明崇禎皇帝。崇禎帝下諭，令汪煦勘訊明白，按例懲辦。那時大宗伯董其昌，聽見吳三桂因殺妻下獄，便四處替他奔走，設法挽救。時宰相李建泰，是董其昌的門生，經其昌託他轉圜，建泰當然一口答應。到了第十三天上，汪煦錄吳三桂的口供，系因憤殺妻，當下據實上奏。崇禎帝本惡吳三桂受命不赴，逗留都下。這時吳三桂犯了國法，方要下旨嚴懲，只見大學士李建泰奏道：「三桂雖然有罪，其才略尚有可取。值此國家用人之際，望陛下開恩，暫恕他的罪名，令赴邊關拒寇，帶罪立功，以贖前愆。」崇禎帝沉吟了半晌，御筆批道：「吳三桂凶暴殺妻，本應坐罪，姑念年輕誤犯，著以副總兵留任，出鎮山海關，帶罪立功，無得違忤！欽此。」這首上諭下來，吳三桂得釋放出獄，垂頭喪氣地回到家裡，被他父親吳襄痛罵了一頓。接連是董其昌來了，勸三桂即日遵旨出京，否則罪上加罪，就不能挽回了。三桂唯唯聽命。

其時都下誰不知道吳三桂殺妻的事，幸而盧夫人的母族，沒甚勢力的，只好忍氣吞聲罷了。然人人說三桂貪色無義，迷戀陳圓圓，毆死結髮妻。平日以大英雄大豪傑稱許三桂的，一變而譏三桂是個沒出息的了。就是最傾倒三桂的皇親田畹宏遇，也弄得瞧不見三桂了。三桂內受父母的責罵，外遭親友的譏評，又有董宗伯一日三次，前來催促他出京。三桂到了這時，心上雖捨不得圓圓，無如在京已四面楚歌，即使強行挨延著，也覺乏味得很，勢不得不離去都門了。於是過了幾天，親自去部中領了文書，即日辭陛出京。在三桂的意思，想把陳圓圓帶去，唯礙著向例，武官上任，不得挈帶眷屬的。況有董其昌從中阻擋，吳襄也不許他攜帶圓圓，吳三桂萬分沒法，只好把攜眷的念頭拋開。

到了起行的那天，陳圓圓還坐著一乘小轎相送。一聲號炮，畫角齊鳴，吳三桂統著五千名步兵，一千馬隊，耀武揚威地離了御校場，浩浩蕩蕩地望山海關出發。陳圓圓直送到四十里外。參軍王為慰，向吳三桂催促。三桂不得已，吩咐將圓圓的小轎停住。吳三桂自己跳下馬來。兩人相對，默默地你看著我，我看著你，這樣的好一會，說不出半句話兒。還是圓圓強裝做笑容，說了聲：「將軍保重！」，「重」字還不曾吐出，眼圈兒一紅，聲音就嗚咽了。三桂也忍不住紛紛流下淚來，兩人越哭越是戀戀不捨。王為慰再三敦促，喝令小轎折回。兩名轎伕，聽了參軍的號令，一聲吆喝，抬起了陳圓圓的轎子，飛也似的回轉城中。吳三桂呆呆地瞧著，直等陳圓圓的轎子望不見了，方才懶洋洋地上了馬，領著軍隊，往山海關去了。

再講那個闖王李自成，陷了南陽，破了禹州，進兵來襲開封。開封巡撫高名衡，副將陳永福，登城堅守。周王恭枵，時就藩開封，見賊兵圍城很急，城內又乏糧餉，便立刻捐金三百萬，作為軍犒，又開穀倉，賑濟貧民，城內歡聲大震，相誓死守。周王又飛章進京告急。崇禎帝閱了奏疏，惶惶莫決，又沒有將才可供遣使，只有前督師孫傳庭，被讒系獄，這時實在無計可施了，就把孫傳庭從獄中提出。崇禎帝親加慰諭，命他領兵往援開封。傳庭奉旨，連夜統兵起程。怎奈逢著了大雨兼旬，道路泥濘難行，器械也多半發鏽，馬匹草料受了黴溼，吃下肚去，馬瘟大作，騎兵營馬匹死傷過半。行程越發遲緩了。

李自成領了賊眾，圍困開封兩月，城仍不下。自成大怒，命賊兵在城牆下，掘了大坑，灌了火藥百擔，燃火轟城。一聲霹靂，火星亂飛，塵煙障天，火藥卻倒轟過來，把賊兵轟死了三四千人。自成大驚。又命將所鑄的紅衣大砲取來，向城上轟擊。轟然一響，大砲炸裂，賊兵又死了無數。自成大怒，令把大砲裝好了，拿美貌的婦女，剝去衣裩，赤身倒坐在炮口，翹著一雙金蓮，對準了城門轟去。但聽得天崩地塌的一聲，火炮轟出，城門擊去了半邊。自成下令搶城。巡撫高名衡督著兵丁，慌忙放下千斤閘來。賊兵又多壓死閘下，有破頭流腦的，有五臟崩裂的。賊眾見不能得手，仍舊敗退下去。

李自成恚恨萬分，把鞭梢指著城上罵道：「咱若破了城池，定殺得你們不留雞犬！」正在高聲謾罵，不提防副將陳永福，乘自成不備，暗暗拈弓搭矢，嗖的一箭射去。不偏不倚，中了自成的左眼。自成大叫一聲，從馬上直翻下馬鞍。陳永福急忙開城殺出，來捉自成，已被賊兵搶救去了。自成左目受創，因箭頭有毒，眼眶紅腫起來。經醫生拔出箭頭，連同眼珠一齊拔出。從此自成的左眼，便成了盲目，而且潰爛不止，疼痛欲絕。一天到晚，只睡在床上，不能起來處理軍情。自成沒法，只有棄了開封，下令退兵。

高名衡見自成退去，開城令人民擔柴取水，以資軍用。一面令警騎刺探賊兵訊息。自成雖然退兵，心裡卻咬牙切齒的發恨。過了兩天，左眼的腫處略消。忽報開封城門大開，百姓多出城採樵。自成聽了，從榻上躍起道：「火速還兵！報咱射目之仇。」說罷，令賊眾銜枚疾行，一日夜行三百里來襲取開封。要知開封怎樣陷失，且聽下回分解。

花影隔簾倒亂鴛譜　哀聲滿野折斷雁行

卻說開封巡撫高名衡，聞得賊兵猝至，忙命兵士閉城，並引黃河之水，環繞城壕，使賊兵不得近城。李自成領兵趕到，見沿城四面是水，連炮火都不能攻他了，自成咆哮如雷，獨眼中幾乎迸出火星來。正在這個當兒，忽報軍中獲了奸細，自成叫綁上來，卻是一個長不滿三尺的矮人。自成怒喝道：「你喚什麼名兒？誰使你來探諜軍情的？從實講來！」宋獻磕了個頭道：「小人名宋獻字獻策，並非奸細，乃是來助大王破城的。」自成大笑道：「胡說！咱這是強兵猛將，正不知多少，圍城三次，不曾攻下。你這個闒茸的相貌，有多大本領，敢信口狂言？」宋獻正色道：「這是軍事，豈可忘談，自蹈罪戾？」自成說道：「那麼，你且講怎麼破得此城？」宋獻答道：「小人在本處賣卜，略曉陰陽，兼知地理。如今城內引水自固，大王只消堵住上流，把河水倒灌入城去，不出三天，這城還怕它不破麼？」自成大喜，命牛金星把宋獻看管著，待破城之後放他。一面命賊兵決水，不到半天工夫，但叫得河水洶洶，好似萬馬奔驟，直向城中灌去。

高名衡正親巡城，猛見白浪滔天地滾來，要待搬上去搶堵時，哪裡還來得及？霎那間滿城是水，平地水深丈餘，急得名衡連連頓足，不知怎樣是好。城內民兵大亂，號哭之聲連天。副將陳永福，保了周王恭枵，駕著一艘小舟，爬山逃走。等到賊兵趕來，周王、高名衡、陳永福等已經走遠了。後來陳永福們降了李自成，暫且不提。

當下自成已駕了大舟，由城頭上衝入城內。這時百姓多蹲身在屋頂上，弄得逃也沒有逃處，只好束手待擒。賊中規例，圍一日城破不殺，兩日殺三分之一，三日殺三分之二，過了三天，就得屠城無赦。現在自成已三圍開封，前後凡七個月，才算攻下，自成已恨極的了，又兼圍城時傷了一目，變成獨眼龍了，因此恨上加恨，自然要屠城的了。於是自成乘船進城，先把屋上的百姓，一個個的捆綁起來。可憐城中已絕糧三天，都餓得面有菜色。賊眾縛好了人民，殺散了官兵，方在上流去了堵塞，水勢立刻退盡。自成下令，將所縛得的百姓，男子不論老幼，一概斬首。女子擇年輕美貌的留在帳裡侍寢，年老的婦女發給各營，替兵士們滌洗執爨。又把周王邸中的官人侍女，一併捕來，自成選了幾名最美麗的，其餘的都派與帳下的兵士。又將倉庫開啟，令賊眾任意取捨。

這樣的鬧了十幾天，忽警騎報到，京中遣孫傳庭，領兵來援開封了。自成聽說，吃了一驚道：「孫老兒不比別人，倒要留神他一下的。」即派馬文宗為先鋒，自己領了大兵，前去迎敵。誰知孫傳庭已得知開封失陷，便按兵不敢輕進。過了幾天，陳永福領敗兵來依傳庭，謂周王偕高名衡，星夜往浙江去了。傳庭聞賊兵勢大，越發覺得膽怯。講到孫傳庭的為人，倒是個身經百戰的名將，從來不肯出兵退縮的。這時逢到了李自成，不知怎樣會畏首畏尾起來，致令賊眾威勢日盛，釀成後來的大患，豈非天數麼？那自成也怕孫傳庭多謀，他見傳庭不進，便也駐兵自守，兩下對壘，經月不戰。

賊軍中本無餉糈蓄著的，一個多月不動兵，弄得無處劫掠，賊營就要乏食了。自成恐軍心變亂，被孫傳庭所乘，忙召牛金星、宋獻策（即宋獻，時已釋出，經自成拜為護軍參議）商議糧餉的救濟。宋獻策笑道：「急救的方法倒有一個，不知大王能行不能？」自成大喜道：「參議的妙計，咱沒有不從的。」宋獻策道：「大王軍中，所多的是婦女，千百成群的豢養著，一旦有起事來，寧不累贅？莫如效那好生之德，把那些婦女，一併釋放了。但她們身雖得脫，仍舊無家可歸，值此亂世，任她們飄流各處，早晚要落在匪人手裡，不是弄巧成拙嗎？依在下的愚見，將這般婦女，無論老少，一古腦兒用布袋裝了，叫士兵們弄到市上，聽人購買，每袋賣錢兩吊，或是米穀五斗。那沒有妻子的人，出兩吊錢可得妻子，大王也積少成多，軍中不愁沒有糧餉了。」李自成聽了，拍手笑道：「這個計較很好，我們就立刻去辦吧！」當下派了牛金星為監督，命婦女們縫就布袋萬隻，把老少婦女，一齊裝入袋內，抬往市中，懸榜招買，每人五斗或錢兩吊，即可取得布囊一個。這樣的一來，不曾取妻的，都負錢擔米，到市中來換妻子。不過置在布囊內的婦女、瞧不出她的面貌和年齡，又不能開了布袋挑選選的，由是弄出不少笑話來。

有一個少年男子，出兩弔錢取了一個布袋，很高興的負到家裡。及至解開布囊來瞧時，不禁目瞪口呆，做聲不得，原來囊中是一個七十多歲的老嫗，把來做祖母還賺年長，休說是做妻子了。那少年沒法，只好自認晦氣罷了。又有一個少年，也買了一個布囊，當場在市上開啟，是一個五十多歲的老婦人。那少年怔了半晌，又去購了一隻布囊來。及至開啟布囊，仍然是一個老太太，而且年紀比方才的老婦人更大了。那少年滿肚的懊喪，恨恨的說道：「俺是來取妻子，不是來認祖母和母親的，要了這些老太太去養老嗎？」說罷轉身便走，引得市上的人，一齊大笑起來。兵士們見那少年逃走，吆喝一聲，飛步追上，一把扭住了那少年，高聲罵道：「你這個混蛋！既出錢買了妻子，為什麼不把她帶去？」那少年給兵士一拖，早嚇得面色如土，顫巍巍答道：「俺不要這樣老妻。」兵士也笑道：「你嫌她老，難道別人就不嫌她老的麼？況且這是你的運氣不好，自己去挑選來的，不能怪著別人。倘多和你一般的，嫌著年老，就撇下了管自己一走，叫那些老嫗，孤伶伶的去依靠誰呢？」那少年沒法，只得領了兩個老嫗，哭喪著臉兒，唉聲嘆氣的回去。市上的人，又大家笑了一陣。

還有一個老翁，老年喪偶，便也出了兩弔錢，想買一個老妻回去，以慰暮年的寂寞。誰知開啟布袋來，倒是一個嬌嬈的美人兒。那老翁不禁喜出望外，笑得一張癟嘴，幾乎合不攏來。哪裡曉得那美人兒，也嫌那老翁年紀太大了，心裡十分不願意。恰好旁邊一個美少年，買著了一個老嫗，在那裡發怔。美人便悄悄地對那少年丟了個眼色，兩人一個撇下老嫗，一個撇了老翁，手攜著手，很親熱的走了。那老嫗明知自己配不上那個少年，只呆立著不做聲。獨有那個老翁，卻不肯相舍，忙三腳兩步地趕上去、拖住那美人兒說道：「你是咱買了，已是咱家的人了，怎麼跟著別人，敢是想逃走不成？」那少年聽了，不等他說畢，把兩眼一睜，高聲喝道：「誰是你的人？哪個是你買的？」說時指著那美人道：「她是俺的妻子，是俺剛才買來的。你這樣大的年紀，還要冒認人家的少婦，不是妄想麼？」那老翁氣得火星直冒，大喝道：「怎麼話！這少婦是咱家買來的，怎說是你的？青天白日，容得你這樣胡賴麼？」那少年怪叫起來，大罵：「你這個老悖！好沒來由，俺的妻子，你想胡賴人家的，倒說俺是胡賴！你這一把年紀，難道是活在狗身上的？」那老翁被少年一頓羞辱，越發咆哮如雷。一老一少，為了一個女子，兩下里由鬥嘴而進至毆打，大家扭住了一團。

旁觀的人，圍繞了一大群。那少年撇下的老嫗，這時也走過來了。少年看見便指著那老嫗，向眾人說道，「列位請看那老頭兒不是無理麼？他自己買了這位老太太賺她老，見俺的少婦，他忽然說少婦是他買的，硬要把俺的妻子認做是他買得的。列位試想想，俺肯甘心的麼？」眾人見說，又把那老嫗打量一下，都來向老翁勸道：「老相公，你就平一點氣兒吧！即使那少婦真個是你老相公買得的，你已有了年紀的人，要她來也沒甚用處。就是那少婦，也未必願意跟著老相公的，況這位老太太，恰好和老相公是一對，以老配老，天湊姻緣，足夠娛老相公的晚景。何必定要那少婦呢？」那老翁見眾人都幫助著那少年說話，氣得胡鬚根根倒豎，一手扭住那少年，一手拖住了少婦，把頭搖得和鼓似的，嘴裡不住地說：「反了！反了！少婦是咱家買來的是咱的人了，怎麼來混賴咱家的，世上沒有公理了！」眾人見勸不醒那老翁，如要勸那少年棄了少婦，讓給老翁，這是當然辦不到的了。

那少年被老翁拉著手臂不得脫身，不由得也心頭火起，便驀地把老翁一摔，一面去攙了那少婦，趁勢將老翁一推。老翁立腳不穩，一交倒在地上，賺紮起來，死命的望著那少年一頭撞去。眾人見老翁來勢凶殘，忙七手八腳的把他拉住。老翁被少年摔了一交，撞又撞不著，氣得他手腳也發了抖，面皮鐵青，說話連舌頭都僵了，兀是指天劃地地說著，頸子漲得很粗，青筋根根綻起，口邊上的涎沫四濺開來。又因舌頭僵了，說話更其含糊，別人也不知道他說些什麼，倒把閒著的人，看了老翁這種怪相，忍不著都哈哈大笑。那老翁吃眾人阻止，不許他去打少年，弄得發起極喊來，瞋著兩只昏花的老眼，大有遇人即噬的氣概。

正在難分難解的當兒，恰好遊巡官馬文宗經過，望見眾人圍如堵牆，疑是怎麼人鬧事，便分開了眾人，走上前去。那少年眼快，早已瞧見一個軍官裝束的挨進人叢來，忙迎將上來對著馬文宗深深地唱了個啱，把自己買得一個少婦，老翁要冒認他的話，從頭至尾，很安詳的講了一遍。馬文宗點一點頭，接著詢問老翁，那老翁已是氣急敗壞，哪裡還說得清楚？又兼操的閩浙口音。馬文宗是山西人，益覺聽不懂了。那老翁只顧滔滔不絕，文宗也不去理他，回顧那少婦道：「你心上怎樣？」那少婦指著少年道：「他既買我來，我自然是他妻子了。」文宗聽說，把手一揮，是叫他們走的意思，那少年和少婦，便高興興地去了。那老翁待要去追，被文宗伸手攔住道：「你這老兒好沒分曉！人家取了少婦，幹你甚事？」又指著老嫗道：「快領了她回去吧！」老翁哪裡肯聽，還待倔強，引得文宗性起，霍地拔出霜雪也似的一把寶劍來，大聲喝道：「你不走嗎？」老翁這才慌了手腳，不知不覺的雙膝跪倒。文宗叫起身速去，老翁不敢違拗，只得領了那老嫗，抱頭鼠竄地走了。那班閒人又大笑了一場，謂那老翁不識時務，一樣的領著老嫗走路，能夠早聽了眾人的相勸，就不至於出這個醜了。

又有一個老兒，是個員外打扮，也出兩弔錢，買了一個布囊，心裡想弄個美人兒，把來納做簉室。當下命家僕解了布囊，裡面果然是位俊俏佳人。那知趣的僕人，口裡向老主人道賀，喜得那老員外眉開眼笑，萬分的得意。不料那美人忽的跪在地上，嗚嗚咽咽地哭將起來，一邊哭著，口中不住的叫著舅父。老員外聽了她的呼聲，睜了花眼，定睛細看，不覺喊聲：「哎呀！」忙把那美人扶起來。原來美人不是別個，正是自己的外甥女兒，也就是未婚的婚婦（舊習，表姊妹和表兄弟可以結婚。今則因血統關係，雖婚不生效力）。老員外一團高興，到此冰釋。這布袋美人（是那時一種名稱）買的人很多，得著佳婦淑女的也有，買著半老徐娘和龍鍾老嫗的也有。他如兄弟買得姊妹，老父買得女兒，子買妻得母，翁買妾獲媳。種種釀成的笑話，一時說不盡許多。

李自成賣去了這些婦女，得銀數十萬兩，米一千餘斛，充作了軍餉，又可支援一月了。光陰白駒過隙，轉眼半個多月。李自成見孫傳庭的兵馬不進不退，想自己和他對壘，徒耗糈餉。要待望別處發展，進恐非傳庭敵手，退又怕官兵來追，正是進退維谷、左右為難了。於是和宋獻策等密議，設法進兵他邑。宋獻策說道：「傳庭老於軍事的人，我們的營寨若一移動，官兵必趁勢襲剿，那時軍心一亂，就不易收拾了！」自成說道：「那麼怎樣才得妥當？」牛金星說道：「依咱的意思，主帥可領兵先行，我們隨後慢慢的出發，就不患官兵來追趕了。」自成如言，當夜便率同劲率五千名，向確山疾馳。傳庭聞極，見賊兵大本營不動，未敢輕易追逐。牛金星待自成去遠，乘夜驅兵潛遁，及至孫傳庭覺察，賊營內不過懸羊擊鼓，賊眾早已遁走了。

自成兵進確山，陷了汝寧，擒獲崇王由櫍並第由樽。由樽是英宗的第六子，見澤的第六世孫，出封汝寧。時守汝寧的是監軍孔會貞，總督楊文嶽，督兵登城死守。李自成令設雲梯千架，一聲鼓響，三軍齊上。文嶽率兵拒殺不及，孔會貞忙領家將來救應，賊兵已經入城。楊文嶽與孔會貞，親自揮戈巷戰。賊兵越來越多，楊文嶽力竭被擒，孔會貞受傷墮馬，也給賊兵擒住了。自成既破汝寧，令推崇王由櫍上前。由櫍嚇得面容失色，願拜伏投誠。獨由樽不應，並破口大罵。自成怒道：「你身已受縛，還敢倔強麼？」喝左右推出去砍了。由樽回顧由櫍，高聲說道：「哥哥，兄弟要和你長別了！」這一聲又悲愴又慘痛的呼喚，就是石頭人也要下淚，何況由櫍，到底是同胞兄弟，又不是甘心降賊的。因此忍不住走下階陛，一把抱住了由樽，放聲大哭起來。由樽更哭得回不過氣來。自成大怒，叫隨行的親兵，用皮鞭將由櫍開啟。左右拖著由樽，帶拽帶推地出去了。

不多一會，小兵捧著一個血淋淋的人頭進來。由樻看了，大叫一聲，昏倒地上。楊文嶽和孔會貞，認出首級是崇王兄弟由樽的，不禁義憤填胸，頓足痛罵自成：「逆賊！擅殺帝冑。俺生既不能啖賊肉，死必為厲鬼殺賊！」自成聽了獰笑道：「你這樣的求死，咱偏使你慢慢地死。」說罷，命先把楊文嶽綁出城外，架起九級鋼管的大砲來，裝入火藥和鉛丸，燃著藥線，對準了文嶽的前胸，轟然的一炮，打的楊文嶽的前胸變成了血肉模糊的一個窟窿。心肺五臟，都流了出來。孔文貞在城門上瞧見，大叫：「先把咱殺了，和楊總督一塊兒去！」李自成叫把孔會貞拖到草地上，將會貞倒伏在炮門口。轟的一聲，一個忠心耿耿的孔監軍，只彈得膚肉崩裂，腸胃紛飛。自成坐在馬上，拍手哈哈大笑。由樻目睹這種慘酷的情形，掩面不忍瞧看。自成殺了楊文嶽和孔會貞，下令屠城。可憐汝寧的百姓，只殺得男哭女啼，慘呼聲達四野。那些賊兵，分頭殺掠，只有美貌的女子，赦宥不殺，被賊眾驅入帳中，任意尋樂。賊寨內的婦女，大都不著衣裩，但披玄色的輕紗，遮掩著上下體。就輕紗中望去，仍然纖毫畢露。其時汝寧城中，道無行人。夕陽西垂，即已鬼聲啾啾。兵燹之後，又繼以大疫。

崇王痛弟慘死，一面私自收殮，又不敢公然去祭奠。悄悄的叮囑小校，把由樽的棺木，暫厝在荒寺裡。崇王偷個空兒，往柩前去痛哭一番，並暗暗祝告道：「弟如英魂有靈，護兄出得虎口，早晚與你復仇。」說罷叩頭起身，竟自出寺，也不再回賊寨，便一口氣狂奔出城。是夜星月無光，一路上陰風淅淅。崇王急急地逃走，倒也忘了畏懼。正走之間，忽聽腦後啼聲大起，火光亂射，卻是賊兵追來了。崇王心慌，幾乎驚倒在地。不知崇王走脫否，再聽下回分解。

熱淚流紅悲誄一篇文　青磷閃碧悖語數行書

卻說崇王由櫝，黑夜遁出賊窟，向前狂奔，也不辨什麼路徑了。不防背後喊聲大作，賊目孫文宗，領了五十名鐵騎來追。崇王一時慌急了，忙望著路旁土地祠內躲避。那神祠又是年久失修的敗寺，四處無可藏身，只得向神座下面一鑽，蜷體俯伏著，連氣都不敢喘一下。轉眼孫文宗趕到了，令左右進祠搜尋，嚇得個崇王遍身顫抖，那賊兵幾次到神座下來照看，都被陰風吹熄了火把，瞧不清楚神座下的東西。那照看的兵士，見瞧不到什麼，又被冷風吹得毛髮悚然，回說找不到人，孫文宗吩咐出祠去追。崇王伏在神座下，但覺陰風颯颯，似有迷霧相護。待到賊兵出祠，崇王爬出神座，叩了個頭，飛身往西而走，口裡默默地說道：「吾弟保佑，今已脫險，求你再護我一程。」說猶未了，旋風驟起，似在前引路。崇王隨了旋風飛奔，一口氣跑了六七十里。天色已漸漸破曉了，崇王略為覺得睏倦，坐在道旁樹下休息了一會，起身再走。時左良玉駐兵襄陽，崇王饑餐渴飲，竟奔襄陽，投入左良玉軍中暫避，按下不提。

再說李自成破了汝寧，大肆屠戮，及至聞崇王潛逃，孫文宗追趕不著，不覺大憤，便連夜兵進承天，副使張鳳翥，巡撫宋一鶴，總兵錢中選，知府王璣，縣令蕭漢，都協力守城，誓以身許國，有「城亡人亦亡」的宣言。宋一鶴在承天，很有政聲，就是縣令蕭漢，人民也稱他作蕭青天。所以城內的百姓，齊聲說道：「父母官如殉城，我們小民，也自願同歸於盡。」李自成圍城，三四日不下，便引兵退去。人民啟城採薪，奸細乘間混入城內，到了半夜，大開東門，賊兵蜂擁入城，民兵大亂，自相踐踏。諸將一面迎敵，一頭保護著宋一鶴殺出西門，一鶴大呼道：「疆吏有保土之責，城陷則殉城。我豈畏死，致為人唾罵？」說罷，奮力殺進城去，和賊兵巷戰。時總兵錢中選中箭落馬，被亂馬踏死；知府張鳳翥自盡，知縣蕭漢遭擒，宋一鶴也被賊眾圍住，亂箭並發，一鶴身被七矢，面著槍尖，直透腦後，血流滿身，大叫三聲，自刎而死。賊兵畏他忠烈，不敢近前。賊將楊永裕，獲知縣蕭漢，李自成說道：「他是個好官，不要難為他。」楊永裕領命，因蕭漢在荒寺中，是夜蕭漢也自縊而死。仁宗皇帝的靈寢，也在承天，守陵巡按李振生，跪迎自成，還請發掘陵寢。自成聽了，才叫賊兵下鋤，猛聽得顯陵內一聲響亮，好似天崩地塌，山谷皆震。賊兵驚死了三四十人，嚇得自成不敢再掘，並派賊卒四人看守，一面也居然出榜安民。那時自成聲勢益振，殺流賊羅汝才（綽號曹操）、左金玉、老回回（名馬守殷）、千里眼（名賀一龍）、袁時中等，並得賊眾二十餘萬，迭破荊襄諸郡，初時闖賊陷城，必殺戮姦淫，焚掠一空。到了河南既得，賊眾不下百萬，牛金星、宋獻策、顧君恩等，都勸自成收拾人心。自成也自以為雄霸天下，漸萌建號立國之心。於是由眾將舉李自成為新順王，以襄陽作根據，改名為襄京，封牛金星為右丞相，宋獻策為左丞相；定軍營凡五，營駐卒二十萬；立戰征隊，封二十二將。以顧君恩為都督新順大元帥；楊永裕為副都督，孫文宗為中軍之帥，設府尹，州牧、縣令，建設六部，居然做起開國皇帝來了。

再說流賊張獻忠，既擾東南，又走蘄水，星夜進攻黃州，下令黃州士人，自投者有賞，隱避者殺闔門。那些士人，懼獻忠的殘暴，不得不出迎。獻忠又下令道：「士人出西門，平民出東門。」又命賊兵，埋伏在東西兩門，瞧見士人和平民出城，賊兵吶喊驟起，圍住士民，見一個殺一個，不到半天，城內的四十多萬百姓，殺到一個都不留，只有美貌的女子不殺，驅入營內，晝夜宣淫。獻忠又沿江進攻，襲破漢陽，進逼武昌。太祖高皇帝七世孫楚王華奎，時就藩武昌，聞得張獻忠自稱西王，來攻武昌，忙集文武商議。長吏徐學顏說道：「王邸富有多金，宜先出十萬犒賞將士。」楚王怫然說道：「我有犒賞城中老弱，不如另募新軍了。」遂不聽徐學顏的話說，當日豎旗招兵。值此亂離之世，兵民本來不分，盜賊被官兵剿敗的，也都來投新兵。所以募兵不到三天，已有五六萬眾。楚王又無軍事知識的，不管新兵是烏合之眾，只要人多，自以為足拒流賊了。

獻忠兵到，圍住武昌，楚王驅兵出戰，軍士都嘩噪不肯向前。楚王正在設法，參將崔文榮，與致仕大學士賀逢聖，長史徐學顏，再三地對眾曉諭，甚至聲淚俱落，新兵始稍稍出戰。崔文榮的部兵，卻是個個爭先，人人奮勇，一場血戰，殺賊五六千名。獻忠大憤，親自在城下擂鼓，督賊兵攻城，限半日攻下。城外前僕後繼，城內矢石如雨，崔文榮竭力督戰，賊眾無隙可乘。這樣的鬧了半天，官兵賊軍，死傷各盡千人。誰知楚王新招的兵士，內有流賊的羽黨，煽亂眾心，竟開城應賊。獻忠部將孫可望，一馬當先，搶入城中，恰遇參將崔文榮，兩人交馬，賊兵如潮湧般進城，文榮無心戀戰，回馬便走，不提防濠邊的賊兵，拽起絆馬索來，文榮翻身落馬，便拔出腰刀，向著頸中一刺，血濺袍袖，倒地死了。隨後張獻忠進城，縛楚王華奎，系在樹上，命將藩邸的嬪妃姬妾，對著楚王姦淫。前大學士賀逢聖，長史徐學顏，聞得城已攻破，逢聖自戕，學顏自經。楚王府金寶不下三四百萬，都被張獻忠掠取，當場散給兵士。又改武昌為天授府，修葺楚王宮殿，作為王府，就鑄西王印綬，開科取士，得進士二十人，張姓狀元一人。其他的人民，一概殺戮，屍首投之江中，屍體蔽江，順流而下，江水盡赤，淘濤為阻。

獻忠取得的張姓狀元，年只十九歲，美麗如好女，獻忠十分喜歡他，飲食起居，寸步不離。這樣地過了十幾天，獻忠突然對左右說道：「咱那個新狀元，可算得才貌兼備，咱實在愛他不過，將來怕被人奪了去，叫咱怎樣放心得下，不如把他殺了，使咱好撇去這條念頭。」說著，喚令新狀元進帳，獻忠親自動手，把他臠割成了六塊，置入甕內，藏在帳後，又把二十名進士，也一個個地殺了，掘個泥潭掩埋，上豎石碑，大書：新進士二十名，西王張立。又命綁了楚王，裝入布囊，沉入西湖（中國西湖凡六，此其一也）。

那時武昌失陷，警耗傳入京師，崇禎帝聞楚王被溺，又大哭了一場，諭知兵部，調兵赴援。兵部尚書任逢龍，飛檄總兵左良玉，率部剿賊。左良玉因河南失陷，正苦無處容身，接到上諭，集總兵方國安、常安國各統部眾分水道陸路，雙方並進。李自成聽得張獻忠襲取武漢，自稱西王，鑄印錄士，和自己幾分庭抗禮起來，便致書於獻忠道：「曹操羅汝才，老回回馬守殷，千里眼賀一龍，左金玉，袁時中等，都已見誅，現在屈指算來，早晚要砍你的頭顱了。」張獻忠得書，又氣又畏自成勢大，只得備了金珠數十車，往獻李自成。自成收了金珠，立斬來使。張獻忠大怒，方要起兵和自成拚死，忽報總兵左良玉領兵殺到。獻忠倉卒出戰，飛章告捷，崇禎帝閱奏大喜，下旨加左良玉為右都督，方國安、常安國各擢將軍。

作書的乘這個空兒，把洪承疇的事，再結束一下。原來洪承疇被滿洲文皇后所賺，投順了清朝，他當時部下的將士，如總兵吳嘉祿、王國安等，只知道承疇失蹤，是遭敵人的暗算，不曾曉得承疇降清。清軍又乘軍中無主，由武應郡王阿濟格，肅郡王豪格，豫王多鐸，鄭親王齊爾哈朗，貝勒巴布達、巴布海，睿親王多爾袞等，率著勁卒，一陣的掩殺，明兵抱頭四散，無心迎戰。總兵吳嘉祿等陣亡，白遇春、陳福祥兩總兵降清，其餘副將游擊，多半被擒投誠，二十萬大兵，逃散的一小半，死傷的一半，還有一小半，便投順清軍了。清軍乘勝進兵，宣府日危，大同陷落，關內震駭。幸得清軍並不進迫，只任意擄掠一會，恐明朝大軍會剿，因此把掠得的輕重餉糈，人民的金銀寶物，裝載了五百多車，綿亙六七十里，一路唱著凱歌，滿載歸去了。

崇禎所得宣、大兵馬敗耗，及洪承疇失蹤的訊息，只當洪承疇是為國盡忠了，崇禎帝倒很為震悼，當時下諭，賜祭十六壇，並命設立專祠，春秋祭奠。承疇子才誕生六月，以國學記名，封承疇公爵，謚號著禮部擬頒，子孫世襲公爵。又賜承疇家中喪葬金萬兩，派大學士李建泰、尚書方逢年兩人，為承疇主理葬事。又諭令翰林院撰成祭文，崇禎帝親臨弔奠，由大禮官開讀祭文，詞意哀切，一時隨駕大臣，以及親王等，無不為之垂淚。他那祭文，嘗載稗史，其文嗚呼洪卿，智冠三軍。沙場血戰，晝夜不分。忠心貫日月兮，義高乎雲天；為國而捐軀兮，碧血猶留犫；事跡表史冊兮，名當題諸凌煙；萬古不磨滅兮，豪氣奠於山川。哀卿濟世才兮，英毅掌握師幹；拒侮定內亂兮，解人民之倒懸；是國家砥柱兮，冀朝野相周旋！嗟天之不佑兮，悲君臣之無緣。折朝廷股肱兮，殆氣數之使然？憐卿遺孤雛兮，血淚沾潤衣顫。風淒淒而月冷冷兮，幸無痛乎重泉；雪霏霏而雲慘慘兮，其是羽化而登仙。魂緲緲兮，遺恨河邊；沙濛濛兮。魄化杜鵑。嘆國事之蜩螗兮，朕心如困重闈；患萑苻之遍地兮，卿盍騎鶴而歸！於戲！月落霜凋兮，夜色生寒；微星隱約兮，更漏敲殘。卿靈不昧，魂祈來饗。哀哉！痛哉！

那篇祭文，讀得非常的淒楚悲愴。待到讀罷，崇禎帝忍不住放聲痛哭，把幾年來的鬱憤憂愁，一齊湧上心頭。越哭也就越覺得感傷，文武百官，侍禮下臣，宮監侍衛，個個泣不可仰。尤其是洪承疇的幾個姬妾，都哭得哀痛欲絕。一座經略府中，頓時罩滿了慘霧愁雲，大家正哭到難解難分的當兒，經內侍入白周皇后和懿安皇后（熹宗張後），深怕崇禎帝感傷太過，由周皇后乘著鑾輿，領了田貴妃與袁妃，向崇禎帝再三地慰勸，終算把崇禎帝勸回宮中。

那時朝中的大小臣工，見崇禎帝這樣優遇洪承疇，誰不豔羨？都說是異數。誰知過不上幾個月，塞外傳進訊息來，謂洪承疇並不曾死節，實已投順清朝了。崇禎帝聽了，不禁懊悔不迭，當即下諭，把賜給洪承疇的爵祿謚號一一褫奪；又命毀去專祠，將承疇的家屬，一齊逮繫進牢，家產一例入官。這樣的一來，都下把這些事情當作了笑話講，氣得崇禎帝連話也說不出來，足足嗟嘆了三四天，還是恨恨不已。

是年李自成破了襄陽，自稱新順王，並草成偽檄，頒行各處。二月的朔日，崇禎帝視朝，接到李自成的偽檄，見上面寫道：

新順王李，詔爾明臣一體知悉：昔湯武興義師而有天下，周武假伐罪以承殷祚，乃知得天下者，首在順天而得人心。眾志歸，則天大事定焉。今而明朝，久席泰寧，廢弛紀綱；君非甚暗，孤立而煬蔽恆多；臣盡行私，比黨而公忠絕少。賄通宮府，朝廷之福威日移；利入戚紳，閭左之脂膏盡竭。公僕皆肉食紈褲，而倚為腹心；宦官皆齕糠犬豚而借其耳目。獄囚纍纍，士無報禮之心；徵斂重重，民有偕亡之恨。朕本起自布衣，目擊憔悴之形，心感民痛之痛。黎庶日沉水火，寧忍袖手坐視？地方頻陷災荒，自應起而拯援。普天率土，成罹困窮；易水燕山，未甦湯火。是仁人咸切齒痛恨，而忠義者之攘臂以起也。朕上承天心，下順民意；以十萬雄師，效弔民而伐罪。維爾君若臣，未諭朕意，茲以直言正告，爾能體天念祖，度德審幾；朕將加惠前人，不鄙異數。如杞如宋，享祀永延，有室有家，人民胥慶。章爾之孝，章爾之仁；賡嘉客之休聲，綿商系之厚祿。今其詔告，允布腹心，君其念哉！罔怨恫於宗公，勿阽危於臣庶，臣其慎乎？尚效忠於君父，廣貽谷於身家。勉哉！檄到如律令！

崇禎帝看罷，顏色慘變，把那道偽檄，傳視廷臣。眾官都面面相覷，半晌說不出話來。崇禎帝嘆道：「君非亡國之君，臣都是亡國之臣了。」說時不由得潸然淚下，垂涕回宮。過不上幾天，田貴妃又病死，崇禎帝越發覺得悲傷無聊。時外郡紛紛失陷，警信傳入京師，絡繹不絕。當自成未僭號之前，督師孫傳庭，進兵閿鄉，奪還寶豐，殺偽州牧陳可新，攻破唐縣，賊眾家口，都被傳庭殺個乾淨。賊兵聞之，哀聲滿營，誓與官兵死戰。傳庭又復了郟縣，李自成親統大兵來迎，傳庭設伏，中途出擊，李自成抵擋不住，大敗而逃。總兵高傑，本是自成的先鋒，很熟悉賊中的情形，這時隸傳庭部下，連戰皆獲勝，又敗左金玉、千里眼舊部，用賊攻賊的法兒。李自成兒子李過，率兵作戰，三戰三北，李自成立腳不住，敗走襄陽。賊兵行軍，不多攜輜重，大都沿途掠食。孫傳庭進圍襄陽，賊兵因此乏食，殺老婦童子，暫充食糧。自成見軍心不穩，恐怕鬧出內變來，忙召牛金星、小張侯（名劉宗敏）、顧君恩、楊永裕、白旺等，商議進取的良策。牛金星主張進兵河北，直搗京師；楊永裕謂往襲河南，顧君恩抗聲說道：「河南勢處下流，非成大事之地；若進取河北，直搗京師，倘不幸失敗，官兵大軍雲集，我們退無所歸，不是成了甕中之鱉嗎？依咱之見，不如先取關中，秦關百二山河，已得天下三分之二，然後再取山西，直向京師，大事就不難圖了。」自成聽了，很以為然，方要進民關中，值天連朝大雨，孫傳庭軍中，也乏起餉來。兵士大噪，李自成乘勢掩襲，孫傳庭大敗，退走河北。李自成兵進潼關，恰好逢著孫傳庭也整兵向潼關，兩下一場廝殺，孫傳庭敗走，賊兵奪獲督師的大纛旗，扮作官兵，賺進潼關。一隻虎李過，進陷華陰；孫傳庭敗屯渭南，李自成領兵趕來，把官軍圍住。監軍楊暄與督師孫傳庭，都戰死陣中。自成長驅直入，由潼關進攻西安。城破，縛秦王存樞（太祖子九世孫），存樞畏死，投順了自成。

自成占據了秦王宮殿，宮內王妃嬪人，都投井自盡。巡撫馮師孔，以身殉城，孫傳庭妻張夫人，聽得賊兵進城，傳庭戰死，便也自縊而死。總兵白廣恩先鋒，總兵陳永福，恐自成記他射目的仇恨，不敢出降，經自成設誓折箭，永福才領兵投誠。自成又統兵攻榆林，總兵汪世欽等死節，賊兵又陷寧夏，屠慶陽，殺韓王亶埼，並破西寧，陷甘肅，一時三邊盡入賊手了。這時自成即僭號稱王，又頒檄各地，京師大震。崇禎帝忙和眾臣計議，大學士李建泰，請以家資助餉，親出督師。崇禎帝大喜，向建泰再三地獎諭，又賜與金節上方劍，准其便宜行事。臨行的那天，建泰戎裝跨馬，由崇禎帝親為執轡，直送出京城。李建泰才離得京城數十里，忽警報到來，山西失陷。建泰是山西人，聞得家鄉被焚，財資一古腦兒入了賊囊，助餉之說，不免成了畫餅。建泰見家已破，不敢再進，日只行三十里，到了保定，就此病倒了。那時風聲日緊，李自成又陷了太原，晉王求桂、巡撫蔡懋德死節。張獻忠走長沙，被左良玉殺敗，獻忠又陷了重慶，殺瑞王常浩。崇禎帝閱報，大驚失色。要知各郡怎樣陷落，再聽下回分解。

為國求糈皇親裝窮漢　守城拒寇將士效忠臣

卻說張獻忠被左良玉殺敗，棄了武昌，竟奔長沙，據桂王宮殿，開科成士。又陷新喻、分宜，到處焚掠淫殺。江督呂大器，和左良玉會合，大破張獻忠，獻忠引敗兵入夔州，陷重慶，瑞王闔室自盡。時四川土司、女官秦良玉，與眾部議決，誓死守石。獻忠屠四川，屢次犯石，都被秦良玉據守要隘，奮力擊退。講到這位女將軍，是石土司秦邦屏的胞妹，生得非常嬌豔，但婀娜中帶著英爽之氣，上陣殺賊脫盡脂粉惡習。熹宗時清兵寇瀋陽，秦邦屏戰死，秦良玉攘臂而起，誓與她哥哥報仇。川督魏君威，代良玉奏請，仍統邦屏的部眾，以良玉為石女官。清兵寇遼、薊，進逼通州，崇禎帝下詔令各部勤王，秦良玉引士兵八千人，入衛京畿，和清兵交戰，斬獲獨多。清兵既敗退，崇禎帝論功行賞，秦良玉也偕勤王的諸將入覲，崇禎帝見她是個女子，剛毅的氣概，端的不減鬚眉，由崇禎帝親加獎勉，封良玉為將軍、世襲文官。又賜御製褒獎詩四首，其中的一首道：

蜀錦征袍手製成，桃花馬上請長纓。
世間不少奇男子，誰肯沙場萬里行？

當時亂事略定，秦良玉仍引所部，回她的四川。這時張獻忠陷成都，殺戮的酷烈，為千古以來所未有。川中數百里，道無行人，真是十室九空，炊煙絕斷了。獨於石地方，卻不敢犯，可算是秦良玉一人所保全的。一時女將軍的英名，傳遍海內，這且按下。

再說李自成攻陷太原，殺了晉王求桂，又進兵代州，京師戒嚴。崇禎帝惶急不安，晝夜不進內宮，批答奏牘，往往通宵達旦。閣臣如范景文、魏藻德等，也坐守終夜。三鼓以後，內廷太監還捧著黃封到閣，外郡的警報不絕，上諭頒發更無時無之。時天津總兵徐標，自保定入覲，崇禎帝召見，徐標叩頭奏道：「臣自江淮入津，道經各地，數千里蕩然一空，城郭村鎮不見人煙，房舍只剩得四壁，蓬蒿滿目，雞犬不聞。沿途所見田畝，未曾見一個耕田的人。外郡已弄得變成丘墟了，陛下將怎樣治天下？」崇禎帝聽了，忍不住流下淚來，隨即下諭，設壇祭陣亡將士，並殉難的忠臣和親王；宮中召僧眾做佛事超度幽靈，兼祈太平。又令徐標師剿寇。徐標忙免冠頓首道：「倉庫空虛，就是有兵，無餉也是要內亂的，怎能督師剿賊？」崇禎帝默默的半晌，令徐標退去。

第二天上，由內宮發出珍寶錁銀萬兩，著徐標收領，暫充軍糈。徐標奉諭，頒了兵餉，出兵往保定去了。這裡崇禎帝親自撰了一張助餉詔書，詞句非常地哀痛，令內監徐高，懸掛各門，並命向勛戚大璫，勸諭助餉。嘉定伯周奎，是皇后的父親，家資不下三四百萬，徐高領了上諭，勸周奎為皇親首倡，助餉若干。周奎性情最是鄙嗇。聽了徐高的話，忙推辭道：「不瞞徐公公說，家鄉連年荒歉，收成不好，近日來並肉食也不進門，闔門啖疏度日，哪有閒錢助餉？」徐高大怒道：「你是皇上的外戚，坐看著國家垂亡，還這般的吝嗇，其他的大臣巨璫，是不消說得，更要推脫得乾乾淨淨了。」周奎沒法，只得勉強捐萬金。太康伯張國紀（熹宗張後的胞兄）、皇親田畹（田貴妃的父親）、永寧伯袁化（袁妃的兄弟），經徐高往諭，上奏各捐萬金。內監曹化淳、王之心，王永祚等，家資都有千萬，只捐助兩萬三萬不等。那一班大臣，和歷代后妃的勛戚，深怕朝廷勒捐，故意把朱漆門牆刷黑，牆垣及磚瓦，弄得七歪八豎，表示房屋頹圮，無力修葺。又令家人姬妾，蜀錦紬衣，珠釧金璫，一齊改去，改作荊釵布裙。皇親們的衣服，也多半改穿布衣，甚至花露敗絮；所著的靴，非破頭即沒底，帽兒的敝敗，聯繫髮絲網都改作了繩頭了。一時窮形極狀，醜態畢露。凡往時錦繡羅衣，今日盡變作了鶉衣百結；而雕梁畫棟的皇親府第，頓時現出斷垣敗牆來了，更有那些王公大臣，也改扮得和乞丐相彷彿，五更上朝，一例穿了敝敗的朝衣，大搖大擺地踱進乾清門去。不知道他們官銜的，只道是江湖歌道情的丐者。又有坐著八人大轎、繡幰珠簾的夫人小姐，從前向庵堂寺廟去進香，轎前轎後跟滿了衛士家人和婢女傭婦，招搖過市，吆喝聲不絕；如今這八人的大轎已經絕跡，豔妝的夫人，改穿布衣，乘坐著二人舁的青衣小轎，與平常百姓，沒有什麼分別了。又有幾個狡猾的皇親，在自己的府門前，設起一個古玩推來，把不值錢的竹刻器具，並破碎白玉人佛，估價求售，售下的錢，就去市上買米佐餐。又在府第的門上，大書著此房賤售，立待主顧，及祖產抵銀、田廬出賣等字樣，崇禎帝見入朝的皇親大臣，都是敝衣敗履，形狀怪異，不覺又是好氣又是好笑，明知他們在那裡裝窮，不過嘆口氣罷了。

誰知徐標到了保定，督師西進，偏偏又吃了一個敗仗，被闖賊打得落花流水，幾乎全軍覆沒。自成乘勝，進攻代州，總兵周遇吉，因眾寡不敵，退守寧武關。遇吉立腳還沒有定，自成已領兵追到。周遇吉便召集部下諸將，用大義激勸，說得聲淚俱落。諸將個個摩拳擦掌，誓殺賊寇。遇吉見眾志可用，當即分兵四路，各率領五百人登關守禦。遇吉又舁了紅衣大砲上關，向賊中轟擊。自成命婦裸體列在關下，關上的大砲，轟然一聲，從後炸裂，死傷官兵多人。周遇吉大驚，急令兵士，往各寺蒐羅僧眾數十名，也裸體立在關上，再把大砲燃著，果然轟了出去，賊兵死傷了無數。急得自成咆哮如雷，親自督兵攻城了，遇吉率兵殺下關來，戰不上一刻，轉身便走，自成揮兵追趕，到了關下，不提防伏兵齊起，一頓的混殺，賊兵大敗，死傷的又近千人。自成忙傳令退兵，遇吉已領兵上關去了。等到自成統了大隊來救，關上的擂木石炮，和雨點般打下來，自成不敢進攻，只得下令休息。一面召集牛金星、白小旺、小張侯等一班驍將，商議取關的良策。宋獻策說道：「寧武高峻，我們仰攻上去，大是吃虧；不若在關外圍困，使他們糧草斷絕，民兵自亂，那時不攻自破了。」自成也覺得沒法，只得聽了宋獻策的話，把寧武關圍得水洩不通。這樣地過了半個多月，遇吉見宣、大各處的救兵不來，關內糧食又盡，知道此關終久是要破的，但自己誓死力守，至力竭時以身殉關就是了。那部下的諸將，也沒有一個不視死如歸，甚至殺馬屠犬充軍糧，將士並無半句怨言。還有關內的百姓，自願抽拔壯丁，幫同守關。又命小孩婦女，在荒地山麓中，掘取樹皮草根，以作食糧，到底是眾志成城，雖然絕糧，大家極力支援，又守了一個多月。那宣府、大同的監軍，都是膽小如鼠的太監，任寧武怎樣的告急，他們還是擁兵不救。周遇吉盡心死守，可算得百法俱窮了。這時關內連草根樹皮也食盡了，並鼠雀也沒有半隻。遇吉向諸將說道：「賊兵圍困不去，俺們坐著等死，不若出戰。」諸將躍起道：「願聽將軍指揮。」遇吉便令兵士，穿了掠得的賊兵號衣，改扮得與賊無二，只前胸綴一條紅布，作為暗號。裝束已定，一聲令下，官兵開關殺出，自成恃著兵多，巴不得關內出戰。及至兩下交鋒，官兵和賊兵，衣裝分辨不出，賊兵大亂，自相殘殺。官兵在賊軍中，左衝右突，賊兵大敗，退走二十餘里下寨。計點人馬，死傷不下萬人，又失糧餉輜重數十車。遇吉得了餉糈，士氣為之一振，準備次日再行殺賊。

第二天上，遇吉一馬當先，殺入賊陣。賊兵認不出誰是官兵，誰是自己的人馬，混殺了一陣，賊兵又復大敗，這般地戰了三天，賊兵傷亡無數，自成惱得拔劍斫石道：「咱如攻不破這座寧武關，從此再不將兵的了！」時宋獻策進計道：「官兵少我十倍，眾寡相去懸殊，他們所恃以取勝的，就是衣服和我們混雜罷了。現要破他，只消在交戰的時候，我們的兵士，一齊去帽為號，便辨認出戴帽的是官兵，大家見有帽的殺去，不愁官兵不敗。」自成見說得有理，暗令小張侯向各營密傳號令。第四天開戰，周遇吉領兵復出，兩軍才得混雜，李自成的軍中，唿哨一聲，賊兵都脫去帽兒，只望有帽的殺，官兵被他們辨出，區區四五千人，哪裡擋得住十萬賊兵，因此大敗奔逃，遇吉阻攔不了，也只好驅眾進關。那後面的賊兵，如潮湧般上來，遇吉待轉身抵禦，已萬萬來不及了。賊兵撲進關內，分頭放火搶掠，人民哭聲震天。周遇吉還領著諸將，奮力巷戰。賊兵愈來愈多，箭和飛煌般射來。遇吉身中十二矢，血流遍體，兀是持槍不倒。賊眾一擁上前，把遇吉擒住。諸將見總兵被擒，拚死奔救，遇吉的家屬，還登上屋頂發石拋瓦助戰，賊兵遭磚石打傷很多。李自成大怒，命兵卒放起火來，周總兵的一門妻小，都葬身入火，為國進忠了。統計守關八十日，周總兵被執，罵賊遇害，部下大小將佐，凡四十三人，竟無一人降賊，就是五千名兵丁，除了交戰已外，餘下的三四百名，羞與賊伍，相約著投河自盡，河水為之阻塞不流。自成不覺嘆道：「咱所經的城池關隘，倘都和這周將軍的部下一樣，咱怎能縱橫河南，占據秦晉？」說罷，令楊永裕去餘燼內撿出周總兵家屬，及諸將的遺骸，與周遇吉的屍身，一併用上等棺木安葬。

自成自破了寧武關，一路長驅直入，竟陷大同，殺代王傳濟。總兵朱三樂，巡檢衛景瑗，都被李自成擒獲，三樂大罵逆賊，自成親提大刀，把三樂斫作兩段。衛景瑗也不屈，向石柱上一頭撞去，血濺滿身，被賊兵救護。自成嘆道：「衛巡檢是忠臣，須好好的看待他。」於是將衛景瑗留在館驛內，由牛金星遣人勸降，衛景瑗只是閉目不應，到了半夜，便自縊而死。自成聞報大怒，殺看守的兵士十六名，命從豐葬殮衛公。次日自成進兵保定，御史金毓峒，及一門妻妾十三人，都投井自盡。督師李建泰，時方在保定養病，聽得說賊兵進城，忙扶病起身，衣冠出迎。自成得了保定，又驅軍至宣府，監軍太監杜勛，和宣府百姓私約，俟自成兵到，便開城投降，時巡檢朱之馮，獨自帶了兩名親隨巡城，見兵士都伏在城垣上，賊兵屯駐城外，雙方並不交戰。原來杜勛約定出降，與自成前鋒小張侯，在那裡商議降後的酬勞，所以大家罷兵，只要議事妥當，就開門放賊兵進城了。朱之馮明知杜勛等通賊了，見城牆邊上架著大砲，朱之馮吩咐守兵道：「你們且燃炮轟賊，這一炮必可死賊兵數百人，賊兵死，我死也無恨了。」守兵和人民不肯燃火，朱之馮令親隨取過火種，待要自己去燃，民兵群起，竭立挽住朱之馮的手臂，不聽點燃。朱之馮憤極了，奪過民兵手中的刀，大聲說道：「你們不許我殺賊，那麼就殺我吧！」說畢把刀向頸上一刎，鮮血直流，倒地死了。過不上一會，號炮響處，城門大開，杜勛穿著蟒袍，腰繫蟒袍，出城迎拜。李自成騎著高頭大馬，昂然進城。第二天又驅兵向居庸關出發。守關總兵唐通，太監杜之秩，也出關納降。自成進居庸關，攻破昌平，太監高起潛逃走，總兵李守鑅戰死，自成大掠民間，又焚去十三陵亭殿。賊兵分頭出掠，又掠通州各地。

警耗傳到了京師，崇禎帝升殿，召王公大臣，議卻賊的良策，群臣默默不聲，半晌，崇禎帝掩面垂淚，忽軍報又來，崇禎帝忙啟視，不禁變色，推案進內去了。眾大臣俟候諭旨，直至日色亭午，方由內監諭令各大臣退去。及至黃封到閣，才知昌平已經失守了。昌平地處天塹，大有一夫當關，萬夫莫入的概況，怎奈太監高起潛等，竟毫不裝置，賊兵一到，只管各人逃命。是夜李自成統兵，直進蘆溝橋，進犯平則門，又圍彰儀門。崇禎帝急下草詔，加吳三桂為平西伯，命率所部勤王。又命京師三大營，出屯齊化門外，以拒賊兵，襄城伯李國楨，統率三營，晝夜巡邏。又命太監王承恩，為京師遼薊兵馬總督。

時京城外賊兵焚殺竟夜，火光燭天，哭聲震地。京師內外城雉堞，凡十五萬四千餘，守城的殘兵，只有五六萬人，每牆三堆，立兵一人，尚且不敷，又多半是老弱病卒，又令糈餉，崇禎帝賊萬分無奈，發內帑銅錢，分給兵士，每名不過百錢，兵士怨聲不絕，守城也益發懈怠了。襄城伯李國楨，進內奏陳，擬向公侯捐糧米，上諭令照辦。

誰知國楨奔走到天明，各親王大臣，捐米不滿五百石，當即分給兵士，一時又沒有釜鍋可炒。國楨不得已，親往城中店肆，買飯為食。這樣地過了兩天，賊兵攻城愈急，內外哭聲大震。自成命用大砲射城，守兵擊死的不知其數。守兵大半不願守城，都睡在雉堞旁歌唱。李國禎匹馬進內城，直入乾清門，守門太監和侍衛，上前阻攔，國楨大聲道：「今天是什麼時候了，君臣見面已不可多得，還要作什麼威福！」說罷放聲大哭，內監才放國楨進宮，見了崇禎帝，便叩頭大哭著：「兵卒都已變心，睡臥城下，這一人起身，那一人又睡下，這樣看來，怕大事已休了。」崇禎帝也流淚不止，於是傳旨，驅內宮太監侍衛等，登城守衛，計得二千餘人，命太監曹化淳督領。又收括宮內后妃的金釵釧珠，約有二十萬金，分賞城內兵士。正在分配著，忽警騎內監入報，城外三大營已嘩潰，十分中六分降賊，其餘的都逃散了。李國楨大驚，崇禎帝也驚得呆了。君臣怔了一會，相對大哭了一場，國楨含淚出宮，督兵守城。城外三大營的軍械，盡被自成兵劫去，中有大砲十二尊可納火藥百斤。賊兵得了大砲，向京城轟擊，炮聲隆隆，內外皆震，人民驚惶嚎哭。崇禎在宮內，聽得炮聲不絕，身如坐了針氈，終日咄咄書空，一會兒哭，一會兒大笑，內侍太監，更不知所措。禮部尚書魏藻德，奉前大學士李建泰表章入奏，是勸崇禎帝御駕南遷。崇禎帝大怒，把奏疏往地上一擲道：「李建泰已降賊，還有顏面來朕處饒舌嗎？」魏藻德不敢回說俯伏叩頭而退。又有大學士范景文，御史李邦華，少詹事項煜等，也上疏請皇上南遷，並謂願奉太子，先赴江西督師。崇禎帝大喝道：「卿等平時經營門戶，為子孫萬代計，今日國家有事，就要棄此南去嗎？朕城破則死社稷，南遷何為？」眾臣聽了，作聲不得，只好各自退去。

那時山海關總兵吳三桂，奉到勤王的詔書，怕李自成勢大，不敢進兵，又不好不奉詔，當日下令，大兵十五萬人，向京師出發。日只行三十里，故意遲遲緩進。三桂的計劃，是挨延時日，待到各處的援兵齊集，兵力較為雄厚，再和李自成交戰，那就不怕他了。誰知行抵豐潤，京城失守的警耗已到，三桂見大勢已去，索性屯兵觀望，且待看風做事，這且按下。

再說京城賊兵圍困，力攻平則、德化、西直三門，太常卿吳麟徵，架萬人敵大砲，往南直門下擊，死賊兵數千，城上守兵，也誤傷了數十名。當炮發時，轟然一聲，如天崩地塌，守兵驚懼潰散。賊兵也架炮轟城，西直門射塌丈許，吳麟徵親率內官，壘土堵城，一面馳馬進大內，報告賊兵攻城急，兵士乏餉，勢將逃散。方至乾清內，宦官守門，不准外吏進內。吳麟徵仗鞭亂打，奪門而入，得到午門前，恰好逢著禮部尚書魏藻德，對吳麟徵說道：「兵部已籌有巨餉，公可不必惶忙了。」說時挽了麟徵竟出。麟徵仰天痛哭，為之失聲。時內監統領曹化淳，暗通賊兵，議獻京城。要知京城怎樣陷落，再聽下回分解。

巾幗將軍雲英爭父骨　青樓俠女曼仙鴆奸酋

卻說李自成圍了京師，城內人心惶惶，朝不保夕，崇禎帝也坐立不安，終日短嘆長吁。周皇后和懿安皇后，及六宮嬪妃，無不以淚洗面。那時報警的內監，進出大內，絡繹不絕。太監統領曹化淳，見京營兵馬潰散，知道大勢已去，便和內監王之心，密議獻城出降。守城的內官，都受了曹化淳的煽惑，在城上發炮，盡去彈藥，只把硝磺實在炮內，向空燃放。曹化淳還恐傷了賊兵，揮賊退去，然後發炮。這樣的勉強支援了幾天，李自成命賊眾在彰儀門外，席地鋪了紅氈，自成盤膝坐在氈上，手握著藤鞭，招諭城上的太監道：「你們速即獻城，咱進城斷不難為你們。如其執迷，一朝攻陷，咱就要殺戮你們雞犬不留！快去勸那昏皇帝，還是早日讓了大位給咱吧！」城上的內監，聽了自成的話，一個個面面相覷，作聲不得。這天晚上，就有十幾名小太監，偷偷地縋出京城，投自成營中去了。第二天的清晨，降賊太監杜勛，縋進城中，直入內庭，勸崇禎帝下詔遜位。崇禎帝大怒，叱退杜勛。杜勛出宮，到處散布流言，城內人心益覺浮動。獻城之說，喧傳耳鼓。兵部尚書張縉彥，得了這個訊息，一面想入宮奏聞，守宮太監不肯放入，張縉彥氣憤憤地出了乾清門，要待親自去尋城，又被內官們阻住。縉彥便大哭著下城，竟自去鐘樓上自縊了，這且按下。

再說張獻忠陷了重慶，分掠荊襄各處。他聞得李自成北去，越發橫行無忌了。那時張獻忠攻陷衡州，守備沈至緒，調兵御賊，正在集隊，獻忠的人馬驟至，沈至緒不及防堵，被獻忠一擁進城。至緒督兵巷戰，獻忠喝令放箭，至緒身中九矢，大呼倒地。賊眾刀槍並下，把至緒剁死，載在車上，又向城中大掠一番，才滿載出城而去。沈至緒有個女兒雲英，芳齡十九歲，倒是個將門之女，習練得一身好武藝，更兼知書識字。這時聽知她老父陣亡的噩耗，不禁放聲大哭，哭了一會，奮然收淚說道：「父死國是忠，俺殉父是孝，待俺和逆賊拚個死活就是了。」說罷，喚貼身的婢女芙蓉，召集她父親的殘兵，計點人數，不滿百名。雲英便汰去傷殘和老弱的，選得壯健的二十名，垂淚向那二十名兵士磕頭道：「俺父為國盡忠，屍骸被賊掠去，須列位將軍助俺，得奪回父屍，雖死無恨的了。」二十名士兵，見雲英這樣純孝，個個心懷義憤，誓共殺賊。雲英大喜，當即進內，去了釵鈿，換了裝束，額上抹一幅白綾，素服青裙，腰佩寶劍，嬈嬈婷婷地走出外廳。四名婢女，也一例戎裝，各執著雁翎刀，在後擁護，二十名健卒，列隊前導。雲英騎了一匹銀鬃白馬，手挺點鋼槍，督隊疾馳出城，正遇著牙將賈萬乘，萬乘本居沈至緒部下，所以認得雲英，忙問：「姑娘帶兵到哪裡去？」雲英含淚答道：「父被賊創，屍骸不獲，俺尋老父的遺骸去了。」賈萬乘聽了，不覺攘臂說道：「姑娘孝思可佩，但人數太少，咱所部百人，願助姑娘殺賊。」雲英下馬叩謝道：「得將軍相助，何患逆賊不授首！」於是由賈萬乘招集了百名勁卒，隨著雲英，風馳電掣般地出了衡州城，向前趕上去。

時賊眾已過了石家寨，在玉龍潭紮營休息。雲英趕到石家寨，天色已近黃昏，遙望賊營中，燈火連天，綿亙三十餘里，刁斗聲不絕，巡哨的兵士往來如雲。賈萬乘道：「賊眾猶未安睡，我們宜在此暫住。」雲英說道：「正要他不曾安息，俺們仗一股銳氣前去，搗亂他的營寨，成功便退，切莫貪功，以致眾寡不敵，被賊所乘。」大家計議停當，雲英一馬當先，賈萬乘同隨，一百二十個兵丁，吶喊一聲，一齊衝進賊寨，逢人便殺。雲英一桿鐵槍，好似出海的蛟龍，向著人叢中攪去；賈萬乘的那柄鐵錘，也如流星趕月，飛舞得神出鬼沒。但見賊營中人人倒退，因在暗夜，賊眾不知官兵多少，又是倉卒迎敵，人不及甲，馬不配鞍，各人自相踐踏，賊兵右寨將軍孫可望，究竟老於軍旅，喝令軍士不准亂動。雲英望右營中衝突幾次，都被強弩射回。萬乘要待冒矢踐營，雲英阻住道：「賊兵多俺百倍，他十二寨已被我攻破六寨，可算得僥倖極了，俺們趁他們自亂的時候，趕快進城吧！」說畢，命兵擁了糧車，裝入她父親至緒的屍體，率領著百餘名勁卒，飛奔回城。那賊營內，除了右寨按兵不動，及張獻忠的大寨和前後四營不曾雜亂外，其餘張欣所統的六寨，賊兵互相在暗中廝殺，等到弄得明白，五萬大軍，已殺傷了大半。

張獻忠方在帳中醉臥，聽得左營內喊殺連天，疑是官兵劫寨，忙披掛上馬，手提九環大刀，親自前來救應。其時寨外火把照耀猶同白晝，張獻忠見寨內人喊馬嘶，似殺得很是厲害，卻不見有人殺出。再定睛細辨，才知自己人在暗中撲殺，並無官兵的影蹤。獻忠把兵士喝住，時前鋒張欣已殺昏了，回顧寨外火把通明，還當是官兵的援軍，便騎了禿鞍馬，橫刀殺出寨來，見獻忠立刻麾下，大聲吆喝。這才住手。獻忠大怒道：「你們這樣混殺，可曾殺得一個官兵？」張欣定了定神，回說時才確有官兵劫寨，因暗中分不清楚，以致自己人殺起來了，獻忠越怒說：「似你這般糊塗，怎能行得兵來？」說罷手起刀落，將張欣斬於馬前。賊眾都吃了一驚，異口同聲說有官兵劫寨，又有探馬來報，見百來個官兵，劫了沈守備的屍首，飛奔望城中去了。張獻忠咆哮如雷道：「只百來個官兵，會被他連踹六寨，不是吃人笑話嗎？」於是把六寨的人馬檢點一過，殺死和受傷的人，十人中倒有五六人。獻忠怒不可遏，下令把六寨的軍官，一齊綁出去砍了。幸得孫可望來了，向獻忠再三的阻擋，一面派鐵騎一千名，去追趕官兵。正在這個當兒，忽報呂大器領了五萬健卒，從水路殺來了。獻忠見說，急忙下令迎敵，把追趕雲英的人馬，立即調回。所以雲英和賈萬乘，率著一百二十名勁卒，得安然回城，不曾折損一人一騎。也是那雲英純孝感天，得逢凶化吉。

雲英進城，令緊閉四門，由賈萬乘督兵守城。雲英回到署中，將她父親的屍身，暫停在大堂上，當即闔門掛孝舉哀，又備了上等棺木，循例收殮。一切井然，無不如儀。又擇了個吉日，安葬靈柩。諸事草草停當，又向賈萬乘拜謝相助之功。其時賊兵被呂大器殺敗，竄向荊州道上去了。衡州地方，逐漸安靜如常。一時衡州人民，都頌沈雲英的功德，又說她是個孝女。湖廣巡撫王聚魁，聞得雲英殺賊的經過，替她具疏上聞，聖諭下來，封雲英為女將軍，賈萬乘擢副總兵，又著雲英仍統她父親的部眾，以便殺賊立功。王聚魁還代賈萬乘執柯，向雲英求親，雲英感萬乘相助殺賊的恩惠，又知道他是一位少年英雄，已是慨然允許。王聚魁大喜，命擇日令賈萬乘與沈雲英結婚，一段美滿姻緣，誰不讚一聲佳偶天成？

再說張獻忠奔入荊州，州尹馬端敘，忙出城迎接。獻忠進署坐定，聞得荊州多美貌歌妓，傳諭馬端敘，選美妓進獻。端敘不敢違拗，親自往楚館秦樓中蒐羅，得豔姬十六名，送進署內，獻忠細細打量了一遍，只挑選中兩名，其他的十四名，分授給部下的將士。獻忠所選的兩名歌妓，一個名瓊枝，一個名喚曼仙，是吳江人，都生得神如秋水，臉同芙蓉，那種娉婷的姿態，端的好算是花中翹楚。獻忠吩咐：「備酒，咱要和美人同飲幾杯。」不多一會，酒已排了上來，獻忠便令瓊枝侑酒，還迫著她唱歌。瓊枝憤然起身，把酒杯望著獻忠擲去道：「我雖是妓女，豈肯給賊侑酒！」說罷往外便走。獻忠大怒道：「賤婢不識好歹，待咱宰了你下酒！」話猶未了，已霍地拔出腰刀來，在瓊枝的粉頸上剁了一刀，鮮血直冒。瓊枝大罵：「逆賊，你只有殺人的本領，我卻是個不怕死的，任你怎樣，要我從賊，情願斷頭！」張獻忠見瓊枝倔強，當即親自動手，一刀斫了瓊枝的首級，叱左右臠割成為片片，就在廳前烹煮了，把肉喂犬。獻忠的帳中，本來畜養著幾十條金毛的大犬，犬身高三尺，遍體的毛和金絲一般，形狀十分凶殘，吠嗚時聲音很是響亮。獻忠烹啖人肉，餘下的都把來喂犬。那犬吃過人肉，雙眼發赤，齒長出唇外三四寸，見了生人，便怒皆嚙齒，聳身搏噬。獻忠在酒醉的時候，往往將嚙得的人民，使和犬鬥，十幾條惡犬，一聽獻忠的嗾使，似虎吼般地奔將出來，向生人亂撲亂咬，不多一會，那人已被犬嚙得體無完膚，血肉四飛，獻忠看了撫掌大笑。又有掠得來的婦女，因不善宣淫，即把她赤體推入犬柙，頃刻被犬食得罄淨。每到了晚上，獻忠把犬放在帳前，帳外再列衛士，自昏達旦，以防行刺。有一次上，賊將中有個叫野白狼楊娘子的，日裡受了獻忠的指責，晚上進帳行刺，不提防呼的一聲，跳出十幾條猛犬來，把野白狼的兩腿咬住，野白狼大叫倒地，獻忠從夢中驚醒，衛士已紛紛趕入，將野白狼斫為肉泥。從此以後，獻忠對於那凶殘的猛犬越發寸步不離了。這時殺了瓊枝，將肉喂犬，眨眨眼，一個玉雪琢成的美人，都葬身在犬腹中了。

獻忠又回顧曼仙，獰笑道：「你可懼怕嗎？」曼仙把翠袖掩著臉兒，低聲答道：「俺的膽也驚碎了。」獻忠笑道：「這樣說來，你願意給侑酒了？」曼仙正色道：「妾得侍奉大王，僥倖萬分了，還有什麼不願意？」獻忠大喜道：「那才說得不差！來，來，替咱斟上一杯！」曼仙含笑執著酒壺，篩了滿滿的一杯，雙手奉給獻忠道：「大王飲這一杯，祝大王千歲！」獻忠一飲而盡，曼仙又篩上第二杯道：「大王請飲個雙杯。」獻忠飲了半杯，笑說道：「成什麼鳥的雙，就是咱和你兩個罷了！這半杯應該是你飲的。」

曼仙也不推辭，飲了那半杯殘酒，又給獻忠斟上。這般的左一杯，右一杯，把獻忠灌得酩酊大醉，踉踉蹌蹌地挾著曼仙同歸後帳。這一晚上，一個殺人的魔君，擁著嬈嬈婷婷的美人，自有說不盡的歡愛。獻忠自有了曼仙百般獻媚，奉承得他手舞足蹈，因生平焚掠姦淫，殺戳半天下，從來不曾嘗著這樣溫柔的滋味，所以被曼仙迷戀住了，終日在後帳歡飲取樂。獻忠擁著曼仙，有七八天不升帳處事，外面官軍已圍得鐵桶相似，警騎進帳稟白，被獻忠割去耳朵，第二個入報，獻忠叫左右鑿去報者眼睛。又有一個探子，很魯莽地搶進帳中，恰好獻忠捧爵狂飲，聽了探子報稱官兵圍城，獻忠怒道：「蠢狗，你來敗咱的豪興嗎？」便放下酒杯，將探子割去舌頭，攆出帳外。方才坐定，又有兩個探騎入報，獻忠命左右鑿了報者的牙齒，又削去鼻頭，喝令退去，不到半天功夫，二十幾名警探，個個變成削耳剔目，斷指割舌，缺脣折足，斫臂鋸胸，竟沒有一個全形的。隨後的兵士探子，嚇得不敢進去稟報。

獻忠朝朝暮暮地淫樂，忽然他那十幾條猙獰惡犬，不知怎樣的七孔流血，死得一頭也不剩。獻忠大怒，叫把管理豢犬的和守帳的侍兵，一齊殺了。又想起那犬七孔流血，定是受毒死的，軍中必有謀害自己之人，由是獻忠便事事留神，帳外衛兵重重，防備有人行刺。一天，獻忠已喝得半醉，歪歪斜斜地走進帳後，見曼仙正在那裡獨酌。獻忠笑道：「美人倒很會作樂，不許咱喝上半杯嗎？」曼仙聽了，忙盈盈地立起身兒，篩了個滿杯奉給獻忠。獻忠見杯中火光閃閃，不覺有些心疑，就把那杯酒一推道：「美人可先飲了半杯。」曼仙被獻忠一推，杯兒一傾，酒便溢位，濺在地上，火星四迸起來。獻忠大驚道：「酒裡怎麼有火？」曼仙強辯道：「酒燙得過熱了，應當是這樣的。」獻忠笑道：「那麼你可先喝了給咱看！」曼仙不好推辭，只得一口呷下，又斟了一杯遞過去。獻忠待要來接，合該惡賊命不當絕，他才接酒在手，還沒有飲下，曼仙已是酒毒發作，挨身不住，僕地倒了。獻忠不曉得曼仙受毒，趕忙撇了酒杯，俯下去攙曼仙，見她口鼻中都流出紫血，已嗚呼玉殞香銷了。獻忠益覺疑惑，喚過一個近侍來，令他把壺內的酒喝了，誰知不飲猶可，飲了下去，也一般的流血倒地死了。獻忠大怒道：「原來這賤婢子，想要謀死咱家，那天毒死咱的愛犬，怕不是她嗎？」於是叫左右將曼仙拖出帳外，獻忠喝聲醢了，霎時亂刀齊下，把一個輕顰淺笑的美人兒，立刻剁得稀爛。獻忠還怒氣不息，下令拿城中所有的歌妓，盡行殺了。又命傳那州尹馬端敘進帳，不由分說，只一刀結果了性命。這時呂大器已圍住荊州，晝夜攻打，獻忠殺了州尹，聽得城外炮聲震天，問左右道：「誰在那裡開戰？」左右稟道：「官兵攻城，已好幾天了。」獻忠怒道：「怎麼不報咱知道？」左右不敢回話，獻忠便氣憤地出帳，提了大刀，親自去尋城，正見偽將軍孫可望，和偽先鋒小張侯，在東門和官軍拒戰，猛覺天崩地塌的一聲響亮，官兵轟倒了城垣，從煙霧迷漫中搶進城來。獻忠見不是勢頭，飛身上馬，不管自己的人馬和官兵，奮力地殺出一條血路，一口氣奔出了北門，更不辨方向，飛也似地加鞭逃走了。

獻忠一晝夜狂奔了百餘里，背後孫可望、小張侯、白旺、楊永裕等，引著敗殘人馬，陸續趕上。大家喘息方定，問這裡是什麼地方，部下回說，是黃風寨，由大路走去，越過青牛江，就可直達涪州。獻忠計點人馬，還有四萬餘，下令向涪州出發。那涪州卻一點也不曾提防，被獻忠兼程趕到，一擁而進，兵不血刃，得了涪州。州尹素知獻忠凶暴，早已逃得無影無蹤了。獻忠又令懸了榜文，招考士人，凡知書識字不應試者，一例斬首。這道榜文一出，涪州計程車人，爭先恐後地應試。自署外甬道，直至大堂暖閣，士人擁塞得滿坑滿谷。獻忠叫兵士圍住了眾士人，逐一點名，每點一人，即殺一人，從辰至午，殺戮士人共三千七百九十五名。那些士人，因應命赴試，都攜著筆硯而來，這時被殺，手裡還握筆挾策，死狀猶覺可慘。獻忠意尚不滿，又下令，能賦一詩的賞百金，授為進士；只能握筆作書的，立賞五十金。各地士人，聞命疑懼，多不敢赴。有一個貧士，獻頌德詩一首，獻忠即賞給百金。這樣的一傳十，十傳百，貧士又紛紛爭赴，獻忠命士人們能詩的列在左邊紅旗下，不能作詩的列右邊白旗下，卻暗遣兵丁，在士人背後裝置大砲，轟然的一聲，硝焰四射，鉛丸亂飛，打得那些士人焦頭爛額，斷臂折足，呼嚎聲和哭聲，震達四野。獻忠命將這班將死未死、殘廢不全計程車人，一併驅入河中，一時河水為之停滯不流。涪州計程車人，竟被獻忠殺得絕跡。又命捕美貌女子，先姦淫一過，然後斫去一足，大腳的婦人，剁手臂相代，把許多玉臂和小腳，堆積起來，叫做「玉蓮峰」；又令捕捉搢紳，鄉村城鎮，到處搜捕，凡致任的文官武職，兼富室世家，不論老少，一個個繩穿索縛，老年的燃火燒須，挖去兩眼；年輕的焚去頭髮，割下睪丸，而且不准呼痛，稍一呻吟，就要身上割下一塊肉來，塞在呻吟者的口裡。又把鐵桿燒紅了，刺入女子的陰道，叫做「探紅門」；又以長木縛驢子的背上，木頂作圓形，將婦女裸縛手腳，把圓木訥進陰中，鞭驢令它飛奔，驢子狂奔起來，圓木震動，由胃腸透入心肺，直從口中穿出，叫號而死。獻忠這樣的慘戮淫惡，涪、瀘各地，人民幾無噍類，過了幾個月，已是道無行人，室無炊煙了。

獻忠見沒處找人民尋惱，下令離去涪州，又召集了瀘州的賊眾，陷了重慶，仍回川中。又在成都，大殺紳士，殺平民，兩川之地，數千里無人煙。又自稱為「西王」，改元大順，封孫可望為大元帥，總督兵馬；封劉文秀撫南將軍，李鎮國西安將軍，文能奇征北將軍，溫目讓為總兵官。又命偽宰相嚴錫命，撰文祭天，獻忠親自登壇，錫命唱禮。時獻忠南面而立，嚴錫命說道：「祭天應北面行禮。」獻忠只作不曾聽見，錫命便高聲喝道：「請西王北面行禮！」獻忠大怒，叱武士扭嚴錫命下壇，刖去了雙足，依然叫錫命上壇讀祭文，讀畢，嚴錫命喝行禮，獻忠只長揖不拜。嚴錫命又爭道：「大禮須三跪九叩首。」獻忠不聽，錫命高聲喝跪，獻忠又大怒起來。不知獻忠怎樣，且聽下回分解。

晨聚暮散朝士盡蜉蝣　柳翠花紅國丈慶耄耋

卻說嚴錫命受了張獻忠的偽職，便事事和獻忠相反，又故意抗命，激怒獻忠。這時錫命在壇上唱禮，強喝著獻忠下跪，弄得獻忠大怒起來，拔佩劍要殺錫命，孫可望諫道：「今天是大王祭天吉期，不應殺人，還是逐他出去吧！」獻忠見說得有理，喝令將嚴錫命亂棒打出。錫命被逐，不由得仰天大笑，但雙足已經獻忠刖去股骨，不能步行，只得伏在地上，一步一爬地回家去了。

獻忠祭壇已畢，乘車還署，在道上見一小孩，長得粉琢般。獻忠覺得可愛，令左右抱到了事前，竟帶回署中。獻忠抱著那小孩，玩了一會，叫把小孩的衣服脫去，露出雪花也似的一身的肉來。獻忠越看越愛，著親隨去找了一名琢花的匠人進署，命他用火烙，將那小孩的遍身，烙作卐字紋，賜名喚作錦孩兒。誰知烙不到一半，那孩子已經炙死了。獻忠怒匠人的技藝低劣，即把匠人擲在爐中炙死，謂替錦孩兒報仇。原來那小孩是偽總兵溫自讓的幼子，聞得被獻忠灼死，咬牙切齒地痛恨，又大哭了一場，悄悄地領了所部六千人，投關外去了。後來引清兵復仇，射死獻忠，這是後話了。當下獻忠聽說自讓逃走，忙派鐵騎追趕，不及而還。又下令搜捕兩川的太醫，共得七百四十四人，獻忠即鑄成了銅人百個，銅人遍體都點有穴道，外接布幕，召太醫按穴下針，如其刺錯了穴道，針不得入，獻忠便把針還刺太醫之身，任其叫號流血，獻忠引為笑樂，名曰給銅人出氣。

不言獻忠在兩川稱王，再說明廷中的諸臣，在賊兵未圍京城以前，已半年多沒有領著俸金，一班大臣們，平日賣官鬻爵，就是十年沒有俸金也不妨事，只是苦了閒職清苦的官吏，如翰林院、大理寺，光祿寺、工部、戶部、員外郎中、給事中、御史、兵部、禮部等屬員，都已窮困得不得了。他們皇親大臣裝作貧窮，這許多的官員卻倒是真窮，又值亂世的時候，京中也米珠薪桂，各官員弄不到官俸，又不能不吃喝，只好典衣質物，暫為餬口。有幾個最貧困的官吏，連朝衣也沒有第二件。而留著上朝穿的，已破蔽到不能典賣了，還當它是寶貝一樣。又因窮困的緣故，家中婢僕多已走散，甚至看門執閽的小僮都用不起了。最苦的是未帶眷屬的官吏，尤其是翰林院，職使本來清苦，所得的俸金不敷用度，以是多不敢挈眷，寓中不過一個老僕，或是小僮，日間烹茗執炊，晚上司爨鋪床；及到饔餐不濟，僮僕們是勢利小人，怎肯伴著你主人一塊兒受苦？自然逃之夭夭了。那一班窮苦的翰林，上朝時穿著官冠，儼然像個太史公，一到了退朝下來，卸去身上的衣服，露出了敝破的短衣，於是執爨擔水，劈柴煮茗，都是自己動手的。又有幾個翰林，實在窮的極了，晨間上朝下來，換了衣巾，到街上去測字看相，賺幾個錢下來，暫度光陰。也有不會測字的，替寺院裡的和尚抄錄經典，藉此騙口飯吃。其時有個某公進京去勾當，在蘆溝橋相近，僱了一乘坐轎，說明抬到京城，給腳步金銀子二錢。那兩個抬轎的轎伕，形容舉止，不像下流做僕隸的，某公本來有些疑心，又聽那兩個轎伕，一頭抬著走路，一邊刺刺地談講，某公凝神細聽，兩個轎伕所談的，都是精深的易理，而且論得異常的精確。某公聽了半晌，心下十分驚駭，但究不知兩個轎伕，到底是何等樣人，大略審度起來，必是流落京華的斯文人，決計不是尋常的平民。抬到了京城，某公除給轎金外，又給了八錢銀子，算是一種賞錢。那兩個轎伕，不禁喜出望外，謝了又謝，高高興興地去了。某公本生性好奇，見兩個轎伕去後，便慢慢地隨後跟著，看那兩人到哪裡去。經過好幾條街，兩個轎伕把轎子交給了轎行，竟自往石頭衚衕，走進一個公寓中去了。某公也走進公寓，見那轎伕所住的門上，大書著某太史寓。某公怔了一怔，又想這兩個轎伕，或者是某太史的僕人，也未可知。又轉念兩人的狀貌，實在不像個庸僕，某公想了一會，萬分忍耐不住，就藉著同鄉的名義，竟投刺謁見某太史。及至兩下見面，大家都弄得呆了，半晌作聲不得。那個某太史，更其慚愧得無地自容。你道是什麼？原來所謂某太史的，正是方才抬轎的轎伕，他見了某公，依稀有些面熟，仔細一想，知道他是適才坐轎的人，不覺慚愧滿面，低著頭半句話也說不出來了。某公心裡老大的不忍，便問足下職任清貴，為儒林之宗，怎麼自卑若是？某太史見說，不禁嘆口氣道：「公是長者，就是直言，諒也無害。我們做這清苦的翰林，平時已入不敷出，往往帽破衣敝，沒錢置備，如今天下大亂，盜賊蜂起，國家庫藏空虛，連支發軍餉也不夠，哪有餘金來發給我們文官的俸金呢？統計朝廷已七八個月不給俸金了，我們窮官，怎禁得起許多時日的延擱，衣筒所有，早已典質一空了。但既沒有分文的進款，每天的食用，是萬萬省不得的。我們讀書的人，到了這種柴荒米貴的當兒，文字是不能充饑的，又不能當衣穿，典質沒人要，出賣不值錢，所謂亂世文章，不及太平時的敗紙，怎樣能夠過得下去？只好糾了一個意旨相合的同宴，大家放出些力氣，換些錢來，也就可以度過去了。可憐！我們墮落到這樣的地步，也是不得已啊！」某公聽了，不由得悚然起敬道：「足下以斯文道學，人謂力不能縛雞，而足下竟能自食其力，真是先賢所不及了。」某公說罷，起身告辭，某太史相送出外，並囑某公嚴祕其事。某公別了某太史，匆匆擇了寓所，便命寓役，送五百金至太史寓，自己勾當完畢，見京師風聲日緊，即起程南歸。及至到了南方，和人談起某太史的事來，無不為之嘆息。當時的朝臣，朝聚暮散，大家不過盡一點人事罷了。最可憐的是一班窮官，把上朝視作到卯一樣，每天五更，循例入朝排班，一經退班，便各人去幹各人的工作。那些尸位素餐臣子，身雖在朝，心裡早已暗自打算滑腳了。他如稍具忠心的范景文、邱喻等幾個朝廷重臣，到了這時，任你赤膽忠心地為國設謀，也覺得一籌莫展了。至於崇偵帝所信任的中官內宦，如曹化淳、王之心、王則堯等，晝夜在那裡密議獻城。

其時是崇禎十七年的三月十六日，李自成命賊兵攻打平則、西直、德化、彰儀等門，炮聲震天，徹夜不絕。崇禎帝在宮內，聽得炮聲隆隆，不由得嘆口氣，回顧周皇后道：「賊兵眾多，城內守備空虛，這區區的京城，只怕早晚難保的了。」說罷，潸然淚下，周皇后也零涕不止，袁貴妃在一旁，更哭得嗚咽淒楚，引得侍立的宮女，一齊痛哭起來，連那些內侍太監也不住地掩淚。崇禎帝忽然收淚向宮女內侍們說道：「你們事朕有年，今日大難臨頭，朕不忍你們同歸於盡。快各人去收拾起來，趕緊逃生去吧！」內侍和太監們，大半是曹化淳和王則堯的羽黨，一聽了崇禎帝的吩咐，便爭先搶後，各人去收拾了些金銀細軟，一鬨地出宮散去。只有宮女們卻不肯離去，就中有一個魏宮娥，一個費宮人，兩人跪下齊聲說道：「奴婢們蒙陛下和娘娘的厚恩，情願患難相隨，雖死無怨。」崇禎帝慘然說道：「你等女流，猶是忠義之心，那班王公大臣，往時坐享厚祿，到了賊兵困城，不但策略毫無，甚至棄朕而遁，這都是朕之不明，近佞拒賢，豢養這些奸賊，如今悔也莫及了。」崇禎帝說到這裡，放聲大哭道：「不謂朕倒做了亡國之君，自愧有何面目去泉下見得列祖列宗！」說罷頓足捶胸，嚎慟欲絕。周皇后也伏在案上，淒淒切切地和袁貴妃相對著痛哭。這時滿室中只聞涕泣聲音，一種悽慘的景象，今人言之，猶為鼻酸。

帝后嬪妃，大家痛哭了一會，周皇后含淚說道：「事到這樣光景，陛下不如潛出京師，南下調兵，大舉剿賊，或者使社稷轉危為安。」崇禎帝不待說畢，即收淚含怒說道：「朕自恨昏瞀，致弄到這個地步，還到哪裡去？哪裡有替國家出力之人？總而言之，朕已死有餘辜，今日唯有以身殉國就是了。」正說之間，忽見永王、定王（定王名慈炯，永王名慈炤，慈炤為田貴妃所生，慈炯是周皇后所誕）兩人攜著手，笑嘻嘻地走了進來。時永王九歲，定王七歲。兩兒子見父皇母后，都哭得雙眼紅腫，不覺感動天性，也哇的哭出來了。崇禎帝瞧著這兩個皇子，心上一陣的難受，又撲簌簌地流下淚來，便伸手把弟兄兩個擁在膝前，垂淚說道：「好兒子，賊兵圍城，危在旦夕，你父是快和你們長別了，可憐你們為什麼要投在帝王家裡，小小年紀，也遭殺身之禍？」崇禎帝說時，聲音哽咽，已語不成聲了。周皇后失聲哭道：「趁此刻賊兵未至，陛下放他兩個一條生路，叫他兄弟兩人，暫往妾父家裡，他年天可憐兒，得成人長大，有出頭之日，也好替國家父母報仇。」說到仇字，周皇后早哭的咽不過氣來，兩眼一翻，昏倒在盤龍椅上。宮上嬪妃們，慌忙叫喚，半晌，周皇后才悠悠醒轉，就拖住定王，摟在懷裡，臉兒對臉緊貼著，抽抽噎噎地哭個不住。崇禎帝一頭試著眼淚，起身說道：「此時只管哭也無益，待朕把這兩個孽障，親自送往國丈府中，託他好生看待，也給朱氏留一脈香菸，想國丈當不至負朕重託。」說罷，一手一個，拉了永王、定王，要想出宮，忽見內監王承恩，慌慌張張地進來道：「大事不好了！賊兵打破外城，已列隊進了西直門，此刻李將軍（國禎）正激勵將士守衛內城，陛下快請出宮避難吧！」崇禎帝聽了，面容頓時慘變，帶顫說道：「大事休矣！」於是對王承恩道：「卿速領朕往國丈府去。」承恩領命，在前引導，君臣兩個，攜了永王、定王出宮，周皇后還立在門口，很悽慘囑咐定王道：「兒啊，你此去有出頭之日，莫忘了國仇大恨，你苦命的母親，在九泉伸頸盼你的啊！」崇禎帝不忍再聽，見定王哭了出來，急忙把他的小手一頓道：「國亡家破，今天還是哭的時候嗎？」定王嚇得不敢出聲，永王到底年紀略長了些，只暗暗飲泣。

父子三人和王承恩出了永寧門，耳邊猶隱隱聞得周皇后的慘呼聲，崇禎帝暗暗流淚，卻把頭低垂著，向前疾走，一頭走一頭下淚，到得國丈府門前時，崇禎帝的藍袍前襟，已被淚沾得溼透兩重了。王承恩道：「陛下少待，等奴才去報知國丈接駕！」說罷三腳兩步地去了。崇禎帝木立在國丈府第前的華表，左手攜了永王，右手執著定王，好一會不見王承恩回報，崇禎帝便耐不住，攜了兩兒子，慢慢踱到國丈府第的大門前，但見獸環低垂，雙扉緊扃，靜悄悄的連看門人也沒有一個。崇禎帝就在大門縫內一瞧，見裡面懸燈結綵，二門前的轎車，停得滿坑滿谷，絲竹管絃之聲，隱隱地從內堂透將出來。崇禎帝詫異道：「國已將亡，外親休戚相關，周奎怎的還在家作樂，難道王承恩走差了府邸嗎？」崇禎帝正在疑惑，只見王承恩氣得脈孔赤紫，喘著說道：「可惡！周奎這廝在家做八十大慶，朝中百官都在那裡賀壽，奴婢進去時，被二門上的僕人阻攔，奴婢說是奉聖旨來的，才肯放過奴婢，到了中門，又有個家人出來阻止，奴婢說有聖旨，那家奴回道：『今天國丈壽誕，無論怎麼要緊的事兒，一概不准進內！』奴婢再三地央求他，他竟出惡聲了。奴婢萬分無奈，只得高聲大叫國丈接旨，叵耐周奎那廝，明明在裡邊聽得，卻故意裝作不聽見似的，反叫惡奴出來，把奴婢亂棍逐出。」崇禎帝聽說，不由得大怒道：「有這等事，周奎也欺朕太甚了！」說著命王承恩前出，崇禎帝和兩個皇子隨後跟著。到了大門前，大門不似方才的虛掩著，早已被家人們上了閂。王承恩這時氣憤已極，一頓的拳打足踢，將國丈府的大門，打得和擂鼓似的，打了好一會工夫，只聽得內有謾罵的聲音，忽地大門開了，跳出一個黑臉短衣的僕人來，倒把崇禎帝吃了一驚。那僕人破口大罵：「有你孃的鳥事，要這樣打著門？」王承恩喝道：「聖駕在此，奴才敢撒野？快喚周奎出來接駕！」那僕人睜著兩眼，大聲道：「聖駕你什麼鳥？我們奉了國丈的命令，不許有人羅唣，你再糾纏，咱可要喊人出來，捆你送到兵馬司裡去了！」王承恩氣得咆哮如雷道：「周奎這老賊目無君上，待咱家進去和他理論去！」說罷向大門內便走。那僕人將王承恩的領上一把揪住，望門外只一推，王承恩立腳不住，直出大門的階陛外，霍地站起來再要奔上去，被崇禎帝拖住道：「走吧！還與這些小人爭執什麼！」王承恩氣憤憤地說道：「奴婢拚著這條性命不要了！」說猶未畢，「蓬」的一聲，那僕人合上門閂去了。崇禎帝嘆口氣道：「承恩呀，你不用這樣氣急了，這都是朕太寵容小人之過，還有何說！事到今朝，朕也不必再去求救他了，快回去了吧！」說著君臣兩人，同了兩個皇子，垂頭喪氣地一路走回宮來。耳邊廂聽得炮聲震天，喊聲和哭聲鬧作一片。崇禎帝仰天垂淚道：「朕何負於臣，他們卻負朕至此！」一邊嘆氣，匆匆地回宮。

經過慶雲巷時，猛聽得前面鑾鈴響處，塵土蔽天，崇禎帝大驚道：「賊兵已進城了嗎？」王承恩也慌了手腳，忙道：「陛下且和殿下暫避，待奴婢去探個訊息。」說時早見三十騎馬疾馳而來，要想避去時也萬萬來不及的了。人馬漸漸走近，馬上的人，一個個打扮得鮮衣美服，正中一匹高頭駿馬，馬上坐著一位官員，不是別個，正是皇親田宏遇（名畹，貴妃之父，即贈圓圓於吳三桂者）。田宏遇見了王承恩，拱手微笑，一眼瞥見了崇禎帝在旁，慌忙滾下鞍來，行禮不迭。崇禎帝阻攔道：「路途上很不便，田卿行個常禮吧！」田宏遇領命，行過了禮，便問陛下攜同殿下，要到哪裡去。崇禎帝見問，先嘆了口氣，將自己託孤的意思，約略講了一遍，又說周奎十分無禮，欺朕實甚，田宏遇聽了，也覺周奎太嫌可惡，便正色說道：「陛下既有是意，將兩位殿下交給了臣吧！」崇禎帝大喜，回頭喚過永王、定王，吩咐道：「你兩個隨了外公回去，須小心聽受教導，萬事順從，孝順外公就與朕一般，千萬不要使驕任性，須知你是已離去父母的人了，不比在宮裡的時候。你弟兄第一勤心向學，切莫貪玩，朕死也瞑目。」崇禎帝一面囑咐，一頭把袍袖頻頻拭著眼淚，兩個皇子也齊聲痛哭起來。崇禎帝咬了銀牙，厲聲說道：「事急了，你弟兄就此去吧！」說畢轉身對著田宏遇揖了三揖道：「朱氏宗祧，責任都拜託卿家了！」宏遇慌得不及還禮，只噗地跪在地上，流淚說道：「陛下要託於臣，臣受陛下深恩，怎敢不盡心護持殿下，以報聖上於萬一。」崇禎帝道：「這樣朕就放心了！」原來，田宏遇這時錦衣怒馬，僕從如雲，也是往周皇親那裡賀壽去的，此刻遇到崇禎帝，把永定二皇子託他，把賀壽的豪興打消，即令家人讓出兩匹馬來，扶定王和永王上馬，自己也辭了崇禎帝，一躍登鞍，家人蜂擁著向田皇親府去了。

崇禎帝立著，含了一泡眼淚，目送二皇子疾馳而去，直待瞧不見了影兒，才嗒然回頭，與王承恩兩人，在道上徘徊觀望。王承恩稟道：「時候將要晚了，陛下請回宮吧！」崇禎帝淒然說道：「朕的心事已了，還回宮去做什麼？」王承恩大驚道：「陛下乃萬乘之尊，怎可以流連野外？」崇禎帝流淚說道：「賊已破外城，殺戮焚掠，可憐叫朕的百姓無辜受災，朕心實有所不忍，朕願在此，等賊兵殺到，朕與百姓同盡吧！」王承恩哪裡肯舍，只是涕泣哀懇，崇禎帝忽然問道：「這裡算什麼地方最高？朕要登臨著，一望城外的黎民，被流賊蹂躪得怎樣了？」王承恩見有機可乘，忙應道：「陛下如欲眺望外城，須駕還南宮，那裡有座萬歲山——煤山——仁宗皇帝時，建有壽皇亭在山巔，登亭可以望見京師全城。」崇禎帝見說，即同王承恩走回宮來，其時日色已經西沉，暮鴉喳喳地哀鳴，夾雜著淒楚的哭聲，順風吹來，尤覺悽慘。不知崇禎帝上萬歲山怎樣，且聽下回分解。

喋血深宮淒涼悲亡國　傷心月殿遺恨感煤山

月色昏蒙，寒風淒冷，京城外的火光，慘紅如血。一陣陣的嗷啼聲和啼哭聲，慘不忍聞，夾雜著炮火聲和喊殺聲，晝夜不絕。崇禎帝扶著王承恩，踉踉蹌蹌地回轉南宮，到了萬歲山上，倚在壽皇亭的石欄邊，遙望城外烽火燭天，哭喊呼嚎聲猶若鼎沸，兵器聲就馬啼聲，隱隱可辨。火光四處不絕，照耀滿天通紅，眼見得賊兵正在那裡大肆焚掠，繁華的首都，變成了一片焦土。這時天空月光，被濃雲遮掩過了，越覺大地黝黑，舉目都現出一種悽慘的景象。崇禎帝淒然下淚道：「黎民何罪，慘遭荼毒？」說時回顧王承恩道：「朕心已碎，不忍再看，卿仍扶朕下山吧！」於是君臣二人狼狽下山，匆匆入乾清門，到了乾清宮中，崇禎帝便提起硃筆來，草草書了手諭：著成國公朱純臣，提督內外軍務，諸臣夾輔東宮（太子慈烺）。書竟擲筆長嘆。這時王承恩已出宮探聽訊息去了，崇禎帝回顧，只有一個小內監侍立在側，當即命將硃書持赴內閣。那小內監捧著上諭至內閣時，閣臣已走得一個不見了，小內監把諭旨置在案上，轉身顧自己逃命去了。

十七的那天，廷臣已不上朝，只范景文等幾個大臣，還勉強進宮侍駕。君臣想見，都默默不作一語，唯相對著流涕而已。半晌，崇禎帝揮手令范景文等退出，自己負手踱到皇極殿上，俯伏在太祖高皇帝的聖位下，放聲痛哭，直哭得淚溼龍衣，聲嘶力竭，也沒內侍宮人來相勸，崇禎帝孤伶伶的一個人，愈想愈覺感傷，索性倚在殿柱上，仰天長嚎起來。崇禎帝獨自嗷哭著，由清晨哭到日色斜西，淚盡血繼，實在哭不動了，才收淚起身，走到承儀殿中，呆呆地坐著發怔。這樣地坐了一會，不禁神思睏倦起來，便斜倚在繡龍椅上，沉沉地睡去。忽見一個峨冠博帶的人走進來，提了一支巨筆，在殿牆上寫了個斗大的「有」字，擲筆轉身竟自走了。崇禎帝正要叱詰，驀然寒風刺骨，一驚醒來，方知是夢。崇禎帝定了定神，離了承儀殿，步入後宮，細想夢景，必非吉兆。時周皇后和袁貴妃等，也徹夜未眠，見崇禎帝進宮，忙迎接出來。崇禎帝瞧見皇后貴妃，都蓬首垢面，神形憔悴，不由得嘆了口氣，因把夢境說不一遍，大家胡亂猜測，魏宮人在旁說道：「『有』字上半大非大，下半明不明，是大明殘破的意思。」崇禎帝聽了，變色不語。正在這當兒，猛聽得門外腳步聲雜沓，兩個內監氣喘汗流地進來稟道：「太監曹化淳，已開城降賊，陛下宜速急出宮躲避。」說罷三腳兩步地走了。崇禎帝還在疑惑不定，見襄城伯李國楨，汗流滿面地搶進宮來，叩頭大哭道：「逆閹獻城，賊已陷了內城，陛下請暫避賊鋒，臣卒所部，與賊巷戰去！」說畢飛奔地出去了。崇禎帝也慌忙出宮、到奉天殿上，想召集眾臣，計議善後，四顧內侍宮監，多已逃得無影無蹤了。崇禎帝沒法，只好自己走下殿來，執著鐘杵，把景陽鐘噹噹地撞了一會，又握著鼓槌，將鼓咚咚地打得震天價響。然後走上寶座，專等眾臣入朝。誰知等了半響，不但廷臣不來，簡直連鬼也沒有半個。

崇禎帝長嘆一聲，下了寶座，回到後宮，恰好王承恩氣極敗壞地進來，大叫：「賊進內域，此刻焚掠慘殺得不知怎麼樣了。陛下快請移駕避賊！」崇禎帝愀然說道：「事已到了今日，朕還避他做甚？你去午門外瞭望著，見賊人進宮，便來報朕知道。」王承恩含淚叩了個頭，匆匆地出去了。崇禎帝就在宮內，召集后妃嬪人等，都聚在一起，崇禎帝命宮女取過一壺酒來，自斟自飲，連喝了五六大觥，時太子慈烺侍立在側，崇禎帝回頭說道：「你還在這裡做什麼？快逃命去吧！」太子見說，對崇禎帝和周皇后，跪下磕了三個響頭，淒淒慘慘地哭出宮門去了。崇禎帝一頭流著淚，把臉兒向著外，只作不曾看見。眼眶中的淚珠，卻點點滴在酒杯中，崇禎帝端起酒杯，一飲而盡。

這時周皇后和袁貴妃，並公主昭嬛，環坐在崇禎帝的旁邊痛哭，宮女嬪人，也環立飲泣。崇禎帝垂淚嘆道：「大勢去矣！」又對周皇后道：「卿可自己為計，朕不能顧卿了。」周皇后起身說道：「臣妾侍奉陛下，已十有八年，從不曾聽臣妾一言，致有今日！」說罷大哭進內。過了一會，宮女報娘娘自盡了，崇禎帝不覺淚落和雨點一般，半晌回顧袁貴妃說：「你為什麼還不自盡？」袁貴妃含淚起立道：「妾請死在陛下之前！」說畢即解下鸞帶，系在庭柱上，伸頸自縊。誰知鸞帶斷了，袁貴妃直墮下地，竟悠悠的甦醒轉來。崇禎帝忙就壁上拔下一口劍來，向袁貴妃連砍幾下，方才昏去。又將所御的嬪妃，斫倒了四五人。崇禎帝要待轉身出宮，昭嬛公主一把拖住崇禎帝，紛紛落淚，哭個不住。昭嬛公主是芳齡十五，生得雪膚花貌，裊裊婷婷，玉容異常的嬌豔。這時哭得和帶雨梨花似的，崇禎帝不禁起了一種憐惜之心，又不忍留著這樣的美人兒受賊人蹂躪，便哄昭嬛公主道：「你瞧外面賊人來了！」公主忙回頭看時，崇禎帝乘公主不備，把袍袖掩了自己的臉兒，隨手只一劍砍去，正斫在公主的肩上，鮮血直冒出來，慘呼一聲，翻身撲倒，臥在血泊裡掙扎。崇禎帝欲待斫第二劍，奈兩手顫個不止，再也提不起來。眼睜睜地看著公主，花容慘變，鮮血骨都都地冒個不住，那種呻吟的慘狀，令人目不忍睹。崇禎帝擲劍嘆道：「你為什麼生在帝王家？」說著硬著心腸，掩面出宮。

時王承恩未報外面的亂狀，崇禎帝叫在前引路，手提一桿三眼槍，君臣兩人出了中南門，正逢著一群逃難的內侍，崇禎帝便也雜在內侍當中，直向東華門而走。時東華門猶未攻破，守城的內監，見一群宮監擁來，疑宮中有了內變，便喝令放箭，把一群內監射得四散亂竄。崇禎帝被眾人一衝，一時立腳不住，傾跌在地。慌忙爬得起身，足上的朱履已脫去了一隻，頭上雁翎冠也不知落到什麼地方了。再回頭又不見王承思，崇禎帝沒奈何，只得赤著一隻腳，一步高一步低地往齊化門走來。成國公朱純臣的賜第，本在齊化門內，崇禎帝便走到成國公的府中，管門的喝住道：「國公爺的吩咐，現在亂世時候，非經國公爺的命令或令箭，一概不許放入。」崇禎帝聽了，嘆息徘徊，木立了好一會，才轉身離了國公府，隨著一群難民，望安定門走去。到了城門前，只見門上鎖有一把很大的石鎖，不提防守門的兵士趕來，挺著一桿長槍，望人叢中亂擲，眾人一聲吶喊，轉身便走，崇禎帝也只好回頭反奔，因走得太慌忙了，把頭上束髮的簪兒掉落地上，網結脫開，弄得頭髮打散。崇禎帝將待折回北去，恰好逢著賊兵進城，難民四散狂奔，難民的後面，就是守城的敗兵。敗兵被賊兵追得急了，好似喪家狗般的，狼奔豕竄，人多勢大，直同潮湧一樣地衝下來。崇禎給眾民兵一擁，連跌了兩個跟斗，七跑八磕地爬起身來，衣襟已經扯破，臉上抹滿泥土，手指擦碎，鮮血淋漓。崇禎帝到了這時，已走得腳酸腿軟，頭昏目眩，自己便抱定了必死的宗旨，一盤膝去坐在大街的石級上，一邊喘息，還不住地把袍袖拭著淚。

正在這當兒，難民中忽然搶過一個人來，噗地跪在地上，抱住崇禎的雙膝，放聲痛哭。崇禎帝定睛看時，原來是王承恩，不覺嘆口氣道：「朕和你倒還得見面。」承恩收淚說道：「賊兵前鋒已離此不遠，李將軍率著衛兵在那裡死戰，陛下請回宮去，免落賊人之手。」崇禎帝覺也有理，於是由王承恩攙扶，一步一挨地仍回到南宮。王承恩想扶崇禎帝進宮時，崇禎帝嘆道：「朕不願回宮了，且到萬歲山上去休息一會吧！」承恩沒法，只得攙了崇禎帝，上得萬歲山，在壽皇亭面前的一塊大石上坐下。君臣罵對了半晌，崇禎帝驀然想起了慈慶宮的懿安皇後來，忙向王承恩說道：「朕出宮時太倉猝了，未曾通知張皇后，你可領朕諭旨，謂賊人進城，必然蹂躪宮眷，令張娘娘趕緊自裁了吧！」王承恩領命，三腳兩步地下山去了。

這張皇后是熹宗皇帝的中宮，熹宗賓天，張皇後退居慈慶宮，崇禎帝繼統，便封為懿安張皇后。張皇后的為人，性情溫婉，且很持大體，嚴於禮節。熹宗的時候，客魏當權，六宮嬪妃，無不受客魏的讒害，就是張皇后一人，沒被他們陷害。因張皇后舉止嚴正，不輕言笑，熹宗很是敬憚，客魏也懼怕張後，不敢中傷。有時客魏兩人正和宮人們嘻笑浪謔，雖熹宗帝也不甚畏避，獨聞得張皇后駕到，立刻斂容屏息，做出十二分的規矩來。但張皇后對上雖持禮嚴肅，遇下卻極寬洪，些微小過，並不過於苛究，所以閹言的宮侍內監，沒一個不敬服她的。崇禎對於張後，誼屬叔嫂，敬禮實無異母后。到了朔望，崇禎帝終是親經慈慶宮，朝謁張皇后，張皇后以有叔嫂的嫌疑，便令宮人垂了珠簾，崇禎帝在外拜揖，張皇后卻隔簾回拜，只受半禮而已。三數語後，即退入宮中，崇禎帝也特別敬重。張皇后偶感小恙，崇禎帝遣嬪人問疾，日必數起。張皇后病癒後，便上疏謝恩。明宮歷代后妃謝恩用奏疏的，只有張皇后一人。因張皇後退居慈慶宮，自謂身是寡鵠，終歲不肯輕出宮門，是以謝恩把奏疏相代。當下王承恩領了上諭，經慈慶宮宣諭，由慈慶宮的宮女，傳諭進去，不多一刻，宮女淚盈盈地出來說道：「張娘娘已領旨自盡了。」王承恩聽了，轉身出宮，自往萬歲山來復旨。

崇禎帝在萬歲山的壽星亭上，遠遠聽得喊殺連天，金鼓聲不絕，接續著一片的男哭女啼的，忍不住遙望了一會，默唸城破國亡，君殉社稷，自己萬無生理，不如趁無人的地方，尋個自盡了吧！主意打定，舉目四顧，見壽皇亭的旁邊，一株梅樹，杈枝生得並不甚高，就解下身上的鸞帶，爬上亭邊的石柱上，把絲條系在枝枒上，正要引頸自縊，忽然轉念道：「朕既以身殉國，不可默無一言。」想罷將胸前衣襟反過來，嚙碎小指，血書數行於襟上道：

朕德薄匪躬，上幹天怒。登極十有七年，逆賊直逼京師。雖朕之不明所致，亦諸臣之誤朕也。朕死無面目見列祖列宗於地下，自去冠冕，以發覆面，任賊分裂朕屍可也，切勿傷百姓一人！

崇禎帝寫罷，看著那株梅樹，垂淚嘆道：「這樹是朕所手植，不謂今日做了朕絕命的伴侶了。」說罷不覺淒淒涼涼地哭了起來。其時喊殺之聲漸近，崇禎帝便含淚爬上石扶欄，把頭頸套進了絲條，雙腳一登，身體早已離空，高高地懸在樹枝上了。

王承恩出了慈慶宮，急急地上山來復旨，到了亭上，不見了崇禎帝，忙出亭四望，毫無影蹤，正在驚疑，驀然抬起頭來，見崇禎帝已懸在亭旁的樹枝上，不由得大叫一聲，昏倒在地，半晌甦醒過來，急急地爬上石欄，要想去解救時，覺得崇禎帝的身上已冷得和冰一般，舌頭吐出唇外三四寸，鼻孔和眼中都流出血來，知道氣絕已久，諒來不中的了。承恩越想越是淒楚，捧著崇禎帝的雙足，捶胸頓足地痛哭了一會，又自恨道：「這都是咱走得太慢了，以致皇上不及救援。」想罷又哭，哭著又轉念道：「做了堂堂的皇帝，還得著這樣的結果，休說我們是一個太監了。」王承恩想到這裡，覺得天下萬事皆空，眼前的境地，更覺無一樣不是空的。於是收淚止了哭，向崇禎帝拜了幾拜，又深深地磕了幾個頭，含淚說道：「陛下請略等一等，奴婢王承恩也來了。」說罷解下一根汗巾來，待爬上石欄去系時，回想自己是個太監，怎好和皇上並肩對縊？便重又跳下石欄，把汗巾繫牢崇禎帝的腳上，又在下面打了一個死結，將頭伸在結內，身體望下一蹲，就勒死在崇禎帝的腳下。

再說宮中自皇后貴妃自縊，皇上出南宮而去，內監們走得半個也不留，所剩的只有一班纖纖弱質的宮女。她們都是十三四歲進宮，從不曾出宮門一步，到了亂哄哄的時候，叫她們往裡去走？這時內中的魏宮娥，還有一個費宮人，兩人在宮門前大聲叫道：「外城內城皆陷，賊人如若入宮，俺們女流必遭賊人的汙辱，有志的姐妹們，速即各自打算吧！」說畢，魏宮娥就飛步上了金水橋，聳身躍入御河自盡了，費宮人也跳入後苑的井中。那時一班宮女，個個淚珠盈腮，紛紛地各尋自盡，有投河的，有懸梁自縊的，有解帶勒死在榻上的，有觸庭柱死的，有把剪刀自己刺死的，剎那之間，黛痕脂香，都香銷玉殞，統共自盡死的宮人，凡三百七十九人，真是胭脂狼藉，花凋滿地，說來也可憐極了。這天是三月十八日，晨間天色溟濛，密雲如墨；到了旁午，內城遂陷，賊兵蜂擁進城，城內霎時鬼哭神號，男哭女啼。

過了一會，天色略放光明，卻飄飄地下起雪來。這時李自成由齊化門進城，左有內監杜勛，右有降將汪之信，軍師宋獻策；偽丞相牛金星，大將白旺，護駕賊將王賓，明降將劉承裕、楊永裕，總兵白廣恩、陳永福，前呼後擁地隨著自成進城。先鋒小張侯，一馬當先，最後是副元帥李嚴，在後督隊。明襄城伯李國禎，猶率兵巷戰正遇前鋒小張侯，兩人交馬，戰到三十多個回合，國楨大喝一聲，一刀劈小張侯於馬下。李自成大驚，忙令賊兵四面圍裹攏來，在這小巷中，怎禁得起許多的人馬，擁擠得身體也不能展動了，任李國禎有三頭六臂，到了此時，也英雄無用武之地，又兼寡不敵眾，賊兵叢集如蝟，國禎棄了大刀，拔出寶劍來，連斫死數十人，寶劍也斫得變成了缺口，國禎棄劍，又用手格殺數人，欲待奪刀自刎，賊兵已一擁而上，把國禎緊緊綁住。國禎已力竭神疲，口裡猶大罵逆賊，賊兵抽刀待剁，李自成忙喝住道：「此人忠勇絕倫，咱家很是愛他，暫把他囚禁了，慢慢勸他投降，切莫難為了他。」說罷，便策馬進宮。不知自成進宮怎樣，再聽下回分解。

脂粉酬功血濺青羅帳　忠義報主淚灑綠楊天

卻說京城失陷的那天，天上雨雪霏霏，李自成頭戴氈笠，衣襲縹衣，騎著高頭烏騶馬，金鞭令旗，洋洋地坐在馬上，前呼後擁地一路進城。到了承天門前，自成忽顧將士說道：「咱若能享大明的天下，一箭射中那個『天』字！」說罷抽出一支羽翎，搭上雕弓，颼的一箭，卻中在『天』字的下面。自成變色，宋獻策在側，撫掌笑道：「箭射『天』字的下面，正是得『天下』的預兆！」自成轉嗔為喜道：「軍師的話不差，咱得平分天下也就夠了！」說著下令清宮，一面緩步進宮。一行賊人，到了奉天殿上，終不見崇禎的影蹤。自成吩咐牛金星出榜各門，有獻崇禎帝者，賞千金，封萬戶侯；藏匿不報者，磔市曹，戮全家；三日後仍不見蹤跡者，闔城俱戮。這張告示一出，京城中的百姓就此大亂起來，「尋崇禎，尋崇禎」的聲浪，遍滿街巷。其時內宮的昭嬛公主，被崇禎斫了一劍，倒臥在血泊中顫抖，適巧內監何新進宮，見了公主弄得渾身是血，嬌聲慘呼，心上老大的不忍，便匆匆地負了公主，往皇親府中去了。還有那個袁貴妃，自縊時墮地復甦，吃崇禎帝斫了兩劍，卻都砍在肩上，不曾致命，一時痛昏了過去，過去了好半息又甦醒過來，宮人柳娥，恐貴妃受賊人的蹂躪，就拚死扶起貴妃，慌慌忙忙地出了後宮，往民間躲避去了。待得李自成進宮，嬪妃們死的死了，逃的逃了，六宮八闕，已弄得寂無一人。

那費宮人投入後苑的井中，不料那座是久枯的眢井，裡面滴水俱無，費宮人跳進井內，卻是不曾死的，被淨宮的賊目窺見，用鉤鐮將費宮人勾出，細瞧她的面貌，玉容憔悴，不減嬌豔，於是擁了費宮人來見自成。自成也愛她美麗，正要命左右帶入後宮，忽見李嚴稟道：「敬求大王，將這美人賞給了小將吧！」自成聽了，心裡雖是不願，因李嚴是自己部下的第一功臣，沙場血戰，幾番危難中救出自成。現在攻破京城，不日可以稱孤道寡，假使沒有李嚴，哪裡來的今日？況且自成和李嚴，又有金蘭之誼，有這兩層問題，自成不得不把美人讓給李嚴，哪裡曉得這樣的一來，竟送了李嚴的性命咧！當下由李自成喚過左右，令將那美人送往李副元帥的帳中。李嚴聽說，忙向自成稱謝。

原來這李嚴是河南的武秀才，為人疏財仗義，專好結交天下英雄，把他父親所遺的百萬家資，都被李嚴蕩盡。又因他平日喜歡濟困扶危，時人取一小綽號，叫做小俠客李嚴。有一年上，河南大饑，田稼顆粒無收，李嚴便稟邑令，要求開倉賑濟。令尹胡孔孺，是個貪鄙的齷齪小人，見了李嚴的稟單，立刻召李嚴進署，當面訓斥一頓，並對李嚴說道：「你有錢谷，只顧自己賑濟，本縣的包穀是不能動的。」李嚴受了令尹的斥責，氣憤憤地回到家裡，搜刮家資和田地房產，共得三四萬金，如數充作賑款，那些受惠的貧農，人人頌揚，口口聲聲說「李公子活我」，又聞知胡知縣不肯開倉濟貧，大家齊聲謾罵，把個胡知縣氣得胡鬚根根倒豎，竟謂是李嚴一〉人所唆使出來的，滿心要尋李嚴的過處。恰好李嚴的家中，來了三四個外方的俠士，聞得李嚴的盛名，望門投來，李嚴也殷勤招接，設宴款待。正在賓主盡歡，不料胡知縣派了十幾名防兵，把李嚴捉將官裡去，還把席上的四名俠士，獲住了兩個，那兩個幸手腳敏捷，飛身上屋，才脫了網羅。於是向縣裡去一打聽，方知胡知縣做的圈套，他聽說李嚴那裡到了幾個外方人，就密囑地甲劉二出首，控告李嚴私通綠林大盜，又派遣兵士，逮捕李嚴到案。那兩個俠士得了這個訊息，心裡十分大怒，連夜趕到鄰縣，直個和盜魁一枝花通同，帶了三五百個嘍兵，扮作商人模樣，一個個身藏暗器，混進縣城，到三更時分，放起一把火來，眾嘍兵吶喊一聲，殺入縣署，把胡知縣一門老小，殺得一個也不留。又將牢門開啟，救了李嚴和兩個被累的俠士，又拿獄中所有亡命，一併釋放了。砍開城門，蜂擁出城。李嚴見事已鬧大了，恐省中調兵下來，自己勢力不敵，當下和眾人計議，索性一不做二不休，大家劫掠些金銀珠寶，往投李自成軍中，不愁他不收留。主意已定，李嚴急急地收拾起細軟物，領一班好漢，來投自成。

那時李自成正要進取河南，前鋒小張侯，已屯兵在河南交界地方，專等自成令下，就好進兵。李嚴等見了小張侯，說明來意，小張侯方苦地理不熟，見李嚴是河南人，正好叫他做個嚮導。不日李自成率大兵隨後到來，命小張侯火速進攻。小張侯有了李嚴諸人替他畫策，李嚴又每戰必身先士卒，一路上勢如破竹，及至開封府下，自成論功行賞，小張侯才把李嚴引見自成。自成也素聞李嚴之名，兩人交談之下，大有想見恨晚之概，於是當筵結為兄弟，以為同宗。後自成榆林一戰，幾乎被孫傳庭督師所擒，虧了李嚴奮死保著自成殺出，以是自成和李嚴的情感，又比前深了一層。自成兵進潼關，占城奪池，無一非李嚴的計畫，汗馬功勞，實居全軍的第一。今番破了北京，自以為大功已成，眼見得那日身登九五，將來大封功臣，李嚴至少要列土分茅，何況他只要一個美人，自成當然不好不允他。

李嚴得了這樣一個玉骨冰肌的美人兒，心裡高興得了不得，忙忙地趕回營中，要想去享受那美人的豔福。當時便高坐堂皇的，叫把美人帶上來。費宮人盈盈地走到李嚴面前，也不行禮，竟一倒身坐在椅上，嗚嗚咽咽地哭起來了。李嚴見費宮人哭得似帶雨的海棠一般，不覺萬分地憐惜，忙走下座來，一把摟住了費宮人，涎著臉安慰道：「美人不要傷心了，你有什麼不滿的事，對俺說了，俺無不依你。」費宮人故意把李嚴一推道：「我乃皇上的長公主，玉葉金枝，豈同路柳牆花，請將軍尊重！」李嚴這時聞得費宮人身上，一陣陣非蘭非麝的香味，早已神思飄蕩，身不由自主起來。又聽費宮人自承是個公主，越發心癢難搔，便拱手唱諾不迭道：「美人原來還是公主，小將冒昧，多有失敬了！」說罷待去拉費宮人的玉臂，覺得觸手膩滑，柔如無骨，李嚴半世在戎馬中出生入死，何嘗見過這般的美人，因此害得他心神如醉，舉止乖謬。費宮人自度落在賊手，必然難免，就裝出嬌笑的樣兒，很和婉地說道：「既承蒙將軍見愛，人非草木，誰能無情？不過身為公主，天潢貴胄，不同小家碧玉。將軍果有成心，須擇吉日舉行花燭，然後共入洞房，倘要我形類苟合，草草成事，我寧死將軍之前，不願遺羞於祖宗。」李嚴見說，點頭微笑道：「公主的話有理，俺都可以依得。」說著傳命出去，收拾起一所民房，立刻掛燈結綵，一面稟知自成，今夜便要實行成婚。

到了晚上，賊窟中霎時燈火輝煌，鼓樂喧天。一班賊將，紛紛來替李嚴賀喜，李嚴也設筵慶賀，賊營內大小將工，每六人賞筵一席，大家猜拳行令，歡呼暢歡。大營的正中，掛起一幅和合圖兒，李嚴渾身穿得花團錦簇，搖搖擺擺地做起新郎來。由民間搶得來的婦女，扶著費宮人，鳳冠龍袍地立在紅氍毹上，和李嚴盈盈交揖。合巹禮成，三聲大砲，送入洞房。過了一會，李嚴又來陪著眾賊嘻笑豪飲，酒闌席散，眾賊辭別，李嚴已喝得五六分酒意，七磕八碰地走進新房，連呼：「公主在哪裡？俺和你飲上三百杯！」說猶未了，費宮人姍姍地出來，這時已卸去鳳冠，梳上一個高高的雲髻，鬢邊插了一朵碗口大的絹花，身上穿了一件銀紅的小襖，淡湖的褲兒，輕妝淡抹，愈顯得豔麗多姿。李嚴醉眼矇矓，帶笑說道：「俺在外面多延了些時候，有累公主寂寞了。」說時將費宮人摟在懷裡，不住嗅著粉臉，又笑說道：「夜已深了，我們睡覺吧！」費宮人低頭一笑，婉轉說道：「今天是將軍的喜期，他年夫妻偕老白頭，還希望早生貴子，應該多飲幾杯合巹酒兒，怎麼和急色似的，不怕侍婢們見笑嗎？」費宮人說到這裡，便層層泛起紅霞，嬌羞不禁，越覺得嫵媚可人了。李嚴哈哈大笑道：「俺就依了公主，快斟上合巹酒來！」費宮人親自替李嚴斟酒，殷勤相勸，把個李嚴直樂得心花怒放，一手挽住了費宮人，再三地撫摩她的粉頸，費宮人卻若接若離，引得李嚴意馬心猿，只顧一杯杯地狂飲。費宮人笑道：「將軍洪量，這小小的杯兒，吃得很不爽快，可叫她們換了大杯來飲。」李嚴此時酒已有了十二分，又兼這如花似玉的美人兒當前，自然愈喝愈高興，吩咐侍女們拿大杯來，費宮人含笑著篩了滿滿一大杯，一手搭在李嚴的肩上，一手擎著杯兒，媚眼微斜地把臉兒和李嚴的臉廝並著，低聲說道：「將軍飲了這杯，等一會兒鴛鴦交頸，分外有興。」李嚴大喜，就在費宮人手裡，伸著頭頸，把口湊在杯兒上，嘓嘟嘓嘟地飲個乾淨。費宮人又篩了一杯，將香軀倚在李嚴的懷裡，笑著說道：「將軍飲個雙杯兒。」李嚴那時已經頭重腳輕，醉態模糊地見酒便喝，一手還狠命地擁著費宮人的纖腰，費宮人趁勢一杯杯地篩個不住，李嚴也毫不推辭，接連又飲了五六大杯，酒湧上來，實在有些支援不住，說話也含糊不清了。費宮人知道他真個醉了，便喚侍女們把酒筵撤去，自己扶著李嚴到繡榻睡下。李嚴雖喝得酩酊大醉，口裡兀是說是囈語，一手抱了費宮人的玉腕，死也不放。費宮人見他爛醉如泥，輕輕地將李嚴那隻手握住，賺脫手腕，又把羅帳垂下，自己到了妝臺邊，草草卸了晚妝，換了一身秋色的短衣，按一按頭上的雲髻，其時侍候的婢女，都退出房外，各自去安睡了。費宮人四顧無人，隨手合上了門，拴了門兒，又疊上兩把木椅。

布置已畢，輕輕地走到窗前，開啟窗子，只見一輪皓月當空，大地猶如白晝，這時約莫有三更天氣，萬籟俱寂，刁斗無聲。費宮人不禁悲從中來，淚珠滾滾沾衣，忍不住噗地跑在窗前，低聲默說道：

「國亡君崩，大勢已去，賤妾所以冒稱公主，不過要替皇上報仇洩恨。願陛下在天之靈，護佑賤妾殺賊！」說罷起身，緩步回到繡榻面前，揭起羅帳，低喚了兩聲李將軍，不見他答應。費宮人到了此時，不覺柳眉倒豎，杏眼圓睜，霍地在衣底撥出一把晶瑩鋒利的尖刀來。一手掀開羅帳，覷得親切，對準著李嚴的咽喉，一刀刺將下去，一口七八寸長的尖刀，盡行沒入賊頸，鮮血直冒出來，濺了費宮人一臉。李嚴大叫一聲，從榻上直躍起來，重重倒下去，費宮人狠命地捺著刀把，半點兒也不敢放鬆。李嚴睜著兩眼，恨不得把費宮人吞噬到肚裡，可是喉管已被費宮人割斷，受創過重了，任你李嚴怎樣地勇猛，受著這般痛苦，手足都已乏力，隻身體還能掙扎。過了一會兒，上身已不能動彈了，那兩只腳卻不住地顛簸，越顛越緩，漸漸地慢了下去，只見李嚴將眼睛一瞪，臉兒一苦，挺直雙腳，嗚呼氣絕了。

費宮人騎在李嚴的腹上，雙手握著刀把，竭力地使著勁兒，這時覺得李嚴的身體，比方才冷了許多，料想是死了，這才釋手跳下繡榻，到妝臺前鑒了鑒自己的臉兒，玉容上濺滿了鮮血，於是掏了出一幅羅巾，慢慢地拭去血跡。忽聽門外腳步聲雜亂，接著是一陣的捶門聲，原來費宮人的一刀刺下去時，李嚴一聲大吼，那侍候的婦女，都從夢中驚醒過來，又不敢打門詢問，只悄悄地報知外室的衛兵。衛兵聽說，慌忙跟著那婢女進來，細聽房內寂無人聲，就門隙中張望時，月光下見倩影幢幢，費宮人正拭著粉臉上的血跡。那衛兵知道有異，便舉手捶門，費宮人聞得捶門聲急促，想是外面的賊人聽見了，看來自己終不免一死，就把銀牙一咬，轉身走到榻前，拔出李嚴頸子上那把尖刀，望著粉頸上便刺，猩紅染衣，頓時昏倒椅上，一個玉琢粉成裊裊婷婷的美人，已玉殞香銷了。

那門外一衛兵，打了半晌的門，不見開門的聲音，大家忍耐不住，吶喊一聲，把房門打落，疊著的木椅，往門外倒了出去，一個衛兵的頭頸，被木椅撞傷，負著疼痛，虎吼一般地搶將入來，驀見羅帳低垂，帳上都是殷紅的血跡，眾人齊齊地吃了一驚。忙掀開羅帳看時，瞧見李嚴已血跡模糊，直挺挺地睡在榻上，一摸身體，冷得和冰塊一樣。於是大家怪叫起來，回顧那個公主，一動不動地坐在椅上，再近前細看時，只見玉容慘白，頭頸裡插著一把白刃，那鮮血兀是點點滴滴地流個不住，鼻管中氣息已早絕了，嚇得那些衛兵慌作一團，正在烏亂的當兒，恰好小張侯巡邏經過，聽得室中的驚擾聲，辨出是李嚴的私第，便帶了兩名巡兵，走進門來。這時內外的室門，都已大開，外室連鬼也沒有半個，內房卻人聲嘈雜。小張侯是個老於世事的人，初進京城時，被李國楨一刀劈落馬下，他立時裝死，免了再砍第二刀，趁李國楨和其他賊兵廝殺的當兒，一骨碌滾進賊兵叢中，挑選了一條性命。此時一瞧這個情形，知道裡面一定出了岔兒，忙三腳兩步地趕將入去。衛兵們見了小張侯，齊聲說道：「張侯爺來了，李爺已被人刺死哩！」小張侯聽說，也大吃一驚，急問是誰刺死的，眾衛兵把聽見李嚴的吼聲，及至趕進來，還瞧那公主在月光下立著的話說了一遍：「等到開啟房門，這公主死在椅上了，不知光下的女子影兒，是鬼是人，可弄不清楚了。」小張侯道：「胡說！人間哪裡會有鬼？這分明是那個女子，先刺死了李爺再行自刎，那是毫無疑義的。」說罷令衛兵們看守著，自己帶了兩名巡命，飛般地奔到大營，把李嚴被刺的事，稟知李自成。

自成正擁著美人，飲酒笑謔，並對那美人說道：「咱不久要登大寶了，到了時候，封你做個貴妃可好？」那美人掩口微笑道：「怕俺沒有那種福氣。」自成大笑道：「那講什麼的鳥福氣，當初咱在陝西，不是朝餓一頓，夜吃一飽的嗎？真個窮得了不得。現在那把金龍交椅，眼見得是咱的了，你想一個人可以斷得定的嗎？那時誰不罵咱是個沒出息的小子，豈知咱有今天的一日？」自成說畢，不由得哈哈大笑，那種得意的醜態，恐怕有十八個畫師也畫不相似。美人聽了自成的一番揚眉吐氣的話，也就順水推船道地：「大王能常念往事，可謂君子不忘舊了。」自成笑了笑，又把大拇指翹著說道：「話雖這樣講，咱能一路直搗北京，勢如破竹，一半也是那結義弟兄的力量，他不但勇冠三軍，簡直智謀俱備，確算得咱手下一員虎將。大凡爭天下的雄主，全恃輔助的謀士良將。從前明朝朱太祖，開有一代的國基，還不是徐達、常遇春、鄧愈、湯和、李文忠等一班人的力量嗎？」自成愈說愈得意，到了興高采烈時，不禁手舞足蹈起來。忽見小張侯形色倉皇走進來道：「不好了，李爺被那公主刺死了！」自成正要端正杯兒去喝酒，聽了小張侯說李嚴被刺，心上嚇了一跳，乒乓的一響，把酒杯也驚落在地，忙道：「李爺怎麼會被那女子刺死的？」小張侯答道：「底細情形，俺也不曾明白，大約是李爺醉酒失了知覺，才遭毒手，否則一個纖纖弱女，何能刺死李爺？」自成大怒道：「那賤人現在哪裡？給咱拿來！」小張侯道：「那女子也自刭了！」自成益發大怒。不知自成說些什麼，再聽下回分解。

拔鬚炙鼻蠹民現怪象　鑿睛敲齒賊將施酷刑

卻說李自成聽說刺死李嚴的女子，已經自剄死了，直氣得咆哮如雷道：「好厲害的賊婢，喪咱一員猛將，快給咱把那女子的屍首，立刻碎屍萬段，方出咱胸中的惡氣！」小張侯領命自去分裂了費宮人的屍身，棄在野外，卻有無數的鴉雀，圍繞著費宮人的屍體。京師的人民，無不稱奇，又憐她忠烈，便偷偷地替她買棺安葬不提。

再說那李自成，見小張侯去了，又傳命把李嚴的遺骸，以王公禮厚殮了，在京城的西山擇一塊吉地埋葬。當舉殯那天，賊營中滿營的將士，都涕泣相送。李自成自己也步行在柩前執紼，許多流賊裡面，倒要算李嚴的結果最不差咧。

那李自成自李嚴被刺後，對於擄來的女子，就異常地防範。在侍寢之前，遍身須搜檢一過。安睡的帳外，令衛卒持械環立，直至次日自成起身方罷。原來自成因費宮人被李嚴要去，心中正悶悶不樂，忽然小張侯又獻進一個美人來，自成把她細細地一打量，竟要勝過李嚴的那個美人十倍。自成不覺大喜過望，到了晚上，命那美人在旁唱歌侑酒。正喝得高興時，突然得著李嚴的凶耗，嚇得自成心驚膽顫的，對自己跟前的美人兒，不免也生了疑心，忙叫左右向那美人身上一搜，並未帶什麼凶器，自成那顆心才慢慢地放下。一面盤詰那美人的姓名，誰知那美人不是別個，正是鎮守山海關的平西伯吳三桂的愛姬陳圓圓。

陳圓圓怎會到自成營裡來？當吳三桂奉命出京，他父親吳襄不許他攜眷上任，三桂沒法，只得將陳圓圓留在京中，自己孤伶伶地起程，往山海關去了。李自成兵進通州，崇禎帝詔頒天下義師勤王，又加吳三桂為平西伯，他帶領邊關勁卒，即日進京。時三桂部下，也有大兵十五萬，他聽得李自成擁兵百萬之眾，怕自己不能和他對敵，一路拖延時日，隻日行軍三十里，到了豐潤，已得京城失陷的訊息，三桂索性停兵觀望不前。自成兵破外城，三桂的父親吳襄，正做著京營都督，京營潰散，吳襄被擒，三桂的母親，聞得吳襄遭擒，就又一氣而絕。那時都督府中，烏亂得一天星斗，吳老夫人一死，老都督又做了虜囚，府中剩了一個柔媚無骨的陳圓圓，除了啼哭之外，一點事兒也不懂得，任憑那些家人僕婦，把府中所有，大家爭奪得赤腳地皮光。更有那些刁滑的僕人，把言語恐嚇圓圓，又用甘言哄騙她，允許送她出京城，往吳三桂那裡。陳圓圓正苦自己是個沒腳蟹，沒有爬處的當兒，聽了僕人的話，自然感激到了萬分。那僕人見圓圓中計，老實不客氣，行第二步的要求，謂：「你要我送到吳將軍那裡，須和我真個銷魂。否則千里迢迢，誰肯為你受這樣苦痛？況且賊兵已經進城，一旦被擄，恐今生永遠不能與吳將軍見面了。」陳圓圓被僕人帶騙帶恫嚇的言語說得芳心猶豫不定，那僕人明明欺她是個女流，乘勢摟住圓圓，做他巫山的好夢。圓圓滿心望那僕人真的送她到三桂那裡，萬不料那僕人原是圖個歡娛，豈有真心對待？且在昔日，圓圓本是禁臠，僕人們休想染指，現在趁這亂世，樂得嘗她幾天溫柔鄉的滋味。這樣地過了兩天，京師內城攻陷的聲浪，早已傳遍了街巷。圓圓深恐落在賊人手中，忙向那僕人催促，那僕人還是一味地敷衍。哪裡曉得這個僕人坐享禁臠的事，又被別一個僕人知道，便也大著膽，把圓圓霸占起來。圓圓剩得伶仃一人，又是弱不禁風的，哪裡能夠抗拒？勢所必然的只好屈從。那先前的僕人，見美人被同夥占去，心裡老大的發憤，僕人和僕人，兩下里為了一個陳圓圓，也爭風吃起醋來了。兩人你一言我一語的，由鬥口而至於動武，末了各人執了快刀，演一出尖刀相會。那兩個僕人在外面潑醋，刀來刀往地狠鬥，不防都督府中的小廝癩兒，年紀已有十六七歲了，正在情竇初開的時候，平日對於這位小夫人圓圓本已垂涎三尺，只是有主僕的名分，不敢放肆。如今見兩個僕人都和那圓圓私通，自己也要想湊個空兒，嘗一嘗天鵝肉。這時趁兩個僕人在那裡打架，癩兒乘勢溜進內室，扭住了圓圓在榻上歪纏。正在得趣的當兒，不期那僕人和僕人兩個鬥了一會，刺得滿頭滿臉都是鮮血，也沒有人去勸他們，兩人鬥到無法解決的時候，互相扭著，一面謾罵著，到內室見圓圓，叫圓圓下個判斷，到底喜歡誰。誰是不喜歡的，就立刻用刀刺死，不得有怨言。兩人約定了，一齊跨進內室的月洞門時，正見那小廝擁著圓圓尋歡，兩個僕人齊齊地大怒，飛步搶將入去，把那小廝兒從榻上直拖下來，雙刀並下，一頓的亂扎，可憐拿個又癩又醜的小廝，只為想嘗禁臠，頃刻做了刀下之鬼，終算也為了圓圓，才送了這條小命。兩僕人殺了癩兒，爭著在圓圓面前，叫她說一句到底喜歡誰。兩人不住地問著，各人仰著脖子，只等圓圓答覆，便好動手。弄得圓圓轉做了難人，不能說誰是喜歡，誰是不喜歡，怎禁得兩人逼迫著要她說出來，圓圓沒奈何，只得說道：「誰送俺到山海關去，就算他是好的。」兩個僕人聽了，齊聲說是情願送夫人前去。這樣一來，你說願送，他也說願送，又是一場沒結果。兩下爭了半晌，各人仗著尖刀，又動起手來，嚇得圓圓縮在床角裡，只顧索索地發抖。兩人正爭執得不可開交，外面小張侯的衛兵，一路挨戶劫掠過來。到了都督府門前，知道做官的家裡一定有錢，兵丁們吶喊一聲，蜂擁進府，一直衝到內室，見兩個家人在那室內狠鬥，兵丁們不管三七二十一，一人賞了一刀，兩個僕人，直挺挺地殺死在地，都為了圓圓一人，又喪了兩條性命，假使他們兩人不爭風吃醋，早就逃走了，何至被賊殺卻！這不是圓圓的害人嗎？

兵丁殺了僕人，一面搜劫財物，驀見榻上伏著一個女子，拖下來一瞧，見她出落得面似秋月，眼若明星，端的是絕色美人，兵丁們大喜，便擁了圓圓去見小張侯，由小張侯進獻與李自成。自成是個好色如命的悍賊，見了圓圓那種輕顰淺笑的姿態，早已魂散魄迷，隨即開筵和圓圓對飲，忽報李嚴被刺，自成也生了疑心，及至向圓圓一盤詰，方知她是吳三桂的愛姬，自成聽了，不禁吃了一驚，暗想吳三桂為當代豪傑，現在擁有大兵，咱要擄了他的愛妾，他必領兵前來報仇，那可怎樣是好？想到這裡，忙召牛金星和宋獻策進帳，把這層情形和兩人說了，要待將圓圓仍舊送歸。宋獻策說道：「三桂雖是英雄，但好色太過，今把他愛姬暫時留著，正好牽制三桂，況他父親吳襄也已成擒，目下可逼他致書三桂，勸他投降大王，那時再送回他的愛姬不遲。」自成見說，連聲道著有理，下令推俘囚上來。便有楊承裕押著吳襄、李國楨等進帳，自成故意拔出刀來要斬吳襄，吳襄原是畏死的老賊，見自成仗刀欲劈，嚇得大驚失色，兩手顫個不住。牛金星在旁，做好做歹地勸住自成，一面密告吳襄，令他作書招三桂來降，吳襄只要保得性命，滿口應承，當場寫了一封家書，由自成派了小校，星夜送往吳三桂的軍前。

這裡自成命將吳襄領往館驛中安息，又使宋獻策來勸李國楨投誠。國禎慨然應道：「要我投降不難，須依我兩件事：一、皇帝皇后的遺體，宜照禮成殮安葬；二、太監杜勛和曹化淳兩人，應斬首瀝血以祭皇帝。」宋獻策回報自成，自成笑道：「第一件是人臣應盡之禮，當然依得；第二件，李國楨是個忠勇的良將，咱殺了杜勛等兩個賣國求榮的閹豎，而獲一忠義之臣，有甚不值？這也可以依得，你去回覆親加慰諭。

李將軍吧！」宋獻策來見國楨，把自成允許的事，約略說了一遍。國楨欣然同了獻策謁見了自成，自成

國楨辭出，往東華門去殮崇禎帝、周皇后及懿安皇后。原來自成進了京城，下令搜尋崇禎帝，到了第三天上，才發現崇禎帝的屍體在萬歲山上（煤山），自成命用雙扉，舁崇禎帝和周皇后屍身，往東華門外搭了蘆蓆棚子，遮在上面。這裡李國楨備了朱漆的梓宮，將帝后安殮起來。崇禎帝戴翼善冠，袞玉，滲金靴；周皇后鳳冠，龍袍，循例殮畢。又殮了懿安皇后，去和熹宗合陵。崇禎帝后的梓宮，安葬在思陵，李國楨又哭祭了一番，恰好自成遣了將校，把曹化淳、杜勛兩人，械繫著押到，國楨咬牙切齒地罵道：「你這兩個賣國的逆賊，今天落在俺手裡，可饒你不得了！」兩人低頭不語，國楨便攘臂捋拳，拔出尖刀來，親自動手，把曹化淳當胸一刀，剜出心肝，杜勛也一般的收拾了，將心肝置在盤內，在帝后的靈前致祭。待到祭罷，國楨叩頭大哭道：「臣力已盡，自愧無能保國，使社稷淪亡，這樣的庸臣，還活著做甚？」說畢提起那把剜心的尖刀，向著自己的頸上一刺，鮮血四濺，翻身倒地。那一旁侍候的賊兵，急急地來搶救，已來不及了。於是飛騎進城報知自成，自成大驚道：「可惜一個忠臣，咱不能用他。」當即命小張侯去備了棺木，厚殮國楨。又命宋獻策選擇吉日準備登極。

其時忽聽得帳外人聲嘈雜起來，自成叫左右去探問，卻是馬軍獲了一個官員，自稱是國丈周奎，要來面見自成，兵士們不去理他，周奎還大擺架子，高聲喝罵，兵士大怒，把周奎的兩手綁了，拔他的鬍鬚。周奎罵一句，兵士們拿他鬍鬚拔去幾莖，越罵得響越拔得起勁，周奎不住地罵，兵士也不住地拔，拔得周奎滿嘴是血，痛得怪叫起來，嘴上的須兒，也拔得半莖都沒有了。周奎平時，最愛他的鬍鬚，常

常自謂為美髯的，今日被士兵拔得頷下變了牛山濯濯，心裡又氣恨，雙手又被綁著不能動彈，便索性望著地下一倒，大哭大叫地鬧個不住。自成聞報，令將周奎推進帳中，楊承裕和周奎本是冤家對頭，承裕的投賊，一半是遭周奎的讒害。所以一聽得周奎就獲，正是冤家路窄，報仇的時機到了。因自成攻陷京城時，楊承裕首先趕到國丈家中去捕周奎，早已逃得鬼也沒有半個，不知怎的，會給馬兵們獲著了。而且別人不識他是國丈，還是周奎自己承認出來的，大約也是他惡貫滿盈了。馬兵擁周奎進帳，楊承裕在旁看時，卻不認得了，謂這個不是周奎，等到仔細一瞧，才看出來是真的。因為周奎的鬍鬚給兵士們拔去，以是承裕見了，竟分辨不出。後來定睛看出形容舉止，知他改容是沒了須兒的緣故，當下向自成稟道：「周奎身為國丈，往時賣官鬻爵，家資富可敵國，此刻被虜，著他助些軍餉也好。」自成見說，對周奎說道：「你聽見了嗎？人家說你家裡很有錢，叫你補助軍餉，你自己肯拿出多少？」周奎磕了個頭道：「大王莫聽奸人的讒言，可惜國家窮得連俸金也不發了，做官的哪裡會有錢？」自成怒道：「咱也知道朝臣中算你最富，你還要狡賴嗎？」喝令左右：「給咱倒懸起來！」帳下的衛兵一聲吆喝，如狼似虎地把周奎吊在木樁上，自成親自執著藤鞭，在周奎的背上盡力抽了一下道：「你可從實說來！」打得周奎和殺豬般叫喊著，忙哀求道：「請大王饒了下官，盡然捐餉五萬，算是贖罪就是。」自成暗笑道：「只打了一鞭，便有五萬，打上十鞭，不是要五十萬嗎？顯見得這廝放刁，他不是真個無錢。」想著又是一鞭，打得周奎涙流滿面，他是外戚國丈，安富尊榮慣的，哪裡受得起軍營中的藤鞭？連連說盡願助餉，又加了五萬。自成仍然不足，於是藤鞭抽了一下，周奎招出幾萬，直增到現銀三百萬，實在說沒有了，周奎的身上，已打得皮開肉綻，話也說不動了。自成怕他死了，沒處去要錢，便令兵士押著周奎，到了他別墅的後園，一缸缸的金銀掘將起來，足有三四百萬，其他珠玉寶石更不知其數。周奎眼睜睜地瞧著家藏所有都被取去，不覺眼前一黑，大叫一聲翻身栽倒。兵士們忙去扶持他，只見周奎兩眼向上，牙齒緊咬，已是嗚呼哀哉了。

自成得了周奎的許多金銀，知道明朝的大官吏都是有錢的，因密詢楊承裕，承裕又說出內官王之心、寧遠伯賈敦謹、尚書呂岱等一班人來。自成叫捕獲王之心，命助餉五百萬。王之心本是很狡譎的，因說自己是個宦官，皇帝國庫尚這樣窮法，宦官隨著皇帝走的，哪裡有餉儲蓄。自成見他嘴硬，吩咐用刑。王之心只是熬刑，任你打得鮮血直流，仍是咬定牙關不說。李自成笑道：「這閹豎狡猾不過，非得用咱制的刑具不可。」說罷令看過刑具來，卻是兩只銅管，做得很是彎曲，還有一隻爐子，兵士將爐子燒著了，拿兩只銅管，通在王之心的鼻孔裡，一端置在爐子裡面。那銅管漸漸地燒紅了，一縷熱氣，直達鼻內。王之心忍不住，大聲喊痛，兵士們不去睬他。過了一會，銅管上下煨得通紅，塞在鼻內的一端炙在鼻上，哧哧地作起響來，痛得王之心倒在地上亂滾，兵士們將他一把執住，身體兒休想動得分毫，硬生生跪在地上聽炙。這個刑法，是李自成親自監工製造的，名兒叫做紅煙囪。王之心被炙得萬分忍耐不住了，只得招了出來，獻出金子二百萬，銀子五百餘萬，珠玉等物都是。還有曹敦謹、呂岱等，也用這個法子，又獻出金銀各三四百萬。自成大喜，重賞了楊承裕。

這時自成登極的日期快要到了，京中無聊的文人，雖然上書勸進，書中雲「比堯舜而多武功，邁湯武而無慚德」，一時略知廉恥的人，謂文人出此，貽羞士人。自成得了勸進書，益發興高采烈，到了登極那天，自成帶了賊將小張侯、楊承裕、白旺等，賊相牛金星、賊軍師宋獻策等，耀武揚威地進了承天門，直至奉天殿上，把鐘撞了一通，那些無恥的文武百官，宰相如魏藻德、尚書劉名揚，武臣如都督吳襄、五城兵監王煥、將軍仇寧，皇族如成國公朱純臣；外戚如周鳳蘭、張國紀等，靦然冠服上朝。自成見百官齊集，便搖搖擺擺地升了御座，百官正要俯伏三呼，驀見自成兩眼一白，大叫一聲跌下御座來。文武百官以及隨從侍衛，慌忙上前爭援，扶起自成，半晌方才醒來，連連咋舌搖頭喊著：「厲害、厲害！」宋獻策、牛金星忙問緣故，自成指著殿中說道：「咱方坐上御座，就有身長丈餘，穿著白衣的人，把鐵錘狠命地擊來，這把什麼的鳥交椅，只怕不是我們坐的了！」於是就坐在殿旁，草草地受了朝賀。自成將百官的姓名，令宋獻策錄了，然後指名某人獻銀若干，如其短少，便把他逮下，命侍衛鑿去他的眼睛一隻。又命成國公朱純臣助餉十萬，朱純臣大驚，只得搜刮家中現金。不滿十萬，自成獰笑道：「你缺乏餉銀，咱也叫你缺一樣兒！」喝令侍衛敲去朱純臣的牙齒五枚，敲得朱純臣血流滿口，自成反哈哈大笑不止。那時朝臣沒有一個不要獻出金銀，稍有短少，便要鑿目割耳，敲齒割鼻咧。要知李自成鬧到怎樣地步，再聽下回分解。

憤爭紅顏思引狼入室　忍棄白髮為揖盜開門

卻說李自成據了京城，自己尊為皇帝，只是不敢升坐御座。百官朝見，都在偏殿。又命改是年——崇禎十七年為永昌元年，傳諭詔工匠鑄永昌錢，字跡模糊不辨，又命熔去重鑄，依然鑄不清楚；再命三次鑄錢，還是不成。自成大怒，令把金銀鑄成每重斤餘的大餅，中穿巨孔，共熔鑄成四十三萬七千五百六十枚。又命鑄永昌璽印，屢鑄不成，自成怒不可遏，令將國庫中的所有玉石金銀銅鐵各印，一齊銷毀了，憤氣方得略平。

那時朝中的諸臣，沒有一個不受鞭掠撲笞。自成使宋獻策錄名，按著官級獻銀。一品大臣及王公外戚，每日獻金銀各一斗；二三品的，挨次照減，違忤者或是鑿去眼睛，或是敲去牙齒，或剗去鼻頭，或摘去耳朵，不到旬日之間，滿朝文武大臣，個個弄得隻眼缺鼻，獨耳破唇。那幾個敲去牙齒的廷臣，於陳述時無齒漏風，言語未免含糊，自成嫌他們講話不明白，令侍衛割去舌頭；又有剗鼻的說話嗡嗡不得響亮，自成著割去剗鼻者的臂肉，為代補缺鼻；還有鑿去眼睛的，上朝時候，自成嫌他獨眼難看，又疑心是學著自己——自成亦獨眼，一目於陷河南時所創——便叫侍衛去剜了罪犯的眼珠來，替獨眼的補上，以致血流滿臉，眼不曾補好，痛倒要痛死了。自成見補眼的仍補不成，索性把那隻好的眼睛也剜去了，弄得獨眼的成了盲目，退朝下來，只好摸索回家。可憐那些朝臣一再的受刑，滿朝人，除了牛金星等一班賊黨之外，凡是投誠的大臣，竟沒有一個是五官周整的，都被自成糟蹋得變作五形不全，好好的朝堂，好像是一所殘廢的病院了。到了後來百官都不敢再去上朝，大家閉門不出。自成見沒人朝參，不覺大怒，命小張侯按著所錄的姓名，一個個地逮繫了來，一般賊兵，見殘疾的人就捉，獨眼缺鼻的官員，鐵索郎當，絡繹道上。京師的百姓，當作一樁新鮮事兒看，還指指點點地說道：「某官員是第一個迎賊入城，如今可變作瞎眼了。」又一個說道：「某官員也是投順賊兵的，現在連鼻頭也沒有了，那是不忠的報應了。」眾人議論紛紛，聽得那班殘廢的官員人人低著頭，含羞無地，心裡雖是十分懊喪卻已來不及了。

當賊兵攻陷外城的當兒，吏部尚書蔡國用，侍郎程國祥，大學士范景文，三人相約：賊若破城，即行投河自盡。第三天上，內城由太監曹化淳獻門，賊兵一湧而進。三人聞得賊兵已經進城，自然要行踐約了。侍郎程國祥，深怕蔡國田和范景文不能如約，自己獨死未免太不值得，便喚僕人吩咐道：「你可到范相公的中去探視一會，看看范相公此刻在家裡做些什麼，立即來報我知道。」僕人領命，去了半晌回來說道：「小人到范相公那裡，見相府中正鬧得烏煙瘴氣，一家哭聲大震，聽說范相公已投河殉節了。」程侍郎聽了，倒抽了一口冷氣，覺得自己若偷生，豈不愧對親友？撫心自問，也無顏見地下的范景文。想到這裡，就咬一咬牙，決意投河自盡。於是一口氣奔到了河邊。時春寒正厲，侍郎尋思道：「就這樣跳下去，天乃太冷！」因脫去了靴兒，坐在河邊，先把腳伸在河中試探一下，覺得水寒刺骨，忙縮足不迭道：「這股寒冷，怎樣可以投河？」就赤足步行回家。不料他的妻子羅氏，聞得侍郎投河殉難忙也引帶自縊。及至侍郎不忍尋死，回得家來，侍郎夫人倒氣絕多時了。程侍郎見夫人自縊，悲憤交並，暗想我難道不及一個婦人嗎？不如也自縊了吧！想罷即取帶打結，懸在床檔的旁邊，先定一定神，才頓足切齒地把頸子套進了帶結中，雙腳一縮，身子還不曾懸空，覺喉中如有物阻塞著一般，氣急又是難過，幸得吊得極低，慌忙腳踏實地，去了帶結，心想自縊也是極受罪的一件事。思來想去，一時終籌不出死法，只得轉身出來，叫那僕人到蔡尚書國用府中去，看蔡相公死了沒有，立刻回報。僕人如飛地去了，不一刻回來說道：「蔡老爺和夫人小姐及幾個愛姬，正團團地圍了一桌，在那裡大嚼咧。」程侍郎聽說，不由得哈哈大笑道：「俺曉得老蔡未必不肯死，且去看他去！說著便著好了鞋襪，匆匆地跑到了尚書府，一直衝進大門，高聲叫道：「老蔡，你還不曾死嗎？」

蔡國公方面南高坐著歡呼暢談，聽得有人喚他，不覺吃了一驚，忙舉頭看時，見是侍郎程國祥，頓然記起相約投河殉難的事來，不禁滿面含羞地起身說道：「不瞞老哥說，我因決計自盡了，現在和家人設宴訣別。你來得正好，大家喝上幾杯，死了也好做個飽鬼。但不知范相公怎麼樣了？」程侍郎苦著臉答道：「俺也為了這件事。聽聞說老范已經踐約自盡了。那麼我們偷生，怎樣對得住老范呢？」蔡國用變色道：「景文果然死了嗎？」程侍郎正色答道：「誰和你開玩笑？方才俺從他們家門前經過，見大門上高高地懸幡哩！」蔡國用呆了半晌，毅然說道：「死吧，死吧！我們且飲上幾大觥！」說時邀程侍郎入席，親自斟了一杯遞給了程侍郎。於是你一杯我一杯，已喝得有些醉醺醺了，程侍郎帶醉說道：「老蔡，時光不早了，俺看早晚橫豎是一死，趁賊兵還沒有殺到，俺們踐了老范的約吧！」蔡國用沒法，只好跟著程侍郎，兩人一前一後同到門外的河灘邊。但見洪流滾滾，道上已半個行人都沒有，只隱隱地聞得遠處喊殺連天，火光不絕。程侍郎說道：「老蔡，你可聽見嗎？賊人正在焚掠殺戮，俺們可以下去了。」蔡國用皺著眉頭道：「那你先下去吧！」程侍郎哪裡還答應得出，兩人你推我讓，都不肯先行投河。末了，兩人手攙著手，慢慢地從沙灘走下河去，由淺入深，河水才沒到腳踝，蔡國用的兩腳叫已發顫，口裡連聲說道：「不好！不好！」程侍郎也停住腳步，不敢再走。兩人立在淺水灘上，索素地只是發抖，面上慘白得沒了人色。正在進步不得的當兒，忽然見蔡國用的愛姬蓮娘從府中飛奔出來，鶯聲嚦嚦地向蔡國用說道：「你倒捨得去尋死了，撇下我們到哪裡去？快起來吧，我們要死一塊兒死去！」蔡國用見說，「哇」的一聲哭出來了，回顧程侍郎道：「讓你去留芳百世，做個忠臣，咱可不願意尋死了！」說罷，帶跌帶爬地走上岸去，程侍郎也忙轉身跟了蔡國用登岸，重行進了尚書府，蓮娘還不住地罵個不住。蔡國用一聲不則的，和程侍郎換去了身上的溼衣，一面叫燙上酒來，兩人對飲解寒，三杯下肚，蔡國用嘆口氣道：「好好的人，為什麼無端要去尋死？古人說得好，螻蟻尚且貪生，好死不如惡活，倘我們也和老范似的真個去跳在河裡淹死了，還能夠這樣的對飲嗎？」程侍郎也嘆道：「說它做甚，只算俺的內心晦氣罷咧！」蔡國用詫異道：「尊夫人已殉節了嗎？」程侍郎道：「倒不是嗎？」因把他夫人聞知自己投河，便自縊而死的話，約略說了一遍。蔡國用也為嗟嘆不置。兩人對飲了一會，才盡歡而別。哪裡知道兩人投河又止，畏死偷生的事，被僕人們傳播出來，弄得京城的士大夫沒有一個不曉得，大家當作一樁新聞講，一時傳為笑談。

那時崇禎皇帝殉國的訊息，傳到了吳三桂的軍前。三桂擁著大兵，卻怕李自成勢大，只是按兵不動。正在觀望不前，忽報李自成遣使來到，吳三桂吃了一驚，當即命左右傳進帳中。使者禮畢，呈上吳襄的書信，三桂拆開來看時，見上面寫道：

長白吾兒知悉：今吾君已逝，新主登極。汝自幼稚得膺榮爵，不可謂非一時之僥倖。頃者明祚調殘，天命已定。識時務者俊傑，自當及早棄甲來歸。奈何猶自恃驕軍，擁兵觀望乎？大丈夫須順天循時，擇主而事，當不失通侯之賞，亦所以成孝道之名。苟執迷不省，則父遭慘戮，家屬受屠。既不能忠以報君，又不獲孝以護父。臣節有虧，身名兩敗，祈三思之。書到之日，宜即遵行，慎無躊躇，自貽伊戚也。此囑！

三桂讀了他父親的手書，半晌猶疑不決。要想投誠，恐被世人唾罵；如其不降，又怕自成勢盛，自己敵他不過。正在猶豫不定，又報京師有都督府的僕人求見。三桂急命喚入，那僕人叩了個頭起身，三桂忙問道：「京中怎麼樣了？」僕人稟道：「都中自闖賊攻破城垣之後，到處焚掠殺戮，不論官民，除了殉節的大臣府第不曾蹂躪外，其餘無一倖免。」說到這裡，三桂喝住道：「別的不用你說，俺只問你家中怎樣了？」僕人答道：「都督府已被賊兵劫掠得不成樣了……」三桂不待那僕人說畢，介面問道：「人口都無恙嗎？」僕人垂淚答道：「太老爺給賊擄去，太夫人因此急死……」那「死」字才吐得一半，三桂帶怒罵道：「混帳！誰來問你太老爺太夫人？俺問的是陳夫人可安？」僕人嚇得屈了半膝，顫巍巍地答道：「陳夫人已被闖賊擄往營中去了。」三桂失驚道：「這話當真嗎？」僕人哭喪著臉答道：「那是小人親眼看見的。」三桂聽罷，驀地從腰間拔下那寶劍來，「啪」的一劍，將案桌斫去一角，直飛出丈餘外。又咬牙切齒地恨道：「闖賊！李自成你這逆賊！俺吳三桂和你勢不兩立了！」說罷嗆啷的一聲，將寶劍擲在地上，帳下將士都齊齊地吃了一驚。三桂怒氣沖沖地拂袖進後帳去了。這時部下的諸將，個個驚疑不定，正不知三桂是什麼用意，還有那李自成差來的使者，見三桂這種情形，知道有些不妙，又回想至吳三桂的父親吳襄，現拘留在自己軍中，諒吳三桂斷不致忍心棄父，會有什麼變卦出來，所以放大了膽：在營中安心等候回書。

到了下午，吳三桂便點鼓升帳，大集諸將商議道：「闖賊現居神京，逼死皇帝，這樣大逆不道的流賊，還敢挾俺投誠，未免欺俺太甚，列位可有破賊的良策？」說罷，將吳襄的手書傳觀諸將，時帳下總兵郭壯圖、馬寶，副總兵胡國柱、馬雄，參議夏國相，謀士孫延齡，副將高大節、吳琛等，看了吳襄的勸降書，大家默默無言。獨參議夏國相說道：「將軍欲討闖賊，雖是名正言順，怎奈吳老將軍軟禁賊寨，寧非投鼠忌器嗎？」三桂憤憤地說道：「本爵（三桂時封平西伯，故雲）君國之仇未復，豈能復顧私情？況古有大義滅親，昔項羽欲烹太公，漢高猶言分我杯羹。今日本爵盡忠不能盡孝。那也顧不得許多了。」說罷則傳自成的使者上帳，喝令刀斧手推出斬首。夏國相諫道：「兩國相爭，尚不斬來使，遑論草寇的走狗，何足汙我斧鉞？」三桂點頭說道：「參議之言有理，命割去使者的耳鼻，令回去報知自成，義師不日到了，叫闖賊準備肉袒請降就是了！」使者抱頭鼠竄地連夜回京中去了。

這裡三桂選擇吉日，慷慨誓師，口口聲聲為國驅賊，說得聲淚俱落，將士人人流涕，個個義憤填膺，都當三桂是真個忠君愛國，哪裡曉得他這樣的憤興義師，還是為了一個美人陳圓圓，卻假著君國大仇的名兒，利用軍心，也算狡猾極了。又命夏國相起草作了一篇討賊檄文，頒行各處。檄文道：

闖賊李自成，以麼麼小醜，蕩穢神京。日色華光，豺狼突於禁闕；妖氛吐焰，犬豕據乎朝廷。逼帝后於泉臺，填小民於溝壑。絕無惠德，只事淫威，本夜郎自大之心，竊天子至尊之位。又復窮極悍惡，晝夜宣淫；更旦逞盡貪殘，日夕搶掠。於是神州赤縣，變成棘地荊天；嗟我首都京華，化為妖坎賊窟。本爵身膺邊陲之寄，心懷君國之憂。悲象魏凌夷，憤梟酋殘虐。爰興義師，藉除暴逆。凡我官吏，爾儕軍民，當知國家厚澤深仁，自應報本；親睹闖賊凶悍慘酷，群起誅奸。揮逐日之戈，奏回天之力。順能克逆，誠志所孚，義聲所播，一以當百。試看禹甸之歸心，仍是朱家之正統！

吳三桂頒了檄文，又大集諸將商議道：「本爵此次為國復仇，義師一舉，天下響應。但在直搗京師的當兒，第一要兵力雄厚，俾得一鼓逐賊，然後擇皇族近支，重立明祚。不過這句話談何容易？現在賊人擁百萬之眾，俺如沒有相當的實力，只怕未必能夠成功。」諸將齊聲說道：「將軍忠忱為國，義師所經，勢如破竹，何患賊兵不滅？現下寡眾雖懸殊，所謂一以當十，丑類自是不敵。」三桂搖頭道：「不是這樣講的，俺已等得熟了，目今建州方在興盛的時候，他們也曾受過明朝的恩典，俺將致書與建州皇帝，曉以大義，向他借一旅之師以平國亂，諒他們也不至於見拒的。」夏國相道：「建州現在方強盛，虎視眈眈，正苦沒有機會，今若借他們的兵馬定亂，他們以為有機可乘，倘亂定之後，將軍對於這是兵強將勇的建州人又怎樣地處置？這引狼入室的計劃，猶之飲酖止渴，還是不幹的好。」吳三桂因志在奪回陳圓圓，把關係利害毫不計及，一心要向建州借人馬，聽了夏國相的話，便微笑答道：「參謀遠慮果然不差，但俺去借建州的兵馬，將來亂定，權還在我，以俺的意思，至多把遼薊兩處作為酬謝他就是了，還怕他爭皇帝做嗎？俺主旨已定，列位且退，待俺借到了建州人馬，再同心戮力地討賊去！」諸將聽了，都面面相覷，半晌作聲不得。夏國相私自嘆道：「吳將軍不聽好言，他日必有後悔的一天。」當下吳三桂不聽夏國相的諫勸，連夜修成一封書信，差了一個專使往建州借人馬。

其時清朝的太宗皇帝已經賓天，太子福臨接位，年紀還只有九歲，由裡族多爾袞做了攝政王，一切朝中的大事都是攝政王一個人獨斷獨行的，福臨不過是個傀儡罷了。至於其他的親王大臣，只有官職而無權柄的，誰敢說半個「不」字？原來，清朝的英明皇帝即清太祖努爾哈赤共有十四位皇子，這十四人當中，除了八皇子皇太極（即太宗）已嗣位做皇帝外，就中最是英毅有為的，要推九皇子多爾袞了。那多爾袞的為人，外貌似極誠愨，胸中卻是機詐百出，在滿洲旗人當中，的確算是個傑出的人材了。當英明皇帝未逝世時，諸王子裡面最喜歡的是多爾袞，滿心要立他做個太子，又恐蹈了廢長立幼的覆轍，所以始終不曾定奪。英明皇帝死後，多爾袞還不過十四五歲，雖說是聰明伶俐，到底年齡幼稚，做不出什麼能為來，所以這個皇帝的大位，終被八皇子皇太極占去。但皇太極死後，這大位應該是多爾袞的了，他卻不要做皇帝。若知多爾袞為甚不要做皇帝，且聽下回分解。

鳥語花香九王爺竊玉　劍光燈影文皇后殲情

卻說太宗皇帝的文皇后，是科爾沁部博爾濟吉特塞桑貝勒的大女兒，芳名喚作玉姑，她雖生長在關外的沙漠地方，卻出落得桃腮粉臉一雙盈盈的秋水，兩道彎彎的蛾眉，襯上她硃砂也似的櫻桃小口，輕盈一笑，顯出深深的酒暈，更兼她身材裊娜，柳腰纖纖，芳容的妖嬈，體態的嫵媚，娉娉婷婷，端的是月裡姮娥，洛水仙女，因此在關外赫赫有名，都稱作第一美人。她還有個妹妹小玉姑，生得和她姊姊一般的婀娜嫵麗，年紀才十三四歲，已是明豔秀媚，玉骨冰肌。看見的人，誰不讚一聲「好一對姊妹花，正不知誰家郎君得消受這樣的豔福咧」！那玉姑到了十八歲上，吉特塞桑貝勒把她許配給葉赫部的世子德爾格勒做了妻子。吉特塞桑貝勒只顧著門楣問題，以為自己是科爾沁部，和葉赫部締婚，同是皇族，門當戶對，也算不辱沒了自己的女兒。老貝勒是這般著想，倒不曾顧到女婿一層，配得上玉姑配不上玉姑，只含含糊糊地允了婚事。

及至迎娶過去，第一夜洞房花燭，玉姑偷偷瞧瞧她那個丈夫，不覺吃了一驚，芳心裡一陣的難受，早撲簌簌地掉下淚兒來。因那德爾格勒世子，生得又黑又肥，身體胖得長不滿三尺，狀貌臃腫得不成個模樣兒，兩只骨溜的眼睛，深深地凹在眶內，鼻孔撩天，嘴唇斜缺，倒翻著一對耳朵，頷下蓬鬆的茅柴鬍鬚，說起話來，又啞又破碎的喉嚨，加上他一張天生奇醜的面孔，分外見得討厭。你想玉姑有關外第一美人之稱，後來連洪承疇經略都要被她迷得神魂顛倒，現在嫁了這樣一個醜陋的丈夫，怎不叫她心酸落淚呢？偏偏那個不識趣的德爾格勒見玉姑珠淚沾襟，當她是別母離親暗自傷心，所以做出十二分的溫存樣兒，再三地向玉姑慰勸道：「你不要這樣傷心，哭壞了你的身體使咱心痛，你如若想念你的母親，咱明天一塊和你到岳家去，我們兩個就在科爾沁部玩它幾天再回來不遲。」玉姑見德爾格勒裝出又似笑又似哭的一種怪相，笑起來張開血盆般的大口，那副嘴臉真可惡極了。心中一惱恨，伸手把德爾格勒一推，回過頭去忍不住嗚嗚咽咽地痛哭不住。德爾格勒自覺沒趣，但娶著了這如花似玉的美貌嬌妻，心下實在快活的了不得，休說是玉姑不去睬她，就連打他幾個嘴巴子，他也是情願的。玉姑一味地哭著，德爾格勒只是一味地向玉姑歪纏，由黃昏直鬧到三更多天，玉姑知道逃不出這個關口，只得嘆了一口氣，起身卸裝安寢，德爾格勒自然異常巴結，忙著替玉姑脫衣換帶，還跪在地上給玉姑褪去了蠻靴，更了羅襪，諸事收拾停當，夫妻始雙雙共入羅幃。

第二天的清晨，德爾格勒極早便起身，吩咐衛兵備了兩乘繡幔的大轎，擺起了全副儀仗，六十四名親兵，和玉姑上了轎，往科爾沁部岳家來。吉特塞桑貝勒與老妻祜兒福晉，聞報是新姑爺來了，忙叫家人懸燈結綵，安排酒宴。將近晌午，一騎馬飛奔前來說道：「新姑爺的輿從離此只有一箭多路了！」吉特塞桑貝勒吩咐大開中門，自己和祜兒福晉站在門前迎接。不多一會，鑼聲噹噹不絕，接著是一陣的喝道聲，便見儀仗一對對地到來，都排列在大門外的兩旁，六十四名護兵擁著兩乘繡幰珠簾的大轎，直抬到二門前停下。六十四名護兵，齊齊地吆喝一聲，這裡吉特塞桑貝勒家的衛兵，也列在兩邊，自大門前起，直立到中門止，一個個鮮衣華甲，刀槍如霜。他們見葉赫部的護兵吆喝一聲，科爾沁部的衛兵也一聲威武，算是答禮。那轎面前珠簾，也隨了這聲吆喝聲慢慢地捲起，早有科爾沁部侍候著男女廝僕，直搶到了轎前，男僕扶著新姑爺下轎，女婢已擁了玉姑，和群星捧月似的，由祐兒福晉接著，眾婢女嚶嚀一聲，蜂擁般地進內室去了。吉特塞桑貝勒便也迎接新姑爺德爾格勒進了中門，翁婿想見，行了一個拘腰禮。這是滿洲最尊敬的意思，非接待貴客是不行的。翁婿行禮已畢，家役們已排上宴來。吉特塞桑貝勒讓德爾格勒上坐，自己在側首陪。又命將葉赫部隨來的衛兵人員一概在外廳賞賜筵宴。正廳上翁婿兩人談談說說地開懷暢飲，那玉姑經祐兒福晉和眾婢專把她迎入內室，玉姑也不及說話，一頭倒在她母親祐兒福晉的懷裡，抽抽噎噎地哭了起來。祐兒福晉弄得摸不到頭腦，忙把她愛女向懷內一摟，很親密地問道：「好兒子，什麼事要這樣傷心？你只管說出來，有母親替你作主。」玉姑益發哭得悽慘，含淚說道：「父親配得好親事，你不去看看那人的嘴臉是怎樣兒的！」祐兒福晉聽了，不禁詫異道：「葉赫部的世子，人家不是說生得很雄俊的嗎？俺此刻倒沒有留神瞧看他。」母親正在說話，忽女婢報新姑爺來謁岳母了。祐兒福晉見說，便起身出房，見吉特塞桑貝勒同著一個又黑又矮的醜漢一路說笑著進來，那醜漢穿著遍體華服，非但不見一些好看，反而越顯出他的醜陋來。祐兒福晉料得那醜漢就是自己的大女婿了，心裡尋思道：「怪不得玉兒要傷心了，看他這副尊容，的確難看得很。俺家這樣如花似玉的好女兒，去配這樣一個醜漢，不是要使親戚朋友們見笑嗎？」祐兒福晉心下一氣，霍地回進房中，不肯出去見禮。經女婢僕婦的相勸，祐兒福晉哪裡肯聽？後來吉特塞桑貝勒親自入內勸駕，又譬喻一番，祐兒福晉沒得推卻，只好勉強出來和她女婿德爾格勒想見了，連半句話也沒有攀談，只不過見了個禮，就顧自己進房去了。吉特塞桑貝勒又陪著德爾格勒到了外廳，重行入席歡飲。等到酒闌席散，德爾格勒起身告辭。照例：新女婿上門，岳家要留他盤桓幾天的。這時因祐兒福晉不喜歡這個女婿，吉特塞桑貝勒也並不款留。誰知玉姑卻依在祜兒福晉懷裡，死也不肯回去了。祜兒福晉附著她粉耳低低說了幾句，玉姑才含淚出房。只見她妹妹小玉姑一跳一跳地進來，看著玉姑笑道：「姊姊還要跟了那醜漢回去嗎？」祜兒福晉忙喝道：「油嘴的丫頭！姊丈也不叫一聲，什麼醜漢不醜漢！」小玉姑瞪著兩只小眼睛，偏了小嘴兒，把頭一側道：「什麼姊丈，俺家放馬的黑奴，要比他好看多呢！」一句話說得一班婢女僕婦都掩口吃吃地好笑。祜兒福晉待要去扭小玉姑的粉腮，她已三腳兩步地跳走了。玉姑聽了她妹妹小玉姑的話，不禁又觸動愁腸，直哭得仰不起頭來。祜兒福晉又極力地勸慰著，玉姑只等拭去眼淚，匆匆地上轎回去。

光陰駒隙，轉眼三朝，蒙人的俗例：女兒嫁了人，三朝要歸寧探父母的。玉姑捱到了三朝，便獨自坐了一頂小轎，帶了四名護兵回到母家，一面打發了轎伕和護兵回去，並由婢女傳出話來，叮囑那葉赫部跟隨來的護兵說道：「回上你們姑爺，俺家姑娘須盤桓幾天回去，你們不必派人來接，俺家自會送姑娘回來的。」護兵領命，自和轎伕抬了空轎回葉赫部去了。從此玉姑住在母家，一過半年多，平日和她妹妹小玉姑說笑解悶，再也想不到回夫家了。那葉赫部的世子德爾格勒，也曾派人來接過幾次，終是空轎打回。末了，那德爾格勒再也忍耐不住了，便親自來接玉姑回去，祜兒福晉不好阻攔，只得任玉姑回家，但過不上半個月，玉姑又回到母家了，她一經到了母家，就想不著回去，必定要德爾格勒發急，親來迫著她回去，才算到夫家去住上十日八天，至多半個月，又要想到回母家了。德爾格勒有時不許玉姑歸寧，她就尋死覓活，弄刀繫繩，嚇得德爾格勒不敢阻擋。由是玉姑歸寧，經了整年不回去。初時德爾格勒親自來接，還跟了他就走；到了後來，任德爾格勒咆哮如雷，玉姑索性不去睬他了。要她自己想回去就回去，她自己不願意回去，任葉赫部的老部主金特石來勸她都不中用的。德爾格勒知道這個嬌妻終久是收不服的，只恨自己生得太醜陋了些，難得閨中人的歡心，德爾格勒心裡一發狠，竟悄悄地跑到莽葛爾山中披髮修道去了。玉姑聞得這個訊息，好似罪囚脫去了身上的鐐銬，覺得渾身輕鬆了許多。於是很高興地天天和妹妹小玉姑到別爾臺山的圍場中去打獵。

這別爾臺山，在科爾沁、葉赫、瑪賽別、建州衛四大部落交界的所在，地面一半是科爾沁部的邊域，卻算得個公共的圍場。山上的狐兔野鹿等獸類最多。葉赫、建州、瑪賽則三大部的王孫公子常常帶來了護兵到山下來打圍的。那圍場也算得是一處貴族獵場，因往常的平民是不許到這裡來打獵的。玉姑和她妹妹到這裡來打獵，一半也是含著擇婿的意思。有一天上，事有湊巧，恰好建州的八皇子皇太極領著一班侍衛，駕著鷹犬，到別爾臺山來打圍，打了半晌，山下驀地跳出一隻白兔來。皇太極彎弓一箭射去，正射在白兔的尾巴上，那隻白兔一蹶一跳地望前直奔，皇太極控著怒馬，連連加上兩鞭向前追趕，轉過山坡，那白免被山石一絆，撞倒在地，皇太極跳下馬來，伸手待去捉時，那兔兒顛了兩顛，爬起來翹著尾巴又逃走了。皇太極撲了個空，因用力太猛了，幾乎向前傾跌，連忙使一個鷂子翻身，雙腳才得立穩。忽聽得山坡下面鶯聲嚦嚦的有人喝采，把個皇太極脹得滿臉通紅。抬起頭來向山坡下瞧看，原來是一群粉白黛綠的美人兒，也在那裡打獵，就中有兩個美人，一個有二十來歲，一個約有十五六歲，一般的生得玉雪花貌，身上都是貴族打扮，其餘穿的雖也富麗，終不及那兩個來得華貴，大約是婢女了。皇太極倚在馬旁，那兩隻眼睛好似定了神般的，呆呆的只是發怔。那個二十來歲的美人，騎在銀鬃馬上，忍不住把羅巾掩著朱唇，斜睨著皇太極嫣然地一笑，這笑真是千嬌百媚，看得皇太極身體酥麻了半邊。那美人便嬌滴滴吩咐婢女道：「俺們回去了吧！」這一聲在皇太極的耳朵裡，真好似出谷的黃鶯，真叫人魂蕩神迷。那美人說了這一句，旁邊的婢女就圍繞著如飛地出了圍場去了。皇太極哪裡捨得，忙也跨上了雕鞍，疾馳地從後追來。看看一群女子走進一座皇府中跳下馬來，那年長的美人，又回頭來瞧著皇太極一笑，姍姍地進二門去了。皇太極直等到瞧不見了影兒，才嗒然兜轉了馬頭，懶洋洋地回到圍場，也無心打獵了，一路回到盛京，急急打發人來打聽，方知那美人是科爾沁部吉特塞桑貝勒的格格，已經嫁給了葉赫部的世子了。皇太極聽說，不由得冷了半截，半晌說不出話來。從此，皇太極的腦海裡，深深有了那美人的印象。

是年因葉赫部幫了明朝攻打清朝的盛京，松山一戰，明兵大敗。清朝英明皇帝班師回來遷怒葉赫部，親統大兵往征，一場血戰，打破了葉赫部，恰好皇太極做了先鋒官，他一打進葉赫部，帶著士兵大肆劫掠，部下的兵士擄了一個美人來獻，那美人自稱是科爾沁部的格格來此探視親戚的。皇太極出來一瞧，見那美人正是那天打獵遇見、早思夜想的心上人。原來那時正逢著葉赫部部主金特石六旬大慶，世子德爾格勒雖已出家，玉姑的翁媳名分還在，所以由吉特塞桑貝勒叫他女兒玉姑前來拜壽，正在壽筵大張，鼓樂喧天，忽報建州人馬已漫山遍野地殺來了。葉赫部主金特石，慌忙下令張號集隊，準備禦敵，外面清兵已團團圍住，玉姑因此不及逃回母家，也被困在裡面。清兵攻破城堡，玉姑帶了兩名婢女從後官逃走，仍被清兵獲住，送到皇太極的營中。皇太極這一喜，好似天上憑空掉下一件寶貝來，這一夜就在軍營的大帳內和玉姑成就了好事。其間的歡愛自不消說得。

第二天上，皇太極派了親信侍衛送玉姑回科爾沁部，一面稟知英明皇帝，一面飭人向吉特塞桑貝勒求婚。吉特塞桑貝勒見葉赫部已亡，建州正在強盛的時代，自己女兒早晚要醮人的，既有了這個機會，正是求之不得，便一口答應下來。這裡英明皇帝很愛皇太極英武，所有要求自然無有不允的。當即派使臣下聘，擇日替皇太極迎娶。過門之後，一雙兩好，皇太極和玉姑愛情的深篤，真是到了十二分。及至英明皇帝駕崩，皇太極恃著威權，居然據了大位，就封玉姑為孝莊文皇后。那時睿親王多爾袞，還只有十四五歲，皇帝是他第八個哥哥，又因他年紀還小，常常出入宮禁，並不避嫌的。皇太極自從做了皇帝（即太宗），又納了兩個美貌妃子，對於文皇后不無分愛，又以軍國事繁重，常宿御書房內，一個月進宮不上七八次，又要顧及妃子，待文皇后的愛情，漸漸不似從前的密切了。那文皇后是個愛風流的美人，她見太宗皇帝這般冷淡，春花秋月，少不了起一種香衾辜負的怨懟，於是觸景生感，見她小叔多爾袞也生得眉清目秀，齒白唇紅，不免生了愛慕之心。多爾袞方在情竇初開的當兒，見他嫂嫂這樣多情，豈有不領略的道理。叔嫂間起初只眉來眼去，兩下到了情熱百度不可遏止時，就在幽宮冷殿偷偷地去償他們的心願。

但似這般鬼鬼祟祟的，文皇后終嫌不能暢所欲為，便聲言出宮去打獵，在外面擇了兩名鑲黃旗的美貌子弟，扮做宮女混進了晉福宮（文皇后時居晉福宮），從此就天天行歡作樂，好不有趣。萬不料事機不密，被多爾袞衝進宮來撞見，不覺一縷醋意由腳跟直衝到腦門，怒沖沖地走出宮去，文皇后見事情弄糟，忙親身行到宮外，一迭聲地叫：「老九（多爾袞是英皇帝第九子）！你回來，俺和你說話商量咧！」多爾袞一面走著，一面搖頭道：「沒有什麼商量，沒有什麼商量！」急得文皇后三腳兩步地趕上去，將多爾袞一把扯住衣袖，狠狠地瞪了一眼道：「老九！你真的這樣硬著心腸嗎？」這句話才出口，文皇后早已嗚咽起來了。多爾袞忍不住笑了笑，兩人手攙手進了宮，吩咐宮女和那兩名侍候的少年，一併退出宮外。那些宮女們，只聽得內室中一會兒嬉笑聲，一會兒哀懇聲，卿卿噥噥地從午後直鬧到深夜。忽然文皇后喚了兩個親信宮侍進去，不多一刻，傳出一口寶劍來，令將兩個宮娥立刻賜死。這兩名宮娥，就是鑲黃旗的少年子弟所改扮，只有文皇后親信宮人知道的。不知文皇后為什麼要殺那少年，再聽下回分解。

風掃殘雪三桂奪圓圓　露滴金枝睿王娶嫂嫂

卻說睿親王多爾袞，人家都稱他作九王爺，為人精明強幹，在十二三歲時隨著英明皇帝出兵打仗，已能運籌決算，策畫軍機。所以英明皇帝非常地喜歡他。當太宗繼統時，多爾袞年齡還幼小，時常出入宮闕。到了十六七歲，竟和文皇后勾搭上了。叔嫂兩個，藍橋暗度，十分祕密。但太宗皇帝見多爾袞材略超群，每每派他去出征，不能常常和文皇后聚在一塊，把個少年風流的文皇后弄得望穿秋水，好容易盼到多爾袞回來，親熱得不多幾時，多爾袞又要奉命出征去了。這一次出征和明朝軍馬大戰，建州人馬吃了兩個敗仗。及至一打聽明督師的主帥，知道就是號稱中原才子的洪承疇。太宗皇帝聽了連連扼腕嘆息，又極力讚許承疇，意思是想叫那洪承疇來投誠自己。與眾親王郡王、文武大臣籌商良策，終想不出兩全的法兒。後來被文皇后聽得，就自願擔任去賺洪承疇，居然被她大功告成，生生地把洪承疇弄到建州。不過承疇雖投降了清朝，太宗皇帝對於文皇后愛情卻越發比前淡薄了。文皇后也明知其中的緣故，只有自怨自艾，想到了傷心時便抽抽咽咽地痛哭一會。那知多爾袞自接了征伐大權，也不大有閒工夫進宮，文皇后怎肯香衾獨抱？便悄悄地向外弄了兩個少年進宮，暫時遣她的寂寞。

其實多爾袞的威權日漸張大，公卿大夫、親王貝勒多半是他的黨羽。大凡朝中出了傑出的梟雄，自有那些蠅蟻去附他的腥羶，因此朝廷內外雜事，一舉一動，多爾袞無不知道。文皇后有了兩個面首的人，早有他的心腹內侍去祕密報知，多爾袞聽了，不禁起了醋意，便乘文皇后不備，昂然衝進宮去。好在多爾袞是走慣的，無須請旨和宣召等手續。當多爾袞跨進晉福宮門，正值文皇后和兩個少年在那裡調笑。多爾袞一眼瞥見，就心裡明白，料定那宮人是男子改裝的，這鬼把戲原只好瞞過太宗皇帝，怎能瞞得過多爾袞？所以他腳步也不停，轉身便走。文皇后到底心虛，忙把多爾袞喊住，還要想遮掩一下，被多爾袞一口就道破，文皇后沒得抵賴，心裡著起急來。文皇后的宮女從窗隙中偷看，見多爾袞仰著脖子坐在繡椅上，眼瞧著屋頂，不住地把頭亂搖。文皇后斜靠在椅旁，嘴裡咭咭咕咕地說了半晌，多爾袞依舊搖頭；一會兒文皇后忽地坐在多爾袞的膝上，伸出雪藕也似的玉臂，摟住多爾袞的頭頸附耳說了一會，只見多爾袞把文皇后一推，要立起身來走的樣兒，文皇后真急了，驀地跪在多爾袞的面前，將頭擱在多爾袞膝上，珠淚盆將地哭了。這時見多爾袞微微一笑，霍地從腰間拔出佩著的寶劍，一手遞給文皇后，宮女看到這裡，不覺手腳發顫，正不知多爾袞授寶劍與文皇后做什麼。旋見文皇后握著寶劍，回頭向宮女門外低低地喚了一聲，就跑進兩名親信宮女，文皇后命她傳出劍去，著那兩個改扮的宮娥立刻自刎。文皇后一頭吩咐著宮女，她一雙盈盈的秋水，兀是含滿了一泡眼淚。宮女領了懿旨，捧了寶劍出去，過了好一會，進來回稟兩宮娥已領旨了。文皇后點點頭，皺著蛾眉說道：「他們兩人的身體又怎麼辦呢？」多爾袞笑道：「叫他們乘著昏夜，丟掉在御河裡就是！」文皇后聽說，心裡老大的不忍，但一時也沒有什麼法兒，只得叮囑了宮侍們，依了多爾袞的主意去做。文皇后自殺了兩個侍候的美少年，宮中更覺比前淒寂了。幸得多爾袞知趣，便天天進宮來和文皇后歡聚，兩人的情熱一日高似一日，竟然雙宿雙飛起來。

那時二貝勒代善已死，代善的長子恭郡王慕賴海本來恨他父親的大位被皇太極占去，自己穩穩的一個皇太子弄得落了空，心上如何不氣？以是慕賴海在私底下也結黨締群，要想把皇帝的名分奪它回來，只是湊不到機會罷了。他平日最是憤恨的，就是他那個九叔多爾袞。因慕賴海常想掌握兵權，以為一旦有了兵馬的實力，便不難舉事了。似慕賴海那樣的庸才，怎能和多爾袞爭競？結果兵權被多爾袞奪了去，慕賴海這一氣，幾乎氣得發瘋。這時多爾袞和文皇后的穢行，傳得盛京都遍，沒有一個人不曉得，所不曾知道的只有皇太宗皇帝一人，慕賴海聽得多爾袞已有疵可尋，不由得直跳起來道：「咱若不趁此機會報仇，還更待何時？」及至轉念一想，滿朝裡儘是他九叔父的黨羽，自己一個沒勢力的掛名郡王，就使明知多爾袞穢跡昭彰，又拿他怎樣呢？思來想去，忽然記起一個人來，那人是誰？便是那肅郡王豪格。

豪格是太宗皇帝的義兒，為人極勇敢多智，在建州也要算數一數二的人物。太宗繼統後，不時和明朝開戰，豪格領了建州人馬，居然獨當一面，立下的疆場功勞，很是不小。太宗皇帝見豪格英勇，早存下了立儲之心。豪格聽到了太宗的口吻，知自己將來的希望很大，由是戰必身先士卒，建州的武將當中，誰不讚一聲肅郡王忠勇絕倫？太宗也越發喜歡他了。哪裡曉得天不由人，是年的文皇后忽然懷起娠來，在太宗皇帝倒還不甚放在心上，那個肅郡王豪格可就急壞了，深怕文皇后生了兒子，自己的寵幸必被奪去。偏偏到了文皇后盆，竟一舉是雄，把個太宗皇帝樂得眉開眼笑。其實這個種子，是太宗皇帝的親骨血還是多爾袞的遺種，局外人卻弄不清楚，便是太宗皇帝自己，也一般的懵懵懂懂，只有文皇后的心裡，或者是明白的。但她如其不說出來，怕連多爾袞都沒有頭兒呢。光陰逝水，文皇后所誕的太子，轉眼是彌月了。到了那天，滿洲的親王、郡王、貝勒、貝子和碩親王、蒙古王公及滿漢文武大臣，都聯訣進宮，替太宗和文皇后叩賀。太宗皇帝傳諭，親王、郡王、蒙古王公、貝勒貝子在勤安殿賜宴，滿漢文武大臣在義恭殿賜宴。太宗皇帝自己和文皇后在晉宮設宴相慶。這天的盛京地方，凡街巷通衢，沒一處不是結綵懸燈，商民一例休息一天，鼓樂慶祝。下午文皇后升坐坤寧宮（滿洲皇后升坐坤寧宮，是日必行大賞罰。漢族皇后行大賞罰，則升坐鳳儀殿，平時無故不得亂坐），犒賞宮女內侍及親王大臣，均有賞賚。其實滿漢王公，大小臣工，無不歡呼暢飲，就中滿肚子不高興的，只有一個肅郡王豪格。太宗皇帝哪裡知道他的心事，還叫豪格隨著，駕起了鑾輦往太廟行禮。禮畢回來，由禮部擬名，定了一個福字。太宗皇帝見太子相貌魁梧，啼聲洪亮，又值武英郡王阿濟格打勝了明軍，滿載珠玉金寶班師歸來，太宗皇帝更覺樂不可支，便笑對文皇后說道：「這孩子福分很不差！」正在說著，禮部恰好擬呈一個福字，太宗皇帝大喜道：「巧極了，這樣就賜名福臨吧！」

日月和穿梭般過去，福臨漸漸長大起來，眨眨眼已經九歲了。太宗皇帝對於豪格雖然寵愛不衰，而於立儲兩字，卻絕口不提。豪格也肚裡打算，面上絲毫不露一些形跡。在這個當兒，朝臣裡面有要討好文皇后的，暗中主張上疏，請太宗皇帝立儲。訊息傳播出來，豪格急得和熱鍋上的螞蟻一般，想不出用什麼手段去抵制它。事有湊巧，適當恭郡王慕賴海要報多爾袞的仇恨，親自來訪謁豪格。豪格和慕賴海既有兄弟的名分，又是同師讀書，從前締交十分莫逆，後來豪格授了武職，慕賴海被多爾袞挨去，兩人的交誼就一天天地疏遠了。現在豪格聽得慕賴海來了，忙親自去迎入，兩人攜手進了書齋，略為敘了幾句閒話，豪格命家人擺上宴席，就一杯杯地對飲起來。

酒到了半酣，慕賴海先把言語試探豪格道：「兄弟近來聞人傳說，皇上將有立儲的意思，老哥可曾知道嗎？」豪格見說，正觸他的心頭事，更兼在酒後，聽了慕賴海的話，不覺冷笑一聲道：「皇帝既有了親生的太子，那是應該立儲的，還有什麼話說？」慕賴海故意驚詫道：「這是什麼話兒？老哥是皇上的長子，倘果然實行立儲，除了老哥還有誰呢？」豪哥越發氣憤，脹紅了臉悻悻地說道：「俺不過是徒有虛名罷了，你和俺是兄弟，怎麼也來譏笑俺起來？」慕賴海正色道：「兄弟怎敢譏笑老哥？老實說一句，你老哥不過擁個虛名，那麼誰好算個實在？」豪格見慕賴海說話有因，忙改笑道：「那福臨不是皇上實在的兒子嗎？」慕賴海聽說，縮一縮頭頸做了一個鬼臉，鼻子裡嗤的笑了一聲，又喝了口酒，才徐徐地說道：「老哥不要在那裡裝傻了，九叔的事，難道不曾曉得嗎？」豪格被慕賴海一提，不禁紅了臉道：「俺聽是也聽見過好幾次了，只是聽說的都半真半假，究竟怎樣，卻不能斷定它。」慕賴海笑了笑，方要開口，忽地向四下里一瞧，見豪格身旁立著三四個親隨，慕賴海就忍不住說了。豪格會意，便揮手令左右退去，慕賴海才低低地將多爾袞和文皇后的穢史一五一十地和盤托出。豪格聽罷，直氣得拍案大叫：「俺若不殺這滅倫的淫賊，還有什麼面目立在天地之間？」慕賴海慌忙起身掩住豪格的口道：「老哥莫這般焦躁，要防隔牆有耳，這廝的黨羽極多，哪一個親王府中沒有他的奸細？倘風聲洩露，老兄和兄弟的腦袋就怕要不保了。」豪格這才忍氣坐下，兩人對酌密談。直到了魚更三躍，慕賴海方行辭去。

第二天的五更，親王大臣循例入朝排班，朝參既畢，只議了些尋常政事，諭旨令散值。親王大臣紛紛地散去，只有肅郡王豪格卻隨駕左右，竟跟著太宗皇帝進御書房去了。到了午晌，肅郡王退出，御書房內傳出上諭，命內侍備輦進宮。左右的內侍，見太宗皇帝怒容滿面悻悻地登輦，大家嚇得一個個懷著鬼胎，靜悄悄地隨輦進宮，連氣都不敢喘一喘。那太宗皇帝的鑾輦方經過德正殿，早有一個內監氣急敗壞七跌八撞地奔出來，一直跑到御槽中，口稱有急旨宣召近臣，匆匆地選了兩匹關外有名的駿馬，騎了一匹牽了一匹，飛般地出大清門去了。不到一刻，便見那起先選馬的內監跟在後面，前頭一匹馬上，正是睿王多爾袞，跑得面紅氣喘，兀是不住地加鞭，但看地上塵土飛揚，八隻馬蹄撩亂，風馳電掣似地奔向大清門而去。那些值日的官吏和侍衛，見了這種情形，料想朝中必有變故，皇上這樣的飛召睿親王進宮，不為軍情緊急事兒，定要戮殺親王或大臣，那可是不言而諭的。果然睿親王多爾袞進宮還沒有一會工夫，就見內宮跑出八九名內監來，臉上都現出慌慌張張的樣兒，各人奔向御槽內手忙腳亂地各自要一匹馬，有幾個連鞍也不及配好，飛身上了禿背馬，揚鞭飛馳出大清門去了。

那時侍衛官長努勒梅，是個老於掌故的人，他瞧出內監這般忙迫，料非佳事，急下令傳集通班侍衛戎裝侍候，以防不測。六百名侍衛，不論日班夜班，一齊集起隊來，點名方罷，道上馬蹄聲絡繹不絕，只見鄭親王齊爾哈郎、英武郡王阿濟格，恭親王慕賴海、豫親王多鐸、肅郡王豪格，貝勒慕賴布、阿巴泰，滿達海、湯古巴、巴布泰、巴布海、阿拜、莽古爾泰、搭拜、德勒格拉、嶽立臺，貝子阿達禮、羅尼洛、度艾、濟爾頓、博勒和、齊喀、屯禮託達、密度禮，大學士希福剛林、冷僧機、章京圖岸巴、梅勒章京禮巴，蒙古親王克魯圖南，漢大臣范文程，大學士洪承疇，都督祖大壽，將軍祖大遠、祖大弼、陳光新、耿仲明、孔有德、尚可喜等，都形色倉皇，汗流滿面地紛紛在大清門前下馬，蜂擁地進去了。眾親王大臣，到得內廷的溫恭殿前，早有內監傳諭娘娘懿旨：親王大臣在此候旨。眾人聽說「懿旨」兩字，知道宮內有了變故。原來內監去宣召時，並不說明什麼，只說皇上有急旨火速宣親王大臣進宮。七八名內監分頭傳諭，那些親王大臣正不知有什麼緊急大事，距離較遠的退朝回去，朝衣還不曾卸去，一聽得有旨宣召，隨即上馬趕進宮來。這時眾大臣呆怔怔地立在溫恭殿前，不識是吉是凶，各人都狐疑不定。忽聽得靴聲橐橐，睿親王多爾袞手捧著詔書出來，高聲叫諸臣跪聽遺詔。眾親王大臣聽得「遺詔」兩字，一齊吃了一驚，大家面面相覷，作聲不得，只好俯伏在地，多爾袞便郎聲誦道：

朕不幸暴病不起，所遺大位，著太子福臨繼統，眾卿可協共輔，勿負朕意。至朝廷大政，可令孝莊王文皇后會同睿親王多爾袞協商辦理。欽遵！

多爾袞讀罷詔書，眾親王大臣才知太宗皇帝已經駕崩。想適才上朝，皇帝還是好好的，怎的一眨眼就會賓天了？眾人你瞧著我，我瞧著你，半句話也說不出來。多爾袞便大聲說道：「大行皇帝既有遺詔，俺們就遵詔辦吧！」說畢即返身進宮，扶著九歲的太子福臨登了寶座。多爾袞首先跪下，眾親王大臣到了這時，也不由自主了，只得循例三呼萬歲。於是改明年為順治元年，封賞功臣，大赦罪囚。追諡太宗為孝睿毅皇帝，廟號太宗，尊文皇后為皇太后。又由太后傳出懿旨，尊叔父睿親王為攝政王。這樣的一天，朝事由睿親王一個把持，遇本獨斷獨行，親王大臣都箝口結舌，一句話也沒得說處。

一天忽報明朝的平西伯有使者到來，多爾袞看罷大驚道：「原來明朝的皇帝已被流賊逼得殉國了！」於是命使者退去，多爾袞便召集親王大臣，把明崇禎殉國、平西伯吳三桂借兵定亂的事對眾人說了一遍。又道：「值此明朝無主的當兒，我們拿代定國亂為名，乘間以圖明疆，你們意下以為怎樣？」親王大臣齊聲應道：「悉聽王爺處斷！」多爾袞大喜，當即打發吳三桂的使者回去，並吩咐道：「俺此番統兵入關，專為你國驅賊定亂，你可回覆吳平西，叫他帶了輕騎來關前迎接俺的大兵就是。」使者叩頭起身，星夜進關來報知三桂。

這裡多爾袞以豫王多鐸為先鋒，肅郡王豪格為先鋒，肅郡王豪格為中隊，留鄭親王齊爾哈朗輔幼主，自己和武英郡王阿濟格，大將扈爾赫等，點起二十萬大兵，辭了太后，浩浩蕩蕩地望關前出發。曉行夜宿，不日到了山海關，前鋒報明軍駐紮關前，多爾袞正要使人探問，早見一隊人馬素服剃髮，直奔多爾袞的軍前，正是平西伯吳三桂。當時進營見了多爾袞，三桂自願為大兵前驅，多爾袞便遞一支令箭給三桂，命他帶明軍作為鄉導。三桂奉了令箭，率著所部向前疾進，多爾袞統了清兵隨後進關，一路斬關奪鎖，攻破賊兵城邑，勢入風掃殘雪。看看兵過通州，李自成在京中聞得三桂的大兵已進通州，忙下令收拾起金珠寶物共載七百多車，預備兵敗時逃入陝西，一面親領賊兵，出京迎敵。兩軍相遇，正在大戰，驀然清兵擁出，李自成的賊兵從未見過這種裝束，一聲吶喊「妖兵來了」，各自拋了戈矛，轉身逃命。李自成大敗，退走五六十里。多爾袞兵不血刃進了北京，又分兵兩萬交給三桂，令追趕賊兵。李自成也恐三桂來追，和牛金星等商議抵禦，恰好三桂人馬趕到，賊兵一見滿洲人馬，轉身便走。牛金星大叫：「事已急迫，速棄陳圓圓，以緩吳三桂的追逐！」李自成聽了，還有些戀戀不捨，正護著陳圓圓鞭馬疾馳，被吳三桂趕上，親自帶住陳圓圓的絲韁，李自成得趁勢逃脫。

吳三桂奪得圓圓，便收軍不趕。九王多爾袞聞吳三桂逗留不進，恐他回京有變，急督促三桂統兵西進追賊。這裡多爾袞就在北京定都，並令飛騎出關，迎幼主進關，在北京接位。又命多鐸領大兵進取江南。當多爾袞燕京定都，滿洲親王大臣都疑這大位必是多爾袞自己的了，不期他迎接幼主進關，第一個先俯伏稱臣，他這開國的功勛可就不小了。那時滿漢大臣提議酬功的辦法，漢臣中有知道多爾袞和皇太后曖昧事情的，主張皇太后下嫁給攝政王。這議論一出，漢大學士錢謙益竟上書奏請，多爾袞讀了表章，正合私意，忙進宮和皇太后密議，覺得這辦法很為美滿，於是下旨准奏。好在那班滿洲王公大臣，都不懂得禮節和廉恥的，任聽多爾袞怎樣的做去。哪裡曉得清朝開國，已留下這極大的汙點了。要知太后怎樣下嫁，再聽下回分解。

淺笑輕顰玉人裝半面　銀箏漁鼓少主宴三更

龍鳳旌旗，白旄銀鉞，一對對地經過了；一陣的鼓樂喧天，綠衣黃帶，戴大涼帽的侍衛，列著隊前進。侍衛過去，便是黃蓋紫傘，龍頭幡、丹鳳旗，金爪、立爪、臥爪，金鉞、儀刀、紅杖，青燈，日月珍珠旗、朱雀玄武旗、青龍旗、白虎旗，曲蓋，日月掌扇、龍鳳掌扇、功德旌、褒功旌，雙龍赤幟、雙鳳青幟，豹旗、虎旗、獅旗、象旗、風雨旗、雷電旗，龍鳳大纛。這一面大纛算是押隊。大纛旗之後，是掮豹尾槍的侍衛官，黃衣黃褲，金帶碧靴，狀貌都異常地嚴肅。黃衣侍衛列著隊伍過去，隨後是錦衣內監，捧著寶瓶、金盆、金唾壺、金水盂、金交椅、金鼎、金盒、金煙袋、金提壺等，分作四人一排，很整齊地走著。接著是二十四名宮女，列為十二對，紅杖四對，金紗燈兩對，紅紗燈兩對，珠拂塵兩對，金提爐兩對，爐中香菸飄渺，御道上寂靜無嘩。這時只見六十四名內監擁著金碧鑾輦，輦中坐了攝政王多爾袞。跟著鑾輦的是一座又高又大的鳳輦，用一百二十名內監擁護在鳳輦的四圍，鳳輦上端端正正地坐著珠冠鳳帔、雪膚花貌的皇太后（即文皇后），滿朝的相卿，親王貝勒以及各部大臣，都步行隨輦。那一天是皇太后下嫁的吉辰，凡鑾輦鳳輦經過的地方，大街小巷都懸燈結綵，露天蓋起了綵棚，自午門起直達攝政王府第門前，地上均鋪著黃沙，護衛的羽林軍，五武一步兵，十武一馬兵，街衢上站立得滿滿的，閒人雜民，事前已驅逐走了，道上靜悄悄的，只有幾個鮮衣佩刀的武官，在那裡彳亍往來，等到了鑾輦和著鳳輦過去，才由攝政王府中傳下一道諭旨來，令羽林軍馬散隊。

攝政王多爾袞迎太后到了府中，經宮女們扶皇太后下了鳳輦，由親王貝勒的眷屬福晉格格們迎接太后進了鳳儀軒。獻茶進點地休息一會，忽聽得堂上鼓樂齊奏，內侍跪報吉時，宮女們扶持皇太后出堂，攝政王多爾袞已貂袍龍袞地立在紅緞氈上，宮女扶皇太后並立了盈盈交拜。大禮行畢，宮女們獻了合卺杯，親王貝勒都在堂前叩賀，攝政王和太后受賀已罷，方才送入洞房。又有一班親王大臣的官眷來新房中叩賀，皇太后心上萬分的快樂，吩咐一聲：「賞！」早有宮女們抬過宮中帶來的金珠寶玉等，分賞給親王大臣的眷屬。那些福晉格格及滿漢大臣的夫人們，一齊謝恩退出。其時攝政王府中大開筵宴，異常的熱鬧。攝政王多爾袞親自出來應酬，這喜宴直鬧到三更時分，眾親王大臣才謝宴散去。攝政王多爾袞自回他的新房去陪伴太后。兩人對飲了幾杯合歡酒，酒興初濃，攜手入幃。這一夜中，多爾袞和皇太后新婚舊愛，歡娛自不消說得。第二天早上，多爾袞入朝謝恩，皇帝下諭晉多爾袞為父皇攝政王，與皇帝並肩聽政，同受百官的朝賀。從此多爾袞和皇太后做了名分的夫妻，享他們魚水之樂。暫且按下了。

再說吳三桂奉了多爾袞的命令，督師追逐李自成，奪回陳圓圓，自成率著敗殘人馬逃回陝西，吳三桂不捨，仍統兵西追。在半途上接到了多爾袞燕京定都的訊息，帳下部將一齊放聲痛哭，弄得個吳三桂進退維谷，越發不敢妄動。忽又接到多爾袞第三道飛檄，令進兵西安，追擊李自成，三桂只得督師再進。李自成已勢窮力竭，一聽吳三桂兵到，棄了西安，連夜走商雒出潼關，竄擾荊襄。吳三桂趕至，下三秦，破了河南，復了荊襄。自成敗走辰州，轉奔黔陽。時賊兵乏糧，四出掠劫，黔陽四境雞犬為盡。明川廣總督何騰蛟方屯兵黔邊，聞自成被吳三桂擊敗，便統兵夾攻，大敗李自成於羅公山。自成領了十餘騎上山奔避，山上有玄帝廟，自成進廟謁神，忽然中惡倒地。那時正值亂世，鄉民多築堡自衛，見山上來一繡甲金盔的大漢，腰佩寶劍手執畫戟，倒臥廟中，鄉民不認識是李自成，還當是綠林的盜首，於是發一聲喊蜂擁上前，一頓的鋤頭鐵耙，擊死自成。那跟來的衛兵，要想上山救援，也被鄉人擊散。眾人民舁了自成的屍身往見總督何騰蛟，騰蛟親自驗看時，自成頭顱已被鋤碎，血肉模糊，無可辨認，及見身上的衣甲都繡五爪金龍，龍盡眇一目，方知為李自成。因李自成只有獨眼，所襲的衣裳靴冠都繡金龍，那龍都是獨隻眼以肖其形。騰蛟又命搜自成的身上，得寶璽一顆，系金玉鑲成，文曰「永昌之寶璽」（自成稱帝，建號永昌，曾鑄永昌錢），由是證實確是李自成的屍身無疑。一個殘酷凶悍慘無人道的賊首，至此才死於非命。

又有流賊張獻忠，占據四川，自稱大西國王。聞得自成死，知自己也將不保，便選美女百人，晝夜淫樂，淫不遂意，即命蒸食。眾婦女恐慌萬分，百般獻媚，獻忠以淫樂太過，漸成瘵疾。又欲進窺西安，令部將孫可望守蜀，自己扶病進兵。東進鹽亭，正與吳三桂的清兵相遇，未及交鋒，賊兵驚走。獻忠單騎逃奔，到了鳳凰坡，伏兵驟起，箭和飛蝗般射來，獻忠身中數十矢，墜馬而死，陸沉中原的兩大賊酋，這時算先後斃命。

吳三桂既剿平李自成，殺了張憲忠，下三秦，定河南，破荊襄楚豫，這功績已很不小。清廷怕他擁兵助明，忙下一道諭，封吳三桂為平西王，著赴雲南就藩。吳三桂到了這時，雖猶擁大兵，卻懼怕多爾袞，把明朝的仇恨，撇在九霄雲外，竟俯首帖耳去安然就藩。及清廷削奪他的兵權，才懊悔不迭，急攘臂起事，可是清朝已打平各處，天下大定，任吳三桂有多大能力，已不能恢復了。在清兵初定燕京的當兒，部下諸將有痛哭相勸的，三桂執定說九王必不負我，終至坐失時機，三桂的庸碌無能真令人可恨。當吳三桂追襲李自成最急迫的時候，自成氣憤不過，把三桂的父親吳襄立斬於軍前。三桂痛哭，誓必報仇。後來將陳圓圓奪回，擁著美人晝夜宴樂，把不共戴天的父仇絕口不談了。經多爾袞飛檄督促，才勉強統兵西進，足證三桂痛哭誓師，只不過為了一個美人陳圓圓罷了。所以其實奉旨就藩雲南，樂得去安閒自在。三桂到了雲南，又納了個愛姬小蛾，小蛾的容貌和圓圓可稱得是伯仲。三桂自二次奪回陳圓圓，對於愛情，反遠不如從前。這是什麼緣故？就中有兩個道理，一則是三桂有了小蛾，於圓圓不無分愛，第二是三桂聞圓圓被擄，靦顏從賊，心裡大是不滿。三桂的為人，所壞的是自信太甚。他引清兵入關，以為多爾袞是可靠的，斷不至於負約，以是多爾袞得很從容地定都燕京。自陳圓圓被李自成擄去，三桂以圓圓對自己愛情極其濃厚，未必肯失身於賊，因此一心要奪她回來。及至把圓圓奪回，只見她玉容憔悴，嬌豔已不如往昔。三桂意圓圓必思己太切，才愁慮到這個樣兒，心上轉倍加了一層憐惜。

誰知賊中有個婢女細柳的，在賊營專科一服侍圓圓，這時從賊中逃回，孤身無處投奔，仍然依賴舊主。圓圓因和細柳在賊中相依日久，也不忍舍她遠離，就把她收作侍女。這個細柳很有幾分姿色，三桂不時和她調笑，講講談談，將圓圓與李闖的情意竟和盤托出。三桂聽說，把愛圓圓的熱度，十分中減去了五六，而且言語裡面常常含諷帶譏，弄得圓圓心裡不安起來，原來圓圓被掠入賊中，一點沒有悲態，反而含笑逢迎。李闖見了圓圓，也幾乎神魂顛倒，晝夜不離左右。自成本是厭故喜新的，無論怎樣的美婦，三四天後，便棄如敝屣，獨有對於圓圓，始終沒有弛愛。圓圓和自成調笑浪謔，形狀的穢褻，往往醜態畢呈。自成有侍姬二十餘人，自圓圓擅寵，把眾侍姬拋撇不顧，那些侍姬們，個個恨得什麼似的。圓圓又唆著自成，無故將侍姬們撲責，不到半個月，二十多個侍姬，一半死在杖下，一半乘隙逃走。自成越發歡愛圓圓，甚至白晝宣淫。圓圓也愛自成強壯，極是撒嬌撒痴，迷得個自成昏頭昏腦，足有三個多月不理軍事。圓圓又笑自成獨眼，常閉了左眼，百般仿效，自成也覺好笑。

一天，自成大宴諸將，叫圓圓侍酒，圓圓卻作了個半面裝，盈盈地走到席前，引得諸將鬨堂大笑。自成大怒，問為什麼這樣裝束，圓圓笑道：「大王只有獨眼，自然只好看半面。」諸將聽了，又齊齊地大笑起來。自成忍耐不住，氣得跳起身來，向圓圓打了兩個嘴巴。想自成那樣蒲扇般的手掌，打在圓圓又嬌嫩又柔軟的臉上，頓時紅腫起來，便含淚痛哭回房。自成心上很有些懊悔，忙親自去慰勸她，這時圓圓已哭得好似帶雨梨花，宛轉嬌啼，自成分外的憐惜，一面好言安慰，一面把圓圓擁在懷裡，好容易圓圓才止住了哭，定要自成陪她不是。所謂英雄難過美人關，這樣一個強悍的賊酋，居然屈服在圓圓手裡。從此圓圓常常裝作半面，自成只是一笑罷了。怎樣呼作半面？就是塗脂抹粉只搽半面，那半面不但半點脂粉也沒有，簡直臉也不洗，頭也只梳半邊。一個美貌的佳人，變作了陰陽面孔，自成雖是不高興，然也無可奈何。那時四月裡的天氣，已十分酷熱，圓圓把輕紗綴成了斗篷，浴後披著輕紗，斜倚在躺椅上納涼，被自成瞧見了，不覺大喜道：「這才是一幅太真出浴圖呢！」由是便不許圓圓穿上，一天到晚終是披著輕紗，隨時隨地可以宣淫。

那吳三桂聽了細柳的話，一縷酸氣幾乎衝破了腦門，知圓圓的憔悴並不是思念自己，是被闖賊蹂躪到這樣的，於是三桂對待圓圓，終是淡淡的。圓圓生性是愛風流的，如今見三桂寵幸小蛾，自己常常孤衾獨抱，少不了憾遺秋扇，嗟怨自己的命薄。三桂又在酒後和小蛾調笑，見圓圓姍姍地走來，三桂指著圓圓戲呼道：「強盜美人來了！」圓圓聽得，明知三桂譏自己從賊，心裡一氣，珠淚撲簌簌直滴下來，經三桂提出「強盜美人」的名兒，府中大小侍婢僕婦都私下相呼，圓圓也親耳聽見過幾次，因自己正在失寵，沒有置喙的餘地，只好飲泣忍受。這樣一天天的過去，圓圓的環境也日漸惡劣，終日自怨自艾，遂引起她一種拋棄紅塵的念頭，這且不提。

再說自崇禎帝殉國的噩耗傳到了江南，明致任大吏如江督呂大器、御史史可法、總督馬士英、總兵黃得功、副總兵高傑、進士黃淳耀、巡撫祁淵、大學士高宏圖、都給諫劉宗週一班故臣，都齊集魏國公徐宏碁府第，共謀繼立。馬士英和誠意伯劉孔昭，以福王由崧是光宗帝嫡侄，倫序當立。時福王避難鳳陽，經馬世英等迎立。史可法力爭，謂不應亂立福王，眾故臣不聽，竟以福王告廟，建號嗣統，是為宏光帝，並在南京修葺舊殿，以馬士英為大學士，史可法為體仁閣大學士，呂大器為兵部尚書，高宏圖為文淵閣大學士，劉宗周為吏部尚書。朝儀初定，馬士英擅權，遇事獨斷：與史可法意見不合，馬士英進了讒言，把史可法調了外任，令督師江北。史可法臨行的時候、俯伏午門，痛哭叩頭而出。馬士英自史可法去後，益發專橫，又密承光帝旨意，殺太子慈烺。南寧侯左良玉尚在，聞得馬士英殺了太子，不禁義憤填膺，即親統所部自漢陽渡江，傳檄以討馬士英。誰知天亡明祚，左良玉才過九江，忽然患起病來，舊日馳騁疆場受傷太甚，這時一齊並發嘔血斗餘，一病不起。所有部下的將士，也霎時星散。那馬士英在朝，專一排擠同僚，凡才出己上的，必設計除去，以致人心漸離，如呂大器、高宏圖等，都自行辭職。馬士英又選江南美女三十名，令學習歌唱，獻進宮中。光帝大喜，日夜在宮內宴樂。又命召淮安伶人進宮演劇，宏光帝自己也習練戲劇，使伶工教授，步履唱白，務按拍節。宏光帝的資質本極聰穎的，不到一個月，已能歌劇數十出，便袍笏登場，高歌一闋，名喚「串戲」。又擇歌妓中容貌最豔麗的，芳名玉兒，宏光帝封作玉妃，其餘的盡封為侍嬪。相傳宏光帝壯健若驢馬，每飲火酒助興，夜御美女十人，還嫌不足。江南女子大都纖弱，由馬士英下諭選秀，日進美女十人，多半被宏光帝淫斃死後棄屍御溝。御溝本和大河相通，女屍不繫寸縷，順流浮下，有經父母瞧見的，抱屍在河邊痛哭。這樣的傳揚開來，江南人民知道馬士英選秀的事，人人憤恨，怨聲載道，民心因此漸去。宏光帝卻一點也不知，仍居深宮，日事淫樂，和玉妃侍嬪特設夜宴，笙歌徹夜不停。

這時清廷派豫王多鐸收復江南。豫王兵進鎮江，總兵王國棟開門迎降，金陵風聲漸緊，馬士英還匿了軍報，不使朝臣們得知。多鐸兵圍揚州，史可法竭力地拒守。多鐸致書史可法，叫他棄明投誠，史可法覆書拒絕。多鐸大怒，率兵士死命相撲，並架大砲轟城，把城牆轟去一角，清兵從破垣中擁入，史可法見事已急，慌忙跑入督署，自縊在鐘樓下面。多鐸自進攻揚州，屈指已九十餘日，所以懷恨極了，下令閉門屠城，把城中的百姓殺得雞犬不留。滿人進關，雖也到處殺戮，要算揚州地方屠戮得最慘，不論男女老小，見一個殺一個，連殺十天，真是屍橫遍野，血流成渠。總兵黃得功、高傑，撫臺祁淵，致仕大學士高宏圖，尚書劉宗周，也都殉難。故都督劉仁佑闔門議盡節，自仁佑以下，妻子江氏、子如義如仁、女沐英、媳李氏秦氏、甥女毛淑娟、甥婿王文靖、外甥毛馥、外孫成龍，以及婢女僕人庸婦，一門計四十三人盡行投江。自盡之前，恐屍身流散，便把繩兒連綴起來，系成一串，一個個地挨次下水。後來經人撈起屍體埋葬時，撈得了一人，覺得還有屍身在河裡，索性拖將起來，一連共得屍身四十三具，一時目睹的人無不為之咋舌。又有一個樵夫，平日砍柴度日，清兵進城，樵夫忽然大哭回家，對他的妻子呂氏說：「俺採薪三十年，只知皇帝姓朱，現在卻換了妖人來了，好好的人，哪裡穿這種冠服？」說罷又哭。第二天上，便一口氣跑上山巔，從上面直墜到地下，腦漿迸裂地死了。又如一個秀才，驀見了清兵，憤憤地說道：「我讀書到如今，自黃帝製衣冠起，相傳今天，沒有見過這種服裝。」說著便狂奔著回家，閉門絕食，竟自餓死了。

那時清兵破了揚州，進取金陵，勢如破竹。金陵既陷，宏光帝星夜逃往蕪湖。馬士英出降，豫王多鐸也知道馬士英的奸惡，命把他倒懸起來，下面堆著乾柴，柴上燃著了火，慢慢地燒著，馬士英大叫無罪，也沒人去睬他，不到一刻，已是燻熟了。多鐸陷了金陵，又進泊蕪湖，宏光帝不及逃走，被清兵獲住。多鐸令械繫進京。不知宏光帝怎樣見害，再聽下回分解。

花落江南輕舟載美人　色空滇北冷寺棲芳蹤

卻說豫王多鐸獲了宏光帝，把他械繫進京。其實攝政王多爾袞正和順治帝臨朝，聽說是捉了南朝的皇帝，自己在從前是明朝的屬國，現在居然高坐堂皇地提訊起來，於情理上似乎講不過去。且朝中明朝的降臣很多，更有許多不便的地方，於是授意大學士希福剛林轉知刑部大臣，把宏光帝監禁起來。到了第二天早朝，刑部大臣上奏：南朝的皇帝在夜裡三更天忽然急病死了。多爾袞聽了，只點一點頭。不一刻上諭下來，命將宏光帝用王侯禮從豐殮葬，又諭明朝故臣如欲致祭，准其如儀，以盡君臣之誼。這種舉動，正是多爾袞的狡詐處，既以之收服人心，也藉此察視降臣對於故國的心理。那道上諭下來，凡明朝舊臣如洪承疇等一班人，眼睜睜地瞧著故國君王死於非命，不能稍與援救，在自己的良心上覺得噍不下去，所以大家三三兩兩的，都到宏光帝靈前去叩首致祭，甚至有放聲痛哭的。左右密報多爾袞，多爾袞知道這班降臣於故國之心未忘，由是對於漢臣，無論怎樣的忠誠，終不覺有些疑惑，因此明朝的降臣，大半被疑見殺。獲得善終的沒有幾人，不過這是後話了。

再說江南的如皋地方，有一個才子冒闢疆的，別號巢民，為人仗義疏財，喜歡結交朋友，家裡又甚豪富，資產的豐厚真堪敵國，江南地方，都稱他作冒半天。凡是萍水相逢，或是聞名急難相投，無不有求必應。一時結交遍天下，朝中親王大臣都折節下交，說起冒闢疆三字來，連婦孺也知道的，就是古時的孟嘗君，想也不過如是了。這冒闢疆不但是座上客常滿，樽中酒不空，便是閨中姬妾，也很不少，而且個個都是絕色，所謂室貯金釵十二，門迎珠屐三千，這兩句堪以贈冒闢疆而無愧的了。那時吳中有四大美人，一個叫顧秋波，一個叫李蕙蘭，一個叫馬湘君，還有一個就是董小宛。這四個美人，端的是花中魁首，漢水神仙。他們都愛慕冒公子是風流才子，先後委身相事，吳中美人，可算被冒闢疆蒐羅完了。佳人才子，有情人成了眷屬，羡慕冒公子的果然有人，妒忌冒闢疆的倒也著實不少。時秦賊入江南(崇禎猶未殉國)，陷六安，焚鳳陽皇陵。有仇冒闢疆的，去賊中報告，謂冒氏富甲天下，美姬盈室。賊首通天曉，遣人向冒闢疆索軍餉百萬，豔姬十人，否則將踏平江南。冒闢疆聽了大怒道：「俺有財當助官軍之餉，不濟賊糈。」說罷拂袖而入，賊使悻悻而去。

冒闢疆即致書江南撫臺祁揚名，請捐五十萬，令速召各鎮兵剿賊。那祁揚名是個寒士出身，得任封疆未久。他在貧困的時候，嘗鍾情於歌姬馬湘君，自恨無力為之脫籍，及至祁揚名顯達，想了此一樁夙願，不料已被冒闢疆捷足先得，因此常常引為憾事。此時接到冒闢疆的書信，以為有機可乘，便親自降尊謁見冒公子，謂願調兵剿賊保全公子的性命財產，但求和馬湘君想見一面。冒闢疆聽了，已知來意，不覺慨然說道：「區區一個侍姬，何必勞公掛齒，公即愛之，晚生即以馬湘君相贈就是。」祁揚名大喜，連連稱謝拜出，心裡還疑冒公子相戲，暗想人家一個愛姬，任冒公子怎樣的豪爽，豈有一言就把愛姬相贈，怕天下未必有這樣的呆人。祁揚名一路默默地呆想著，回到署中，只見一個美人，盈盈地迎將出來，細看正是晝夜所夢想的馬湘君。祁揚名這一喜非同小可，方知冒公子言出行隨，性情的豪爽，果然名不虛傳。原來冒闢疆送祁揚名出門，即喚過兩名得力家丁，打起一乘小轎，把馬湘君如飛般地送往祁撫臺的行轅，等那祁揚名回去，玉人早已到署多時了。這時祁揚名的感激冒闢疆，自不消說得。第二天上，便飛檄各鎮，調齊人馬，一晝夜奪回二十四寨，賊兵敗走湖北，江西九江賴他保全了。

到了崇禎帝殉國，宏光帝南京嗣位，馬世英當國，聞得冒闢疆豪富，就矯旨要他助餉。冒闢疆痛明社淪亡，立捐三百萬金。馬世英見冒闢疆這樣慷慨，又聞得他家中有個美人叫李蕙蘭的，並指名強索。冒闢疆只得把李蕙蘭送去，到得中途，蕙蘭竟投河自盡。馬世英大怒，又遣使來索董小宛。時冒闢疆的四美人，顧秋波已病卒，冒公子所最寵愛的，就是一個董小宛了，怎肯聽馬世英取去？於是四處去鑽門路，幸得冒公子多財廣交，終算把董小宛保住，一場天大的禍事，無形銷滅，可是冒闢疆的家產，也就此中落了。古人說美色是禍水，能亡國破家，這句話真是無上的名論。冒公子為了一個愛姬，幾乎傾家蕩產，哪裡曉得一波未平，一波又起，因這董小宛的緣故，又弄出一樁禍事來了。

當豫王多鐸兵下江南，冒闢疆家裡已是門可羅雀，從前的門客也大半星散。闢疆家的房捨本來棟宇連雲，樓閣巍峨，自經幾番波折，把巨廈盡行典賣了。和董小宛遷居在一別墅中，那別墅名喚水繪樹，樹後有一座花園，建築得精緻異常。美人才子逍遙自在，過他閒適的光陰，優遊林泉，倒也十分快樂。不過冒闢疆家雖不豐，濟困扶危的豪俠氣卻並不因此改變。有一天上，一個營鎮的督糧差官聞名來投冒公子，見面便哭拜在地，垂淚要求救援。冒闢疆忙扶起那差官，問是什麼事兒，那差官又磕了個頭，才涕泣說道：「三日前載糧赴南通州，在江中遇風浪顛覆，回去必受軍法，素聞冒公子疏財仗義，能濟人之急，以是踵門求救。」冒闢疆問餉約多少，差官答道：「須需三千金。」闢疆嘆道：「你若三年前來相求，休說這區區數目；現在俺自己也很拮据，哪裡能接濟於你？」那差官再三地央求，闢疆沉吟半晌道：「瞧你的運氣吧！俺今天方遣僕人向某太史借三千金以充用度的，倘能如願回來，俺當悉數相饋。」那差官拜謝，是夜遂留在冒家。約有三更光景，聽得門外舁物聲大作，冒闢疆喚起那差官道：「你的命運還好，某太史恰付三千金，快運往舟中回去覆命吧！」差官感激涕零道：「公子大德，小人只取半數，留半為公子自己應用，小兒已受惠多了。」冒闢疆正色說道：「軍中餉是生命，若有短少，還是坐罪。俺在就地，雖窮迫猶可設法，你是軍人，千里從戍，緩急誰來憐憫？既許你相援，你只顧攜去就是！」那差官恭恭敬敬地磕了兩個頭，載銀自去。後來冒闢疆貧困，忽有大將來相謁，自稱弟子。闢疆自揣生平雖交遍天下，門牆桃李極盛，卻不曾收過武弟子。及至見面，又不認識的。那大將軍忽然長跪叩拜，拜罷，自陳是昔年失糧的差官，蒙公子相援，後以軍功得晉爵大將軍。冒闢疆恍然大悟。大將軍便迎闢疆入行署，館裡尤覺豐盛。大將軍又命門客伴闢疆遊玩各處，這樣的盤桓了半年，闢疆堅欲辭歸，大將軍親自相送，至三十里外才別去。到了家中，只見甲第高聳入雲，婢僕往來如織。闢疆忙問家人，方知都是大將軍所置辦了，特地贈給闢疆的。總計冒闢疆一生似這般事跡，也筆難盡述，都是他那時施惠於人，今日受人的報答，不上幾年，依舊富甲一郡，那不是仗義扶危的好處嗎？後話且按下不提。

再說豫王多鐸定了江南，聞得吳中美女極多，要想蒐羅幾個進京，好供將來自己的受用。於是飭人四下尋找，有和冒闢疆結怨的，暗暗到豫王的行轅中告密，謂冒闢疆家中美姬最多，豫王聽了大喜。但以滿洲親王去強占民間的良家婦女，聲名未免不雅。適巧太湖巢匪作亂，豫王便指冒闢疆私藏巢匪，令官軍往水繪榭去搜捕。早有署中書吏與冒闢疆有交情的飛報闢疆，叫他逃走，闢疆星夜逃到通州，留下眷屬，被豫王捕去。冒闢疆悄悄使人往豫王府中刺探訊息，得知豫王要奪他愛姬董小宛，無故陷他罪名。冒闢疆大怒，正要設法挽救，不料豫王忽奉詔進京，調洪承疇來督理兩江，等到冒闢疆趕來，豫王已一葉輕舟，載了美人北去了。

冒闢疆因愛姬被奪，心中不捨，也兼程進京，不日到了都下。好在都中士大夫，半多故交，當即繕成訴狀，赴刑部控豫王霸占有夫之婦。刑部大臣冷僧機，和豫王多鐸本有郎舅關係，聽得外面風聲不佳，私下報知豫王。豫王也聞漢御史趙谷臣將上疏劾奏，知道這姓冒的有些來歷，心裡已是膽寒，忙去和謀士商議，被他想出一條惡計來，把那董小宛載入氈車，乘夜獻進宮中。時順治帝年已十六歲，由皇太后指婚，冊立科爾沁克圖親王的女兒董祿氏為皇后。大婚不到一月，皇帝和皇后反目。順治帝正嫌皇后貌寢，心裡萬分的不高興，一見豫王進獻一個美人來，真是體態輕盈，芳姿秀媚，不覺喜出望外。當董小宛進宮的訊息傳出去，氣得冒闢疆目瞪口呆，什麼訴狀劾奏都是不中用的了，只好垂頭喪氣地南歸。

那順治帝得了董小宛，見她媚鎖春山，常常啼哭，玉容雖日漸憔悴，卻不減嬌豔，因此天天去瞧董小宛，呆呆地坐一會兒，就悄然自去。這樣的一天又復一天，朝中忽然攝政王多爾袞薨逝，順治帝也十分震悼，輟朝三日，算是舉哀。這三天中，順治帝足跡不履小宛的那裡，小宛覺得這位皇帝也十分多情，芳心中驀地起了一種感想，以為要替冒公子報仇，非結識皇帝的歡心不可。主意打定，第四天上，順治帝匆匆地來看董小宛，小宛便笑臉承迎，頓改了往日的常度。順治帝自然歡喜，當夜即行召幸，次日便封小宛為董鄂妃，從此寵幸小宛，甚至寸步不離。誰知好事不常，偏偏那皇后董祿氏見順治帝冊封愛妃，棄自己猶如敝履，心裡就起了一種醋意，竟不顧好歹，悄悄地去奏知皇太后，謂皇帝年輕，迷戀漢女，荒廢朝政。皇太后聽了自然大怒起來，立刻召順治進宮，當面訓責了一頓，順治帝諾諾地退去。

太后又把董小宛召到面前，細細地打量一下，冷笑幾聲道：「好一個狐媚子，你是哪裡來的妖妓，膽敢擾亂宮禁，狐媚皇帝？」董小宛見問，自己原拚著一死，倒也豪不畏懼，把豫王強占，私獻進宮的話，朗朗說了一遍。太后聽罷，心裡越發憤怒，一則憤皇帝擅立妃子，居然獨斷獨行起來；二則恨豫王私進漢女，迷惑皇上。於是下了一道懿旨，宣豫王多鐸進宮，也被太太后痛罵一頓，當即傳諭，將董鄂妃送往玉泉宮去，永遠不得召幸。內監們奉諭，打起一乘軟轎，把董小宛納進轎內，抬往玉泉宮去了。順治帝聽得把董小宛幽禁玉泉宮，心裡異常地懊喪。

這玉泉宮在西山，是一所清淨的冷宮。董小宛在這冷僻的所在，隻影單形，淒涼萬分。轉念自己的身世，不覺悲從中來。又想到自己本名門閨女，墮落做了歌妓，幸得冒公子多情，拯拔出了火坑，方期相偕白首，中道又逢魔障，身入陷阱，卻遇見了多情的皇帝，位晉貴妃，知道此生可以安享到老。萬不料做了皇帝，還不能庇一個妃子，無怪冒公子不能保全愛姬了。董小宛獨自一個想來想去，竟然想到紅顏薄命，所遇皆非。漸漸覺得紅塵可厭，心鏡空洞，慢慢地轉唸到修道的念頭上去了。順治帝自董小宛出宮，終日咄咄書空，笑一會嘆一會的，神經似乎有些錯亂起來。有一天晚上，明月當空，大地如畫，順治帝忽然喚過兩名小太監，悄悄地跑到西山玉泉宮去，和董小宛相敘。兩人見了面，也不悲哭，大家相對著痴笑了一會，半晌，董小宛說道：「人生萬事皆空，倒不如還我本來面目。」順治帝聽了，也撫掌大笑道「好，好！我們再見吧！」說著竟自出宮下山，猶隱隱聽得董小宛在山上嬌聲叫道：「陛下有心，五臺山上再行想見。」順治帝也不去睬她，匆匆地自回宮中。

那侍從的兩名小監，看了這種情形，好似丈二和尚摸不到頭腦。內中一個小監，忙忙將這事去報知皇太后，太后恐皇上因此想痴了，祕密吩咐內監到玉泉宮去放起一把火來，連董小宛和許多的宮人侍嬪一齊燒死在西山之上。玉泉宮被焚，董小宛燒死的訊息傳到順治的耳朵裡，不禁拍手大笑道：「好，好！」從此便不言不語，也不進飲食。小監慌忙去報知皇太后，皇太后急急地自己來看，順治帝還是個呆呆的不開口，依舊撫掌笑道：「好，好！」皇太后沒奈何，只得命宮監等小心伏侍，自己回到宮中，覺得對於董鄂妃的事，忒過於激烈了，致弄得個皇帝不痴不癲。皇太后想到這裡，心上也有些懊悔起來。又因攝政王多爾袞已死，更無可以商量的人了。太后正在煩惱，忽然被她想起一個人來。那人是誰？就是大學士洪承疇。那洪學士和皇太后從前也有過交情的，洪承疇出督兩江，是攝政王和他拈酸，所以把他遠調到南方去。此時攝政王逝世，皇太后深宮孤居，不無寂寞，這時又因皇帝的事沒人可以商量，由是想起了洪承疇來。當即傳出懿旨，令大學士蘇克薩哈代督兩江，調洪承疇星夜進京覲見。上諭下去，真是雷厲風行，蘇克薩哈剋日出都，往調洪總督進京不提。

再說吳三桂自就藩雲南，以為位極人臣，一切飲食起居，無不窮奢極欲。又在雲南藩府後面大興土木，建造起一座花園來，名叫赭玉園林，日久和小蛾宴樂園中，笙歌通宵達旦。又因費用浩繁，任意增加稅賦，強捐硬索，一班小民叫苦連天。朝中諫臣，章疏迭上，順治帝方要付朝臣議處，忽然宮中發生了董小宛的風波，就此將這件事擱起，吳三桂遂越發肆無忌憚了。部下將士見吳三桂不理政事，自己安富尊榮，忘了眾將的血戰功勞，軍餉不時短缺，藩府中卻非常奢侈，部下以是逐漸離心。還有一個形影相弔、秋扇遭捐的陳圓圓，春色惱人，畫樓寂處，叫這樣一個風流放誕的陳美人，怎不要怨恨諮嗟？由怨生憤，也漸萌一種遁世之想。

一天，三桂在赭玉園林大集賓客，召徽班女伶入園演唱，一時觥籌交錯，履舄雜陳，正興高采烈的當兒，驀地見陳圓圓扶著一個婢女披髮進園，走到三桂座前，噗的跪在地上，垂淚說到：「妾身侍奉王爺已將數載，蒙王爺不以蒲柳見棄，此生無可報答，只有俟之來世。今妾身已勘破紅塵，請從今日起，望王爺賜一所草堂，他日骸骨得蔽風雨，妾身於願已足了。」說罷由袖中抽出一把金絞剪來，嗖嗖地幾剪刀，把萬縷青絲紛紛剪斷地上。三桂待要阻住，眼見得來不及了。這時三桂心裡也不免有些感動，顧不得座上的賓客，一把摟住圓圓，忍不住滴下淚來。圓圓更嗚嗚咽咽哭得悲哽欲絕。三桂一面扶起圓圓，並再三向她慰勸，圓圓一昧地痛哭，任三桂怎樣的撫慰著，圓圓只是不作聲。直到酒闌席散，賓客各自散去，三桂便親自扶著圓圓進了繡闥。兩人共入鴛幃，重修舊好。這一夜的溫存繾綣，自不消說得。及至日上三竿，香夢初回，三桂睜開眼來，枕上不見了圓圓，便打了個呵欠，起身笑道：「怎麼這樣起得早？」連說幾句不見圓圓答應，揭帳瞧時，房內靜悄悄的不見圓圓的影蹤。三桂就高喚了兩聲，婢女們飛奔地進來，三桂說道：「陳夫人到哪裡去了？」侍婢見說，怔了半晌說不出話來。三桂心疑，忙披衣下榻，命侍女僕人向各處園林中一找，哪裡有圓圓的影蹤？聽侍女們說，自昨夜陳夫人進房安睡，不曾見她起身出房的。三桂叫喚各處的管門人來詰問，方知花園門開著，三桂頓足道：「圓圓果然走了！」說時即召集健僕，立刻分四路去追尋。不多一會，有個僕人來回報，陳夫人找到了，在離此半裡多路的棲雲寺中。那座寺院，本久經荒蕪的，只有西樓一角，隱現於叢林碧樹中。圓圓到過這棲雲寺裡，所以認識。此時遁跡荒寺，香草美人和木魚石磬、佛像心經結起不解緣來了。不知圓圓怎樣結果，再聽下回分解。

北風凜凜海道奔黑夜　疑雲陣陣噩夢驚深宵

碧樹濃鬱，萬翠叢中隱隱有紅牆一角。牆內黃瓦朱簷，小樓半楹，遙望疑是九重宮闕；小樓的紗窗半闔，魚聲隱隱直從窗中透出，使人到了這樣清寂的所在，往往萌出塵的冥想。那小樓裡幽居參經的，是個拋撇紅塵的美人兒，就是人人所知道的陳圓圓。這時林中野鳥飛翔，石泉水聲潺潺。忽聽得遠遠的蹄聲得得，有十多騎人馬如飛而來。當頭的一位官員，朱頂花翎黃馬褂，龍蟠箭衣，腰右荷囊，左佩寶劍，足登烏靴，風采甚都。那官員策馬到了荒寺面前，把鞭兒授給侍從，霍地跳下馬來，三腳兩步進了寺門，一口氣走上小樓，口裡還不住地叫道，「沅娘，沅娘！你真的舍了俺走了嗎？」陳圓圓正在誦經，聽得有人呼他小名（圓圓小名沅姑），略略回眸瞧了一眼，見是吳三桂，便依舊垂了粉頸，只顧自己諷經。三桂叫她，只作不曾聽見一般。

三桂走到了樓上，就在視窗上吩咐侍從都在樓下等候，自己就挨近圓圓的身邊坐下。他見圓圓只是不睬，忍不住把經本一把拖過來，卻是救拔苦厄的大悲咒。圓圓沒了經本，無可再誦，不覺冷冷地說道：「王爺已有了新歡，早棄舊愛，妾身既已脫離紅塵，正無須王爺來假慈悲，快打馬回去，新人冷靜了，去陪伴要緊！身是天生的薄命，荒寺棲止，終了殘生，已是萬幸了。」圓圓說到這裡，聲音帶顫，不由得淒愴起來。三桂聽了圓圓的話，無非含著酸意，忙起身深深唱了個喏道：「以前的事，都是俺的不好，請你看昔日之情，饒恕了俺。從今以後，俺決計不再這樣了，種種要求你海涵。現俺備了一匹空鞍馬，俺和你並馬回去吧！」圓圓收住眼淚，正色說道：「天下無不散的筵席，王爺的確是一片誠心前來。無如韶華易老，歲月如流，以色容人者，他日色衰愛弛，終有相棄的一日，倒不如無邊苦海，及早回頭的好！王爺但請早還，妾身寧伴野草蒼松度此光陰，倘要妾身回去，是萬萬辦不到的。王爺如其是不放心的，即請斫了賤妾的頭顱去！」圓圓說時，便伸手去抽三桂的佩劍。三桂忙按住了劍鞘，那兩條腿軟綿綿的，不知不覺跪倒了塵埃。圓圓這時絲毫沒有轉意，見三桂跪著，她故意掉頭坐下，仍然去誦她的經卷。三桂細察圓圓的意志決絕，那粉臉的嚴肅連霜也颳得下來，諒想她傷心太甚，一時非人情可動，只得等她憤氣稍平，慢慢地勸她就是。想著便沒精打彩地立起身來，嘆口氣道：「沅娘，俺終不能忘情於你，此時俺暫為忍耐著吧！」說畢懶洋洋地下樓，躍上金鞍，回顧圓圓，還是埋頭諷誦。三桂點頭道：「從來說女子的心腸比鬢眉來得殘忍，這句話俺今天才相信了。」

三桂回到藩府，第二天就派了四名使婢來服侍圓圓，又替她在荒寺旁邊蓋起一所尼庵，那庵堂共是屋宇五楹，一軒兩廂，一樓一大殿，殿上塑慈航道人全身，高九丈，旁塑龍女善財，左廂是彌勒阿難，右廂是金剛伽藍。軒中作為客室，陳設古玩，懸掛書畫，琴棋弓箭無不俱備。小樓一楹，是圓圓的寢室，繡幕珠簾不減藩府閨闥。至建造的精緻，畫棟雕梁，大殿上玉階丹陛，碧牖朱簷。樓後小圃植四時花木，闢畦栽竹，鑿沼養魚。布置得清靜，是華麗中含著幽雅。三桂的對待陳圓圓也算一番苦心了。

到了庵宇落成的那天，三桂就折柬邀客，滇中縉紳大夫到者踵趾相接，尤其是那些官員的眷屬，聞得是吳平西王的愛姬出家，往日素知平西王有個寵姬叫陳圓圓的，是絕美人，耳名既久，誰不要想瞻仰一下?得了這樣的好機會，當然爭先恐後，滇地城裡城外，大家來瞧熱鬧，幾乎萬人空巷。那時庵中粉堊得金碧交輝，殿宇巍峨，佛像壯麗。眾人見了這般精緻的尼庵，已是生平目所未睹，嘖嘖的傳讚聲不絕於耳，都說平西王的如夫人出家到底和尋常的婦女落庵不同。大凡婦女們等到環境惡劣，逼迫得無地容身，才萌剃髮的絕念，如稍有餘地，斷不肯走這條路的。所以削髮為尼的婦女，大都是困苦不堪，從沒有圓圓那樣的富貴出家，好好的王爺夫人不做，卻來度那梵聲魚音的清苦日子，把來放在常人眼中瞧去，益發覺得可異了。於是三三兩兩，議論紛紛，三桂這天卻十分得意，打疊起了全副精神，在大殿兩廂及客軒中親自招呼來客。茶罷，三桂向晉紳們說了建庵的緣故，只推說圓圓生性好佛，特為築此茅庵以從她的心願。眾紳士聽了都絕口讚揚，三桂也萬分快樂，便拱手請紳士們賜個庵名。眾紳士大家推讓了一會，又討論了半晌，由一個年齡稍長的縉紳，崇禎年間也做過一任督糧道，這時就起立躬身道：「昔日慈航證果成道，相傳是四月十九日，今王爺的夫人悟真皈依的吉期，恰當四月十九日，下走等深望陳夫人早證大道，也和慈航道人一般，那麼就取個『證慈禪庵』吧！」說罷眾紳士一齊鬨然附和。三桂大喜，方要叫左右看過筆硯來題名，忽見服侍圓圓的近身小婢從小樓上帶跌帶爬地哭嚷下來，口裡不住地喊著：「夫人不好了！」三桂吃了一驚，忙問什麼事這樣驚慌?小婢垂淚說道：「陳夫人已自經了！」三桂和眾紳士聽了，都驚得目瞪口呆，急急地三腳兩步奔上小樓，只見圓圓高高地懸著。三桂大踏步搶將進去，飛身上椅解下圓圓來，卻已氣息毫無，玉體如冰了。三桂這時也顧不得怎樣了，一把摟住圓圓的屍體放聲慟哭起來。眾人見了這種情形，也個個搖頭嘆息。三桂哭了一會，喚過那服侍的四名使女，含怒說道：「陳夫人自盡，你們都在哪裡?」使女齊齊地跪稟道：「夫人在自盡之前將小婢們一概遣出房外，半晌不見夫人的聲息，才撬開門兒進去，見夫人已自縊死了。」三桂長嘆一聲，吩咐左右將圓圓以王妃禮盛殮了，即日安葬在棲雲寺的松林下，並建石碑，大書「陳姬圓圓之墓」。後人到此憑弔，有七絕一首道：

青苔碧瓦短牆邊，古墓傾頹犁作田。
陳姬風流伴野草，空教遊客話當年。

三桂葬了圓圓，命將那座茅庵局閉起來，至今茅庵的遺蹟猶存，落得後人幾聲嗟嘆罷了。

再說明朝自江南襲破，宏光帝被擒遇害，大臣多半殉節。時唐王韋鍵在福建登位，是為隆武帝，魯王以海，據浙江紹興，號稱監國。降清將領李成棟率兵圍杭州，大破明兵，進軍蕭山，和錢壯武戰於瓜瀝，敗退銅鼓山，紹興震動，魯王以海見孤城難守，從海道夜遁舟山。清兵又圍舟山，鄭之龍請降，舟山陷落，清兵械繫魯王送往京師，半途遇害。清兵又破福建，擒住唐王韋鍵，殺死於軍中。唐王弟韋，由顧元鏡等扶立廣州，是為紹武帝。清總兵李成棟攻破了廣州，獲紹武帝韋，即斫了韋的頭顱送往京師。時只有桂王由榔即位於肇慶，是為永曆帝。清總兵李成棟反正，張獻忠驍將孫可望降明，明軍聲勢大盛起來。

這時吳三桂在雲南。聲勢日盛一日，清廷異常地疑惑，靖南王耿精忠、平南王尚之信和平西王吳三桂，清初稱為三王。這三位就藩的漢人，都擁著兵權，清廷不時遣人監察。吳三桂的兵力最盛，而且有通明的嫌疑，清廷削藩的風聲非常緊急。吳三桂部下的諸將，人人替吳三桂擔憂，參儀夏國相忙來見三桂，把清廷撤藩的訊息大略講了一遍。三桂正迷戀著小蛾，將此事拋撇在一邊，驀然聽了夏國相的話，好似兜頭澆了一桶冷水，半晌說不出話來。這樣的怔了一會，才慢慢地說道：「倘清廷真個下旨撤藩，那可怎樣是好？」夏國相道：「清廷雖加王爺王爵，但疑王爺的心理卻一點也不曾消除的，倘稍為可以指摘，便一道上諭下來，使王爺迅雷不及掩耳，這倒不可不防。想為自固起見，第一要擴充實力，萬一有變，好預備抵禦了。內顧既已無憂，再外結耿、尚兩王，以便有事互相呼應，這外援一層，也是極緊要的。」吳三桂見說，連連點頭道：「參議的計較有理，俺這幾天精神很壞，煩參議代俺去辦理就是。」夏國相領命，辭了三桂，自去料理不提。

三桂自己，只和小蛾豪飲歌舞，窮奢極欲。雲南的人民怨聲載道。那夏國相奉了命令，在各處要隘布防一切，外面哄傳吳三桂將叛清，清廷聞得三桂調兵遣將，深恐一旦不測，西南必致糜爛，於是急下一道上諭下來，令三桂移師關東，一面密囑豫撫圖海，中道邀擊三桂。那諭旨道：

平西王吳三桂剿平闖逆，南征北討，勞勛懋著。朝廷論功褒賞特封為平西王，留鎮雲南。當此西南大定，該王鬱處滇中，諒非素志。著該王即日移師關東。藉資鎮懾。該王任事忠奮，應奉命即行，無負朝廷寄託之重。切切凜遵。欽此！

吳三桂接到了上諭，行又不是，不行又違旨意，又覺進退兩難起來。參議夏國相說道：「朝廷諭旨已下，如其違命，清廷即興師征討，有所藉口了。現下不如乘明永曆帝被清兵逼迫遁往梧州的當兒，咱即出師相助，看清廷的動靜再定行止吧！」三桂大喜，便派馬保為先鋒，統兵兩萬出兵夾擊永曆帝。瞿式等盡節，永曆帝守不住梧州，黑夜走永昌府，三桂的兵馬也乘勝進迫永昌，一面推說出兵，徘徊觀望，不肯移師關東。清廷已窺出三桂的心理，知道他終久是要變心的，又密諭圖海，收奪三桂的兵權。

圖海得了上諭，私下和左右商議道：「吳三桂賴以雄視一方的，就是擁有兵權。我如奪他，必然激出大變來，朝廷不是要加譴於我的嗎？」這時有箇中軍馮壯士，應聲答道：「某有一策，保管吳三桂三軍瓦解。」海圖聽了大喜道：「你若能有良策，咱當不吝重賞。」馮壯士攘臂說道：「吳三桂坐滇中剝吸民旨，百姓人人共憤。某願以三尺龍泉刺殺三桂，那時他軍中蛇無頭而不行，還怕他不一鼓平蕩嗎？」圖海欣然道：「計是好的，只是要慎重做去，不可太魯莽了，以致弄巧成拙。」馮壯士點頭應允了，星夜扮作一個販藥的客商，偷偷地混進了雲南城。

時清廷削藩聲浪越高，雲南地方由夏國相防範著，搜查行人十分嚴密。馮壯士暗藏利刃，天天在王府前後巡視，那吳三桂卻躲在赭玉園中笙歌夜宴，一個月中難得有一兩次外出。壯士候了四五天，得不到一些兒機會。有一天晚上，馮壯士又到藩府花園門前俟三桂，抬頭見園門外有一棵大樟樹，樹幹正斜倚在園牆上。壯士暗叫聲「慚愧！有這樣一個機遇，為甚要在門前呆等？」想罷飛身上樹，抱在枝幹上，向園內一望，恰恰對著園中的玉雪亭。這天晚上，三桂攜著愛姬小蛾和十幾名侍姬，正在亭上夜宴。衛士保住在身後侍立。

講到這個保住，是河間人，練得一身的好武藝。三桂在園林大宴賓客，小蛾侍側，三桂命她唱歌，卻沒有良好的琵琶。內中一個賓客說道：「俺有一隻琵琶，是數百年前的古物，可惜現在家中，否則倒可一試。」保住在旁應道：「咱願替王爺去取來。」那賓客笑道：「俺家中離此有五十多里，又藏在密室中，就是俺家中的僕人也沒處找尋，何況是你？」保住竭力請行，當即向賓客問明瞭室宇的樣兒及藏琵琶的所在，忽地跳上屋頂，身輕似燕一般一點聲息都沒有。去了不多一刻，見屋簷上似有飛鳥下地，保住已含笑上亭，雙手捧著一隻琵琶，對賓客說道：「幸不辱命，琵琶已取到了。」那賓客忙看時，果然是自己藏在密室的，不覺失色讚歎。三桂命將琵琶給小蛾彈唱，端的絃音清越，與尋常的琵琶不同，聽得座上的賓客個個心迷神往。從此三桂對於保住，越發比前寵任，進出命他隨在左右護衛。因三桂自引清兵進關，人心都很憤恨，三桂自己也略略有些覺得，怕被人暗算，坐臥皆有勇士保護著的。

在宴玉雪亭的隔夜，三桂飲得酩酊大醉，踉踉蹌蹌地扶入羅帳，醉眼朦朧中覺得自己居半山，腳下擁著雲霧，遙瞰山中翠柏蒼松濃綠欲滴，三桂便信步下山，只覺山麓中一個美人，生得桃腮杏眼，看著三桂微笑，三桂這時身不由主地向著那美人走去，猛聽得大吼一聲，一隻斑斕的大蟲望三桂的頭上直撲下來。三桂大吃一驚，嚇出一身冷汗，開眼醒來，卻是南柯一夢，三桂這時也不再睡，聽譙樓正打三鼓，便把夢境和左右說了，眾口一詞說猛虎是惡人，須慎防暗算，三桂見說，便令保住帶了利器隨在左右。

這夜在玉雪亭夜宴，正喝得興高采烈，忽見一道金光直向三桂身上飛來，保住眼快，忙抽刀一格，只聽噹的一聲，一把寶劍墮落在席前，接著亭階上跳出一個大漢來，手執明晃晃的尖刀望三桂刺來。其時亭上頓時鳥亂起來，早有保住挺刀把那大漢迎住，兩人一來一往在玉雪亭上鬥著，三桂已避往亭後，揮衛士一擁上前，將大漢擒住。三桂當即升座，親自鞫訊，問他的姓名，受誰人的指使。那大漢朗聲說道：「俺叫馮壯士，來替國家除賊，俺若殺了你，自然富貴封侯。今日大事大成，任你斫殺就是了！」三桂聽他的語氣，似受清廷的遺使，便吩咐拖大漢出去斫了，一面召夏國相、胡國柱、郭壯圖、馬雄等一班將佐，大開帳前會議。

吳三桂首先說道：「本爵忠心佐清，不料清室不諒，反加疑忌，甚至派遣刺客俟本爵的間隙，似這樣下去，早晚是要破臉的，列為以為怎樣？」胡國柱答道：「王爺清兵入關時，某等原阻諫王爺休要引狼入室，今日悔悟，可已遲了。」三桂嘆口氣道：「那事經過去，也不必談它了，只籌眼前的辦法。」夏國相說道：「王爺目前如要自保，非舉旗起義，索性大作一番不可。倘終年低首人下，從前的賀人龍就是榜樣（流賊賀人龍，降明擢總兵，被明廷見疑斬首）。」吳三桂躊躇說：「話雖如此，但舉義的行為目前還不到這個地步。俺們這時且暗中慢慢地籌備起來，看勢頭不好，起事未遲。」三桂一生，誤在猶豫不決。他此時如能聽諸將的話說，舉旗起叛，雄據西南堅壘自固，一國之君，尚足有為。萬一不幸，裂土分茅似宋時的契丹，未嘗不可立國。怎奈三桂遲疑因循，待清朝大兵四集，安排既定，三桂被迫得無可奈何，始率眾起事，可是清廷已布置妥當，正如甕中捉鱉，任你吳三桂擁百萬之眾，也當不起四面受敵，那時想到當日諸將的良言，悔自己不用，今日還有何說！這是後話，按下不提。

再說三桂等諸將散去，獨自一個坐在堂上，回想自己剿平李自成，收復秦楚，於清廷也很有一番汗馬功勞。而且清朝的天下，還是自己去請清兵入關才把大明江山斷送，弄到最後的結果，不但不能安享榮華，反遭清廷的監視，想來想去，覺自己實在不值了。三桂呆想了一會，叫左右排起香案，設了懷宗的靈位，親自素服致祭，祭罷俯伏在地上，放聲大哭起來。三桂這時良心發現，正哭得萬分感傷，忽報清廷又有聖旨到了，才知聖旨說些什麼，且聽下回分解。

新仇舊恨清帝入空門　燕唱鶯啼吳藩登大位

卻說吳三桂聽得清廷有旨，忙把懷宗的神位撤去，迎接欽使進內。開讀諭旨，是催促三桂移師關東。那欽使讀罷聖旨，笑對三桂說道：「皇上很記念王爺，不日還要召覲哩！」三桂唯唯。那欽使便起身告辭。三桂送出了大門，欽使自進京復旨去了。

這裡三桂急召諸將商議，謂清廷步步相逼，現已事急，應怎樣對付它。諸將都勸三桂起事，弄得三桂好似九頭鳥拾著帽兒，正不知戴在哪一個頭上好。正在猶豫不決，忽飛騎報到清廷順治皇帝暴崩了。三桂聽了，不由得大吃一驚。暗想清帝方在年少，怎麼忽爾崩逝，其中定有緣故。這時帳下諸將聽得順治帝駕崩，都勸吳三桂乘朝廷無主舉旗起義，三桂依舊猶豫不定。

做書的趁這個空兒，把順治皇帝敘一敘。原來順治帝自董小宛出宮，偷偷地到玉泉宮去過一次，後來皇太后把玉泉宮焚去，順治帝聞得小宛焚死，終日呆呆痴痴的，一會兒笑，一會兒哭。皇太后弄得沒法可想，下諭把洪承疇從江南召回京來，將皇帝的情形告訴他，承疇也覺束手無策。那順治帝卻越發鬧得厲害了。想自己為一國之首還不能庇一妃子，心裡愈想愈氣。舊恨新愁一齊湧上胸中，到得傷心的時候，索性大哭了一場。看見宮女內監，便大聲叱罵出去，靜悄悄地獨自一個默坐著呆想。

這樣地鬧了兩個多月。一天的晚上，驀地哈哈大笑起來。笑了一陣就把宮門閉上了。宮女們不敢進去，只在外面侍候。聽得順治帝在裡面負著手踱來踱去，忽研墨吮毫疾書，又擲筆大笑一會。笑不多時又哭了起來。三更以後，室中已寂靜無聲，宮女內監也都睡熟了。

酣睡初起，已是紅日照窗，還不見室中聲息。內監們有些心疑，輕輕地在宮門上一推，門卻是虛掩的。就中一個膽大的內監躡手躡腳地進去。四面一瞧，不見了皇帝，再向御榻上一看，哪還有皇帝的影蹤？嚇得那內監怪叫起來，霎時宮人內監擁滿了一室。有幾個稍有頭腦的內監說道：「且不要這樣慌張，或者皇帝臨幸別宮，或者往皇后那裡，我們分頭去尋過了，再去報知太后就是。」眾內監宮女，見說得有理，一鬨地散去，各人分頭去尋皇帝。誰知直到好久，到處找遍了，只是沒有皇帝的蹤跡。內監們才有些心慌起來，忙去報知皇太后。

皇太后聽了，急急地駕了鳳輦親自到宸壽宮來瞧看，見皇帝平日的服用器物仍舊在那裡，單單不見了皇帝。皇太后也急得淚珠滾滾。這時皇后以及各宮嬪都知道皇帝失蹤，大家擁在宸壽宮內議論紛紛，也有哭的，也有嘆息的。在這眾聲雜沓的當兒，忽見一個妃子在皇帝的御榻上找出一張東西來。上面潦潦草草地寫著幾行漢文。那妃子不識漢文的，便呈給皇太后。皇太后也不識漢文的，下諭宣洪學士進宮。不到一會，洪承疇跑得滿頭是汗地走進宮來。見了皇太后行過了禮。太后把皇帝潛遁的話大略說了一遍，又把那張字遞給承疇。承疇看時，卻是順治帝傳位的詔書，不覺大吃一驚道：「皇帝不回來了。」因把那張詔書一句句解釋給太后聽了，詔中說道：

朕以沖齡踐祚，忽忽十有八年，德薄才疏，毫無政績。上負祖宗創基之苦心，下失臣民望治之本意。所幸元臣輔導之功，得殲賊殄叛，享今日太平之樂。然清夜默思，愧據神器，撫心不無內疚。此朕所以棄國而去也。矧富貴浮雲，人壽幾何？朕已徹悟禪機，遁出紅塵，爾等無庸懸念。至於大位，自不可久虛，朕子玄燁，為佟佳妃所出，聰敏穎慧，克承宗祧，著令繼統即皇帝位。內大臣鰲拜，大學士蘇克薩哈等，皆先皇股肱之臣。忠心為國，亦朕素日所信任，堪以輔佐嗣皇帝，庶不負朕寄託，祈各凜遵無違！欽此。

皇太后讀了詔書，半晌做聲不得。還是洪承疇稟道：「皇帝既有詔書留著，只有照辦。」一面飛召蘇克薩哈來京（時蘇克薩哈代洪承疇出督兩江）。一面派親王外戚祕密尋訪皇帝蹤跡，萬一找不到，只有扶太子嗣位。但目下皇帝失蹤的訊息，切不可洩漏出去，否則必釀出亂子來的。太后見說，只得含淚點頭。叫洪承疇擬旨，召蘇克薩克。又下諭立皇長子玄燁為太子，以便嗣統。又密宣鄭親王和碩親王、貝勒、貝子等進宮，令祕密訪尋皇帝，不得在外聲張。又把是日的管門內監及侍候皇帝的宮女內侍一齊監禁起來，以防走漏風聲。又將總管內監宣來，經太后痛罵一番，即行革職留任。並吩咐嬪妃宮人，不許傳揚出去。皇太后待諸事妥當，自和洪學士回慈寧宮。直到三更多天，方由兩名小監掌著碧紗燈導洪承疇出宮。那些親王貝勒奉了懿旨，自去找尋皇帝。

再說那天晚上，順治帝寫好遺詔，倚榻假寐了一會，所以宮女們聽得室內已寂靜無聲。魚更三躍，順治帝一覺醒來。悄悄開了宮門，見宮人內侍都已酣睡如雷，便一口氣跑出宸壽宮。只見星辰滿天，月光微微的一線被雲遮沒了。一望宮外，很是黝黑。順治帝也不管什麼，沿著御道，越過跨虹石橋便是御苑。時守苑的內監也已睡了，還有一兩個值班侍衛在苑外踱來踱去。順治帝恐怕驚動他，就悄悄地走到御苑西門。幸得苑門沒有落鎖，出得御苑，不辨天南地北，腳下七高八低地走著。看看到了皇城門前，城門早已下鍵了。順治帝喝叫開門，守門官見他儀表非凡，疑是內宮的近侍，忙開門讓他出去。這樣地經過外城，也不曾阻攔。

順治帝這時也不打算到哪裡去，低頭只顧向前直走。其時天將破曉，寒露侵衣，身上略略覺得有些寒冷。又走了半晌，天色已是大明。晨曦初上，照大地猶若黃金。順治帝惘惘地只望著叢林深處走去，猛聽得噹噹的雲板聲激盪耳鼓，如晨鐘清磬，把順治帝驚覺過來。抬頭瞧時，見一個癩頭和尚，眇一目跛著一足，挑了一副破香擔，擔上懸著一幅墨龍。左手雲板，右手木棰，走一步打一下。順治帝見那和尚來得蹊蹺，就立住了腳問道：「你那瘋和尚，在這荒山野地走來走去幹些什麼？」那癩和尚聽了，舉手答道：「俺在尋俺的師父。」順治帝說道：「你師父叫什麼？」癩和尚指著擔上的畫道：「你不見俺那幅畫嗎？俺師父喚作龍空和尚，在圓寂的那天，對俺說道：『我將投生塵俗，有墨龍一幅，未畫雙睛。待過三九之年，你可下山去打尋，有人替你畫上點睛，那就是我的後身到了。』」說罷，又從香擔內取出破衲一襲，拂塵一柄，念珠一串，紫砂缽一個，都遞給順治帝道：「這是俺師父的遺物。」順治帝檢視破衲、拂塵、念珠、紫砂缽等物，好似是自己的舊物，心上不由得起了一種感動，叫癩和尚在擔上取出一枝禿筆來，向那幅墨龍添上眼睛。果然，那龍有了眼睛，張牙舞爪大有駕雲上天的氣概。

癩和尚看了，慌忙跪倒在地下，不住地磕頭道：「師父到今天才來，幾乎想煞俺也。」順治帝被他一叫師父，心裡頓有所悟，便脫去身上的箭衣，披了破衲。笑對癩和尚說道：「你看三十年故物，今日還我本來面目。」癩和尚笑道：「忽去忽來，忽來忽去。來來去去，都是幻夢浮雲。去即是來，來即是去，無非浮雲幻夢。」順治帝大笑道：「是哪裡來？是哪裡去？什麼幻夢浮雲，實是無什麼幻，更無什麼的夢。幻是更非幻，夢亦更無夢，都是濛濛空空。」癩和尚撫掌道：「阿彌陀佛！西方路上有蓮臺，無葉無枝雪玉堆。」順治帝道：「色是空兮空是色，碧雲擁護踏風來。」癩和尚笑道：「好了！好了！女菩薩等夠多時了。」順治帝道：「哪裡的女菩薩？」癩和尚合掌閉目笑道：「玉泉宮的女菩薩師父難道忘了嗎？」順治帝笑道：「真的嗎？」和尚笑道：「似真似假，似假似真；真真假假，假假真真。」順治帝大笑道：「好！好！」於是那癩和尚挑起香擔，順治帝拿了拂塵念珠，託了紫缽。師徒兩個上清涼山去了。

後人見清涼山（五臺山）上，於月白風清的時候，常有一對璧人徘徊於碧樹綠蔭中。如迫近瞧看便忽然不見。時人詠清涼山詩，就中有一首七絕道：

綠楊香草氣如蘭，倩影雙雙夜漏殘。
古剎紅牆留古蹟，梵聲豔影兩清寒。

相傳清涼山上的倩影，一個是順治帝，一個是董小宛。夕陽西垂，暮色蒼茫中就可以見兩人攜手往來山麓，俗人指為仙跡。

那時清廷的諸親王，四處找尋順治帝，毫無影蹤。皇太后也無可如何，只得召洪承疇進宮。商議了半天，當即擬成遺詔。一面宣傳出去，謂順治帝暴崩，召集親王大臣，奉皇太子即位，改明年為康熙元年。諡順治帝為世祖皇帝，尊佟佳氏為太后，晉皇太后為太皇太后。順治帝暴崩的訊息傳播開去，一時議論紛紛，很多揣測之辭。當時專制帝國，就是耳聞目睹也不敢直道。到了乾嘉時代，才稍有人吐露出來，但也不能直書，不過假名記載罷了。

在康熙帝嗣位後，太皇太后想起小內監跟順治帝往西山，董小宛有清涼山再見的一句話。於是同了八歲的小皇帝（康熙繼統年只八齡），駕著鑾輦臨幸清涼山。到了清涼寺了，有一個癩和尚，閉著一隻眼，歪斜著嘴。渾身的泥垢足有三四寸厚，坐在石階上捫蝨。見太皇太后和康熙帝進寺，也不知道迎接行禮。太皇太后問他的話，三句不答兩句。再和他說話，卻是耳朵聾的。太皇太后問了他半晌，仍然沒有頭緒，只得和康熙帝遊玩了一番。見山色如黛，松聲盈耳，流水潺潺，悵望了一會兒，掃興而歸。

光陰如箭，轉眼這位康熙帝已有十二歲了，居然臨朝聽政。批答奏牘，雖元勛老臣也為折服。而對於政事尤為明察，朝中大小臣工都凜凜自守，不敢有非分之行。這時因三藩變叛的風聲日緊，康熙翻閱舊諭，見有命平西王吳三桂率師出鎮關東一節。便召內大臣鰲拜問道：「平西王吳三桂，至今猶坐鎮滇中，這上諭是幾時頒發的？」鰲拜奏道：「三桂擁有重兵，先皇曾有諭旨，令他移鎮。三桂挨延不應，本應削藩逮問，恐一旦激變，所以因循未敢實行。」康熙帝怒道：「目下天下日漸太平，使外藩坐擁大兵，終非朝廷之福。宜設法解除他們的兵權，自應從移師入手。他如不聽，只好出兵征剿一途了。」鰲拜頓首稱是。康熙帝便親下手諭，著平西王吳三桂即日移師關東，如再遷延，是藐視國法。又命豫撫哈銘，總督蔡毓榮，雲南撫臺魯鏡元暗中祕密戒備。提防三桂有變，立即會師征剿。

那道上諭下來，吳三桂接著，忙召諸將商議。夏國相攘臂大叫道：「王爺如今日再不自決，只好束手待斃了！」吳三桂見清廷相煎過急，使自己不得不然。正在遲疑的當兒，恰好總兵郭壯圖從外進來。聽說清廷欽使來催促移師，不禁大怒道：「我們若移師關東，是就死地去了，這如何使得。我們橫豎有將來的一天，不如今天干了吧！」說罷，拔出佩劍來，把欽使飛起一劍，揮作兩段。吳三桂大驚道：「斬了欽使，這禍可不小了。」夏國相說道：「事到了這樣，騎在虎背上就幹他一遭。」郭壯圖大叫，「反了吧！反了吧！」一聲吆喝，胡國柱、高大節、馬雄、馬寶等一齊叫道：「反了！」於是各人紛紛上馬，調兵的調兵，布置的布置，霎時風聲傳揚開去。吳三桂反叛的聲浪，宣傳得無人不知。豫撫哈銘這時已接到密旨，一面布防，一方面命總兵何文雄，統兵進剿。三桂的部下，以胡國柱為先鋒，領兵抵禦。一場鏖戰，清兵大敗。胡國柱星夜追逐，連破清軍四十四寨、二十三城，軍聲大震。總督蔡毓榮，親統六師來戰，被夏國相伏兵中道，驟起邀擊。清兵又復大敗，蔡毓榮夜遁貴州，夏國相追蹤進兵，貴撫孫叔雍開城迎降。三桂大兵進了貴州，蔡毓榮駐屯不住，只得退守桂林。

吳兵一路進軍，勢如破竹。不到一年，雲貴及兩廣，凡永曆帝舊有的地方，以前經清兵攻陷的，此時都歸了三桂。時孫可望已降清被殺，靖南王耿清忠在福建響應三桂，平南王尚之信也起事粵中。三桂兵克四川，一時聲勢日振。這時部下諸將，見地段漸廣，看著大事已很有希望，便大家商議好了，上疏勸進。三桂再三地謙讓，末了推辭不得，擇日築壇即皇帝位，國號曰周。改是年為利用元年，以夏國相為宰輔，胡國柱為大將軍，郭壯圖為左將軍，馬雄為右將軍，高大節為總兵官。其餘大小將士都按級封賞。

這樣一來，清廷大震。急將總督蔡毓榮革職，以前豫撫圖海為征西大將軍，趙良棟為副，任傅宏烈為參軍，張勇為先鋒。大兵浩浩蕩蕩，殺奔雲南而來。其時張勇欲先取兩粵，傅宏烈獨謂不可，趙良棟也附從宏烈，張勇很是反對，弄得個老於戎行的圖海，被他們爭得沒了主意。傅宏烈說道：「雲南是吳三桂巢，擒賊擒王，破敵必先搗其巢。雲南若一有失，周軍全功盡棄，各省必率眾來救。那時俺們領兵，從間道進攻，取兩粵和川中無異反掌。羽翼既除，還怕三桂飛到天上去嗎？」圖海見說，毅然說道：「傅參軍的議論有理。」當即下令，進撲雲南。

這時，夏國相方駐兵瓊崖，聽得雲南被困，匆匆地引兵回救，清兵抵擋不住內外夾攻，暫退五六十里下寨。圖海急和傅宏烈、趙良棟互相計議道：「吳三桂軍馬銳氣正盛，俺們和他力敵，終非他的對手。為今之計，只有先去他的外援，使他軍心渙散，然後雲南不難一鼓攻破。」傅宏烈笑道：「三桂外援不過耿、尚兩王罷了。倘能除得此二人，三桂勢孤，自破之不難了。」圖海撫掌道：「俺正為這個緣故，籌思了好幾天，卻沒有良策。」傅宏烈奮然起立道：「耿、尚兩人，雖已響應三桂，其志並不甚堅，只須有人說以利害，保管他棄了三桂來降。某不才，願憑三寸不爛舌說耿、尚兩人投誠何如？」圖海道：「參軍忠忱可嘉，只是太嫌冒險。萬一不成，那不是枉送了性命？」傅宏烈笑道：「人誰不死，某就死在耿、尚手裡，也為國而死，又有什麼悔恨。」說畢便退入後帳。

第二天上，傅宏烈只帶了兩名親隨，辭了圖海，先往福建去說靖南王耿精忠。那耿精忠是耿仲明的孫子，父名繼茂。清兵進關，耿仲明血戰保定，身中六槍，得反敗為勝。順治帝定鼎，封耿仲明為靖南王。仲明病死，繼茂襲爵。不多幾時，繼茂也死了。耿精忠統了他祖父的部眾，仍襲靖南王的封號。吳三桂雲南起事，約精忠援助，精忠便在福建變叛起來。不知傅宏烈怎樣說降耿精忠，再聽下回分解。

卻說傅宏烈到了福建，便去謁見耿精忠。耿精忠也素知傅宏烈是個名士，在清廷任職。諒他前來必做說客無疑。於是命點鼓升堂，傳集大小將校，一例頂盔貫甲，弓上弦，刀出鞘，戈戟森嚴，旌旗耀目。將佐自廳前起直排到二門外，兩旁雁行兒立著，一個個精神抖擻，顯出十二分的威武來。布置妥當，才命大開中門，傳傅宏烈進見。

傅宏烈故意旁若無人地昂然直入，到了大廳上，只見耿精忠高高地坐著。傅宏烈忍不住哈哈大笑道：「傅某千里聞名來見足下，不謂足下的肚量這樣狹窄，卻把某當作蔣幹看待，只怕足下未必及得周公瑾咧！」說罷也不行禮，轉身便走。耿精忠忙走下座來，一把挽住宏烈道：「先生且莫生氣，我們有話慢慢地好講。」當下將宏烈讓進了書齋，兩人重行見過了禮。耿精忠笑道：「聞先生任事清廷，很是重用。此番不遠千里，敢是到咱這裡來做說客嗎？」宏烈正色說道：「某和王爺雖是同鄉，自幼到今，不曾會過一面。只聞威名，知王爺是個識時務的俊傑。今王爺掌握重兵，身膺榮封，不安然坐享富貴，轉去依附吳三桂。要知三桂本是豺狼，只可與共患難，不可共太平的。但看他自迎清兵進關，首先剃髮投誠，既忘明朝恩典，甘事兩朝。這是良臣擇主而事，且勿論他。不期順了本朝未久就擁兵稱叛，顯見他是個反覆小人。況且據雲南，又是四面受迫的地方，目下只消兩廣一破，三桂孤居雲南，眼見得成了甕中之鱉。王爺扶助三桂，事成也不過位列封侯，或者還不如今日。倘一旦失敗，那就不可說了，王爺少不了與共休戚，為了一個痛癢不關的吳三桂，弄得戮首赤族，身敗名裂，不是太不值得嗎？本朝以恩德加人，處處能夠包容。如王爺棄了三桂，仍歸本朝，朝廷斷不見罪，某可以家口擔保的。孰是孰非，請王爺度勢量力而行，某願聽指揮。」說到這裡，宏烈便停住不說，瞧著耿精忠，等他的回答。耿精忠被宏烈一番話說，句句打動了心坎，不覺嘆口氣道：「本爵附和三桂，原不是出於本心。那時經平南王尚之信遣人向本爵關說，謂清朝的三藩都是漢人，屢遭朝廷的猜忌。削藩之聲已傳遍都下，三桂一敗，平南王和本爵自然唇亡齒寒，因此不得不替他響應。現在見三桂處事橫暴，人民嗟怨。看他的大勢決然無成，本爵這時也有些懊悔了。但不知平南王的心裡怎樣？」傅宏烈奮然說道：「王爺放心，平南王那裡，某可以保他投誠本朝。」耿精忠說道：「平南王若無異言，本爵自當照辦。」傅宏烈大喜，當日和耿精忠雙飲通宵。

到了次日，便辭了耿精忠，往粵中來見尚之信。宏烈先把耿精忠已願降的話細細講了一遍。尚之信答道：「靖南王如棄吳三桂順清，俺這裡隨著靖南王進行就是。」宏烈見說，即和尚之信約定期日，重又回到福建，將舉事的時候說定了，匆匆回報圖海。

到了那天，平東王尚之信、靖南王耿精忠同時豎起清朝的龍旗，去了吳三桂的利用年號。早有警騎飛稟三桂，三桂聽了大驚道：「耿、尚兩人反覆，孤的羽翼已被剪去，大事可就難成了。」說罷，撫膺痛哭起來。夏國相在旁勸道：「陛下不必焦躁，事在人為，即使沒有耿、尚兩王相助，從前明太祖孤身起義，難道就不能幹大事了嗎？」說得吳三桂破涕為笑。

其時永曆帝敗走桂林，被清總兵李成棟所逼，又敗奔梧州。正在人心惶惶，忽報李成棟有個愛姬，小名珍珠，卻是明末的宮人。成棟襲破通州便掠得這個珍珠，成棟見她生得雪膚冰肌，驚為天人。那珍珠雖從了成棟，心卻不忘明朝。每見成棟紅頂花翎回第，珍珠終把話嘲笑他。成棟進陷桂林，珍珠忽然問道：「明帝哪裡去了？」成棟說在梧州。珍珠說：「將軍在清，北討南征，不過做個總兵，何不反正明朝，博個忠臣的佳名。」成棟嘆道：「俺非忠於清廷，其實也有不得已的苦衷。」珍珠正色道：「將軍棄故國而降異族，妾身雖微賤，不願做遺臭萬年的姬妾。」說時霍地抽出尖刀來，望粉頸上只一抹，鮮血直射成棟袍袖。成棟忙挽救，已香銷玉殞，屍身僕倒塵埃了。成棟頓足嗟嘆，並恨恨地說道：「俺一心順清，轉送了一個愛姬，此憾怎樣消得？」呆了半夜，奮然躍起道：「俺堂堂丈夫，不及一個女子嗎？」於是立即傳令，改豎起明朝的旗幟，稱為反正軍。又命取戲班的衣冠袍掛，換了明裝，上疏請永曆帝回駕。

這樣地一來，自桂林直達貴州，凡九十三城依舊仍歸明疆。清廷聞得李成棟反正，派大將塔哩布進兵征剿。一場鏖戰，清兵敗走，明軍聲勢再振。不料李成棟因勝驕兵，被清軍深夜來襲。李成棟不曾提防，弄得人不及甲，馬不配鞍，成棟領了三十騎從後營逃命。這一陣好殺，明軍二十萬逃的逃走，殺的殺死，投降的也很不少。成棟隻身逃脫，自覺無顏回見永曆帝，當即披髮改裝，錫杖芒鞋，做了雲遊的頭陀，入四川峨嵋山中，不知所終。

李成棟敗走，永曆帝守不住肇慶，率著一班亡國餘臣，仍回梧州。不多幾天，梧州又被清兵圍困，只得再奔永昌。那時駕前群臣，多半是尸位素餐，如龐天壽、丁楚魁、孫崇綺、馬吉翔等，一聽清兵到來，除了和永曆帝逃奔外，真是一籌莫展。只有一個瞿式耜還死守困守梧州，何騰蛟又在湖北被殺，鄭成功也死在臺灣，子鄭經繼立，明軍聲勢日衰。永曆帝在永昌，糈餉漸盡，嬪人宮女都餓得互相對泣。大家又勉強支援了幾天，忽報吳三桂前鋒馬寶離永昌已不遠了。那時駕前的明臣聽得這個訊息，各自挈了家屬，悄悄地逃命去了。

第二天上，馬寶的人馬圍住永昌府，城市人心惶急。其時隨駕的不過一個鎮國公沐天波和劉金景等數人。馬吉翔倡議道：「吳兵銳氣甚盛，我又無糧草兵馬，萬萬不能與敵。此去離緬甸不遠，不如投奔於他。且緬主世受吾明厚恩，窮迫往投，諒他不致見拒。」永曆帝聽了，覺今此也沒有別路，只得草草收拾了，開城出奔緬甸。宮中嬪妃都啼哭相隨，還有幾個忠心的內侍，餓得路都走不動了，也竭力跟隨。永曆帝急得逃出虎口，見人多累贅，深怕吳軍來追。由馬吉翔握在車轅上，把奄奄一息的嬪人內侍，紛紛推墮車下。一時哭聲遍野，哀慘的情形目不忍睹。永曆帝車駕離了永昌，疾馳向緬甸出發。

緬酋羅平南，聞明朝的皇帝駕到，忙召各頭目計議道：「現在明帝被清兵追逼到咱這裡來。如把他收留，清廷必加兵於咱，我們這點點小去處，怎敵得清朝的大軍？倘是拒絕他，在自己的良心上似說不過去。」眾頭目齊聲說道：「我們暫且把他留住了，萬一清廷有什麼舉動，我們立刻將他們君臣獻出就是了。」緬酋見說，一面下命迎明朝君臣就館，一方面去打聽清廷的訊息。那時緬甸的風俗極其窳敗，男女不分，淫靡尤甚。永曆帝初到異邦，見了這種情形，心裡異常的難受。

過了幾天，忽聞瞿式耜的噩耗，永曆帝大哭一場。正在感傷，又有人密報，謂緬甸酋聽知吳三桂人馬將進攻緬甸，緬甸酋將縛明朝君臣送往三桂軍前，令永曆帝速即逃走。永曆帝聽了大驚，欲待要走，又沒糧餉。方在疑惑不定，猛聽得館驛門外，一聲吶喊搶入幾個緬甸兵來，喝叫明朝的皇帝出來，我們和他有話說。鎮國公沐天波見不是勢頭，挺身大喝道：「皇帝乃萬乘之尊，豈輕易見你？」緬兵大怒道：「亡國的庸臣，還要逞威嗎？」說罷一擁進館，沐天波仗劍攔住，盡力抵擋，怎經得緬兵勢大，不到一會，沐天波已被剁倒在地。緬兵潮湧般進來。內侍宮監還想阻攔，奈赤手空拳，都吃緬兵剁翻。一霎間，給緬兵殺死的男女不下三四十人。緬兵才把永曆帝擁了出來，繩穿索綁地縛住。內侍王化聲還破口大罵，緬兵一陣的亂刀頓時剁作肉泥。永曆帝這時一言不發，唯眼看著皇后周氏不住地流淚。緬酋縛了永曆帝，命緬兵頭目押著永曆帝后竟至吳三桂的軍中。時左右大臣已鬼也沒有半個，只有六七個內監還跟著死也不去。

馬寶接著了永曆帝，急派護兵六十名逮解至滇中。吳三桂聞得永曆帝到來，自己和清廷已經破裂，初意要想留住永曆帝假名號召，於是左右擁永曆帝進見。三桂正高坐堂皇，驀然瞧見永曆帝進來，不覺良心發現起來，欲待下座來迎接。方走出案前，永曆帝高聲說道：「吳三桂，認識朕嗎？」三桂聽了，好似當頭一個霹靂，兩條腿軟綿綿的，忍不住跪倒在地。永曆帝朗朗地說道：「你引請兵進關，斷送了大明天下。到了今日，敢自己擁兵稱尊，似你這樣不忠不孝的人，有何面目見得地下的先皇？」這一番話，說得三桂汗流浹背，俯伏地上半晌不敢起身。帳下部將以及左右親隨，無不變色。經夏國相勸永曆帝出居館驛，三桂伏在地上，幾乎不能起立。左右把他扶起，三桂兀是怔了半天，做聲不得。這樣地呆了好一會，心神才定。由是三桂起了殺永曆帝之心，恰好夏國相進來，回報永曆帝已暫留館驛，吳三桂勃然說道：「孺子可惡！孤如不殺他，終覺心上不安。」說罷，喚過一名親隨，三桂解下佩劍，附耳說了幾句。第二天驛卒來稟，永曆帝已駕崩驛中。永曆皇后見皇上被殺，當即懸梁自盡。內監七人都投水的投水，自刎的自刎，死得一個不留。明朝遺裔，到了此時，諸王已死喪殆盡了。只有鄭成功的長子還占據臺灣。鄭經死後，弟克塽繼起，被清兵夜襲，克塽大敗，自投江中而死。清廷收了臺灣，又賜平南王尚之信自裁，殺靖南王耿精忠。明代舊臣也殺戮得半個不留，這是後話。

那時各處義兵已多半平定，清廷專力對付吳三桂。夏國相、郭壯圖先後受傷病歿。馬寶被圖海擒住，斬首示眾。高大節又在川中自殺，孫延齡中箭受創，流血過多氣塞而死。三桂的部下諸將，死傷過了大半，清兵又四面逼迫。忽報武定失守，三桂正在驚疑，又報曲靖陷落。接著報羅平失陷，四處兵敗的警耗迭二連三地報來。警騎絡繹不絕，帳下將士都惶惶不寧。三桂直急得和熱鍋上的螞蟻一般，忽聞腳步聲雜亂，又有兩個警探，一報宣威陷落，一是報綏江兵敗的。急得吳三桂不知所措，大叫一聲跌倒在盤龍椅上。左右慌忙叫喚，叫了好一會，見三桂手腳漸漸冰冷，牙齒緊咬，兩眼上翻，已嗚呼哀哉了。這時左右頓時雜亂起來，還是御前尉馬雄有主意，急出殿對眾人宣諭道：「皇上已經駕崩，現值大兵臨境，大位不可久虛，速即扶嗣皇帝正位要緊。」眾人聽了，覺得馬雄的話說有理，於是忙忙地扶出吳三桂的長孫世璠登了帝位，改是年為永熙元年。因為忙迫的時候，對於禮節都極草草。世璠雖名稱繼了大統，竟連冠服也沒有齊備。只用三桂舊日衣服，裝飾得非明非清，怪狀百出。

這時清兵已破了石雲寨，直逼雲南城下。馬雄上城去巡邏，被流矢射中左眼，貫穿腦後，死在城牆邊。兵士飛報世璠，嚇得個世璠抖作一團，半句話也說不出來。忽報清兵攻進西門，侍衛官楊顛開東門投誠。吳世璠聽了，慌忙走到後院，一把拖了愛姬雲娘，七跌八撞地逃出後門。雜在百姓隊裡想要逃到南門，給亂兵一陣衝散。世璠身上著了兩槍，右腳又被刀傷。勉強捱了一程，見路旁有一座山神廟，荒落得碧草沒脛。世璠支援不住，只得走進山神廟內，一倒頭便睡在神前的拜臺上，身上疼痛難忍。正在朦朧的當兒，見一個蓬頭跣足的少婦走進廟來。細看是愛妾雲娘，兩人想見抱頭大哭。驀然三四個壯丁搶將進來，把雲娘橫拖倒拽地牽出去。吳世璠眼睜睜地看著愛妾被人劫去，心裡一陣地難受，一口氣回不過來，竟死在拜臺上了。後來有一個跟吳三桂的小兵，從山神廟裡經過。見了吳世璠的屍身，不覺起了一種惻隱之心，就將世璠的死屍負到土山邊，掘地替他埋葬。

清兵進了雲南，一面出榜安民，一面飛奏清廷。上諭下來，在雲南設立官職外，謂吳三桂已死弗論。著將停著的靈柩即日安葬。其時清廷康熙皇帝已經大婚，大學士洪承疇已卒，太皇太后即太宗文皇后還在，雖說是六十多歲的人，望去不過三十許人。那時明朝諸王和遺臣，多半殲盡了。有未遭擒戮的，也埋姓隱名，只好再圖機會，天下漸覺太平。康熙替太皇太后慶祝萬壽。到了那天，自然異常地熱鬧。大小臣工都上疏慶賀，太皇太后在登殿受賀時，忽地掉下淚來。康熙帝不知太皇太后為什麼事傷心，忙跪在地上再三地叩問。方知太皇太后見康熙帝給她祝壽，不免撫孫憶子，想起那順治帝棄國，至今沒有訊息。於順治帝五臺山一言，還是牢牢地記著。康熙聽了，急傳出諭旨去，命內侍駕起了鑾輦，康熙帝親自奉著太皇太后駕幸清涼山。

那時正當春初，碧草如茵，桃紅似錦，清涼山麓，濃翠欲滴，花香滿谷。康熙帝和太皇太后的鑾輦一直到了山下。由內侍舁過黃緞繡幔的鳳輿兩乘，太皇太后和康熙帝改乘了鳳輿。兩邊侍衛擁護著上山，至清涼寺前停輿。時寺中眾僧稀少，只有師徒兩人。一個徒弟就是那年所見的癩頭和尚，還有一個是八十多歲的老僧，鬚髮如銀，狀態龍鍾。見了太皇太后和康熙皇帝，只打個和南便自退去。太皇太后同了康熙帝在內外大殿，各處禪室中遊覽了一會，覺並無順治帝和董鄂妃的蹤跡。又望山林幽蹙看了些風景。但見林木蔭翳，修篁夾道；山花欲笑，瀑泉琤琮。一路觀著山景，回到山門前。猛見一個黃衣和尚，約有四十上下年紀，紫缽竹杖，朱拂芒鞋，廣額豐頤，目如朗星。見了太皇太后，打個問訊道：「荒山野寺，何幸得太后光降，敢是來找那出家的菩薩嗎？」太皇太后聽得和尚說話有因，隨口答道：「正是尋出家的皇帝，和尚可曾知道？」那和尚笑了笑道：「皇帝怎會出家，出家的哪是皇帝。這裡只有出家修行的菩薩。」太皇太后道：「什麼叫出家的菩薩？」那和尚大笑了幾聲，把手指著林木深處說道：「瞧啊！那不是菩薩來了。」太皇太后和康熙皇帝循著和尚所指的地方瞧去，卻毫無影蹤。回過頭來已不見了那和尚，正在驚詫的當兒，遠遠望見樹林叢中，一個身穿團龍箭衣，白面無鬚的中年人，頭上並不戴帽子，足登烏靴。看他匆匆地向樹林中走去，細辨狀貌，正是順治皇上。太皇太后叫聲「唉呀」，康熙帝也瞧得親切，慌忙飛步趕去。太皇太后也扶著宮女在後緊隨。康熙帝於順治皇上棄國時已有八九歲了，自己的父親相貌還依稀認識。這時越追越近，愈看愈像。康熙帝不禁失聲叫了一聲：「父皇！」那中年人的腳步好似較前快了許多。康熙帝雖竭力追趕，漸漸地距離得遠了。看看那中年人，走入樹林叢中。康熙帝也趕到叢林內，太皇太后隨後也到，卻不見了那箇中年人。因這叢林是個山凹，只有一處進出口，沒有第二條歧路，不知那中年人從哪裡遁走的。其時只有山嵐迷漫，松濤盈耳，春風裊裊，鳥聲嘰喳。再望窮谷中，雲煙蒼茫，流瀑奔茫，哪裡有什麼人跡。這時侍候的宮人內侍及護駕侍衛都擁滿了一谷。

康熙帝怔了半晌，惘悵出谷。到了谷口又徘徊了好一會，不由得嗟嘆幾聲。看太皇太后時也已淚珠盈睫，倚著一株老松悵望良久，才扶著宮女出谷。太皇太后還依戀不忍遽去，直到了夕陽西斜，暮鴉歸林，康熙帝方奉了太皇太后，乘了鳳輿下山。到得山下，仍改乘鑾輦。由內監侍衛蜂擁地護著輦車回宮。太皇太后坐在鑾輦中，一路上還不住地灑著眼淚哩。那時有個名士叫做吳梅村的，詠康熙帝奉太皇太后到清涼山尋順治帝，那詩道：「雙成明靚影徘徊，玉作屏風璧作臺。薤露凋殘千里草，清涼山下六龍來。」又詠順治帝顯示形跡道：「登崖望遠柳絲絲，流水年華晝夜馳。休道禪心歸也未，從今返國終無期。」又見董小宛倩影，有名士題詩清涼寺壁上道：「嫵媚窈窕氣如蘭，荳蔻相思意亦歡。好似漢江神女跡，相逢只作畫圖看。」還有康熙帝三遊清涼寺，三下江南，俠盜竇爾墩行刺，巡幸塞外，劍客犯駕，征服噶爾丹，衛玉妃穢亂宮廷，三立太子，三廢太子，雍王結納喇嘛，暗收血滴子，氣走俠客甘鳳池，雍正篡位，年羹堯征西藏青海，殺年羹堯，呂四娘行刺，雍正帝失頭顱，乾隆三下江南，兆惠征回部獻香妃，和申弄權進寶妃，俠客闖宮禁，英雄鬧水閣，大臣當茶役，皇帝作囚徒等等緊要節目。因限於篇幅，又係清代的事實。只好留在《清宮歷代風月史》中發表。這部明宮十六朝，做書的就算收場吧！正是：千秋豪氣歸書卷，四照山光入酒杯。滄海橫流誰砥柱，風塵且聽說書來。

拼將心力著文辭，贏得旁人笑我痴。
寫出悲歡幻如夢，聊借哀怨化情詩。
狂吟吾是浪漫客，閒坐縱論亦入時。
窺透世間齊苦樂，揮來兔管紀蛛絲。

明宮十六朝演義（從崇禎登基至王朝覆滅）

作　　者：許嘯天
發 行 人：黃振庭
出 版 者：複刻文化事業有限公司
發 行 者：複刻文化事業有限公司
E-mail：sonbookservice@gmail.com
粉 絲 頁：https://www.facebook.com/sonbookss/
網　　址：https://sonbook.net/
地　　址：台北市中正區重慶南路一段六十一號八樓 815 室
Rm. 815, 8F., No.61, Sec. 1, Chongqing S. Rd., Zhongzheng Dist., Taipei City 100, Taiwan
電　　話：(02)2370-3310
傳　　真：(02)2388-1990
印　　刷：京峯數位服務有限公司
律師顧問：廣華律師事務所 張珮琦律師
定　　價：350 元
發行日期：2023 年 12 月第一版
◎本書以 POD 印製

國家圖書館出版品預行編目資料

明宮十六朝演義（從崇禎登基至王朝覆滅）/ 許嘯天 著 . -- 第一版 . -- 臺北市：複刻文化事業有限公司，2023.12
面；　公分
POD 版
ISBN 978-626-7403-60-0(平裝)
857.456　112020021

電子書購買

臉書

爽讀 APP